Cuaderno para los hispanohablantes

A Workbook for Heritage Speakers

HEINLE
CENGAGE Learning

Australia • Brazil • Japan • Korea • Mexico • Singapore • Spain • United Kingdom • United States

HEINLE
CENGAGE Learning™

Cuaderno para los hispanohablantes

Editor in Chief: P. J. Boardman

Publisher: Beth Kramer

Executive Editor: Lara Semones

Assistant Editor: Patrick Brand

Editorial Assistant: Laura Kramer

Senior Media Editor: Morgen Murphy

Senior Marketing Manager: Ben Rivera

Marketing Coordinator: Janine Enos

Marketing Communications Manager: Glenn McGibbon

Content Project Manager: Anne Finley

Senior Art Director: Linda Jurras

Senior Print Buyer: Betsy Donaghey

Senior Rights Acquisition Specialist: Katie Huha

Production Service: PreMediaGlobal

Cover Image: istockphoto.com/apomares

Compositor: PreMediaGlobal

Library of Congress Control Number: 2011924992

ISBN-13: 978-1-111-83534-7
ISBN-10: 1-111-83534-9

Heinle
20 Channel Center Street
Boston, MA 02210
USA

Cengage Learning products are represented in Canada by Nelson Education, Ltd.

For your course and learning solutions, visit
www.cengage.com

Purchase any of our products at your local college store or at our preferred online store
www.cengagebrain.com

Printed in the United States of America
1 2 3 4 5 6 7 15 14 13 12 11

Table of Contents

Para los estudiantes

Bienvenido(a) al *Cuaderno para los hispanohablantes*. La meta de este programa es presentarte con las herramientas para profundizar tu conocimiento del idioma español. Abarca los puntos más necesarios e importantes de la gramática y el vocabulario, junto con un tratamiento extenso de las reglas de acentuación y ortografía.

La sección **Gramática en contexto** se enfoca en los puntos gramaticales que son difíciles de dominar además de ofrecer una variedad de actividades contextualizadas para que nada se aprenda en abstracto, sino dentro de un contexto útil. El **vocabulario** se presenta al mismo estilo con la sección **Vocabulario en contexto**, donde cada palabra fue seleccionada por su relevancia y utilidad. En todas las lecciones se presentan también explicaciones de las **reglas de acentuación y ortografía**, enfocadas en los casos difíciles: los fonemas y su relación con las letras del alfabeto, las complicaciones que presentan los homófonos, los problemas que pueden surgir por la influencia del inglés, y mucho más.

Pero vale notar que este cuaderno consiste en más que explicaciones y ejercicios; además de los puntos lingüísticos, las secciones de **Lectura** dejan reflejado el poder de la cultura hispana con lecturas literarias y periodísticas, contemporáneas y representativas del mundo actual. En las secciones de **A ver y escuchar**, este cuaderno también incorpora un programa completo de video con gente de una gran variedad de los países del mundo hispanohablante, incluso hispanohablantes cómo tú que viven en los Estados Unidos. Esperamos que este cuaderno te ayude a perfeccionar tu capacidad lingüística, y que te dé lo necesario para utilizar el idioma como quieras: en casa, en la comunidad, en la universidad, en el trabajo, o en cualquier parte del mundo.

Program components

Video on DVD (1111837538)

This DVD contains all ten clips of the video program that accompanies the *Cuaderno*, paired individually with each lesson.

Heinle eSAM Online Student Activities Manual, Printed Access Card (1111990603)

Heinle eSAM is an advanced and easy-to-use e-learning platform for delivering the activities of the *Cuaderno* over the web.

Mundo 21 + Cuaderno Premium Website, Printed Access Card (1133047602)

Grants access to all of the resources of the *Mundo 21* Premium Website, along with the video program that accompanies the *Cuaderno.*

Mundo 21 + Cuaderno iLrn: Heinle Learning Center™, Printed Access Card (1133047580)

Grants access to all of the resources of the *Mundo 21* iLrn: Heinle Learning Center™, along with the complete video program and eSAM version of the *Cuaderno.* For more information, see inside cover of *Mundo 21*.

Acknowledgments

We would like to acknowledge the many contributions, large and small, that helped to make the *Cuaderno* possible, whose support for this project throughout has been critical in its realization: Carolyn Nichols and Andy Kwok, for their help with the video program; Stacy Drew from PreMediaGlobal for her expert project management; Melissa Flamson for her speedy and efficient help with the readings for this volume; Guadalupe Ortiz, copy editor, for her precise edits; and Pilar Acevedo, native reader, for her valuable suggestions.

We would also like to thank the instructors who lent us their invaluable expertise and careful eyes as we developed this project:

Alejandra Balestra, *George Mason University*

Daniel Briere, *University of Indianapolis*

Isabel Bustamante-López, *California Polytechnic University*

Jonathan Carlyon, *Colorado State University*

Matt Carpenter, *Yuba College*

Julie Glosson, *Union University*

Denise Mills, *Daemen College*

Ana Peña Oliva, *University of Texas at Brownsville*

Monica Malamud, *Canada College*

Kathleen March, *University of Maine*

Karen Martin, *Union University*

Lydia Masanet, *Mercer University*

José Ruiz, *Imperial Valley College*

Travis Schiffman, *Snow College*

Finally, we would like to extend a most special thanks to Max Ehrsam, without whose many contributions, insights and hard work this book would not exist. His passion for and belief in this project (along with the many hours spent working on it) form its backbone, and for that we offer our most sincere gratitude.

AL CINE Y AL CONCIERTO

1.1 ¡Está de película!

VOCABULARIO EN CONTEXTO

1.1A ¿Qué tipo de película? Selecciona el género de película que se describe en cada oración.

1. Este tipo de película dramatiza la historia de un personaje de la vida real.
   a. documental
   b. de parodia
   c. biográfica

2. Las películas de este tipo inspiran miedo en los espectadores.
   a. de ciencia ficción
   b. de terror
   c. musical

3. Estas películas se hacen primordialmente para niños, pero algunos adultos también las disfrutan.
   a. de dibujos animados
   b. romántica
   c. de vaqueros

4. Estas películas narran una historia por medio de canciones.
   a. cómica
   b. de animación digital
   c. musical

5. Las películas de este tipo cuentan historias del Oeste; sus personajes suelen montar a caballo y llevar pistolas.
   a. épica
   b. de parodia
   c. de vaqueros

6. Este tipo de película se hace para hacer reír a los espectadores.
   a. policiaca
   b. de drama
   c. cómica

7. Estas películas se centran en el tema de los crímenes y el proceso para resolverlos.
   a. épica
   b. policiaca
   c. de ciencia ficción

8. Las películas de este tipo son informativas y presentan hechos de la vida real.
   a. documental
   b. de drama
   c. de guerra

1.1B Asociaciones. Une los tipos de películas de la columna izquierda con los grupos semánticos más lógicos de la columna derecha.

_____ 1. de vaqueros

_____ 2. de guerra

_____ 3. musical

_____ 4. romántica

_____ 5. de ciencia ficción

_____ 6. documental

_____ 7. de terror

_____ 8. policiaca

a. futuro, androides, intergaláctico

b. sangre, asesino en serie, cuchillo

c. caballos, pistolas, el Lejano Oeste

d. ritmo, espectáculo, canciones

e. la vida acuática, los osos polares, el deshielo

f. el crimen, el detective, misterioso

g. los nazis, Francia, el bombardeo

h. el beso, el amor a primera vista, el matrimonio

1.1C Sinopsis. Lee las siguientes sinopsis de películas y di a qué género pertenecen. Si reconoces la película, escribe también su nombre, de preferencia en español.

1. Un león pequeño nace en África. Como consecuencia, su tío pasa a ser el segundo heredero al trono. El tío, con la ayuda de las hienas, intenta matar al rey y al pequeño príncipe, para de esa forma apoderarse del trono. El rey muere y el tío convence al príncipe de que es su culpa. El pequeño león huye avergonzado del reino. Tras años de vivir en el exilio, el príncipe vuelve a casa para reclamar su derecho al trono.

   a. de guerra   b. documental   c. de dibujos animados

   d. biográfica   e. de ciencia ficción

   Nombre de la película: _____

2. Una estudiante de secundaria y sus amigos tienen pesadillas muy violentas que contienen un elemento en común: un asesino en serie con la cara desfigurada, quien lleva un guante con navajas en la mano derecha. Cuando uno de sus amigos muere asesinado en sus sueños, la estudiante de secundaria se da cuenta de que debe permanecer despierta y descubrir la verdad acerca del personaje desfigurado.

   a. épica   b. policiaca   c. de ciencia ficción

   d. de terror   e. de parodia

   Nombre de la película: _____

3. Durante los años de la prohibición de las bebidas alcohólicas en los Estados Unidos, un agente de la policía federal forma un grupo de agentes e investigadores para capturar al jefe de la mafia de Chicago. El agente principal es un hombre honorable que debe luchar no solo contra la mafia, sino contra la corrupción de otros miembros de la policía. El jefe de la mafia intenta matarlos, pero pronto descubre que son intocables.

   a. de terror   b. de guerra   c. de vaqueros

   d. de misterio   e. policiaca

   Nombre de la película: _____

4. Un ex piloto de la Marina tiene miedo de volar por causa de un incidente que tuvo durante la guerra. Ahora está en un vuelo en el que, por lo visto, es el único pasajero que no está loco. Todo lo que podría fallar en este vuelo, falla de manera exagerada. Parte del problema es que el copiloto es una estrella de baloncesto y el controlador de tráfico aéreo sufre de una adicción a varias sustancias tóxicas.

   a. de ciencia ficción   b. de parodia   c. de guerra

   d. de aventuras   e. de animación digital

   Nombre de la película: _____

5. Ciudad de Washington. La División de Pre-crímenes utiliza el potencial de tres seres humanos genéticamente alterados para prevenir asesinatos. Desafortunadamente, un agente de la policía es acusado de un crimen futuro, por lo que debe escapar para averiguar los orígenes de dicho crimen y cambiar los sucesos antes de que el crimen ocurra. La historia sucede en el año 2054.

   a. de drama   b. de ciencia ficción   c. de guerra

   d. documental   e. épica

   Nombre de la película: _____

1.1D Tu propia sinopsis. Lee otra vez las sinopsis de la actividad **1.1C.** Ahora piensa en una película que te guste y escribe una sinopsis breve (de 60 a 80 palabras). Menciona también por qué te gusta la película y a qué género pertenece. No te olvides de incluir el título de la película en español.

_____

_____

_____

_____

_____

_____

_____

_____

_____

GRAMÁTICA EN CONTEXTO

1.1E Género. Selecciona la palabra que no pertenece al grupo. Piensa en los artículos definidos antes de contestar.

1. a. hambre   b. agua   c. harina   d. águila

2. a. escudo   b. mano   c. ave   d. dialecto

3. a. mapa   b. planeta   c. alma   d. abeja

4. a. camión   b. tradición   c. composición d. educación

5. a. pentagrama b. problema c. diploma   d. materia

6. a. césped   b. solicitud   c. pared   d. ciudad

7. a. favor   b. mirador   c. labor   d. lugar

8. a. idioma   b. problema   c. tema   d. cama

La ciudad de Toledo tiene **un** clima estupendo.

1.1F Artículos. Completa la siguiente oración con la opción correcta.

1. _____ contaminación es _____ problema que nos afecta a todos.
   a. La, un   b. (nada), una   c. (nada), un   d. La, una

2. Estudiamos _____ mapa de América del Sur en la clase de _____ profesora Gómez.
   a. un, (nada)   b. el, la   c. una, (nada)   d. la, la

3. Juan compró _____ azúcar en la tienda de _____ doña Inés.
   a. la, un   b. el, (nada)   c. la, la   d. el, la

4. _____ martes, _____ señor Garza ve _____ programa en la tele que le gusta mucho.
   a. (nada), (nada), un   b. Los, (nada), un   c. El, el, una   d. Los, el, un

5. _____ 30 de abril se celebra _____ día de _____ Santa Sofía.
   a. El, el, la   b. (nada), el, la   c. (nada), la, (nada)   d. El, el, (nada)

6. _____ español es _____ idioma importante en el campo de la literatura. Hay muchas obras clásicas escritas en _____ español.
   a. El, un, el   b. (nada), una, (nada)   c. El, un, (nada)   d. El, una, (nada)

7. _____ naranjas son caras en este supermercado. Cuestan cuarenta pesos _____ kilo.
   a. Las, el   b. (nada), un   c. Las, (nada)   d. Las, un

8. Este libro trata sobre _____ México de _____ años ochenta.
   a. el, los   b. (nada), los   c. un, los   d. el, (nada)

ACENTUACIÓN Y ORTOGRAFÍA

■ LAS SÍLABAS Y EL SILABEO

El silabeo es el acto de separar una palabra en sílabas. La división de una palabra en sílabas es útil para aplicar las reglas de acentuación. Las siguientes son reglas para separar las palabras en sílabas.

a. Consonantes

1. Una consonante intervocálica

Cuando hay una consonante entre dos vocales, la consonante se une a la segunda vocal para formar una sílaba.

ca/**s**a   pe/**r**o   bu/**z**o   va/**r**a   ti/**j**e/ra

En español, los fonemas **ch, ll** y **rr** representan una sola consonante.

pe/**ch**o   ca/**ll**e   si/**ll**a   pe/**rr**o

1.1G Sílabas. Divide las siguientes palabras en sílabas.

café   lima   marino   taco   panadero

mariposa   cabello   coche   seguro   carrito

2. Dos consonantes intervocálicas

Cuando hay dos consonantes entre dos vocales (excepto **ch, ll** y **rr**), las consonantes deben separarse.

a**c**/cio/nes   cam/**p**o   can/**t**o   an/**g**us/tia   car/**t**el

Sin embargo, no deben separarse las consonantes **b, c, f, g** y **p** cuando van seguidas de **l** o **r**, o las combinaciones **dr** y **tr**.

ha/**bl**a   **Br**u/no   cho/**cl**o   **cr**e/cer   **Fl**a/vio   **fr**on/tal

re/**gl**a   **gr**a/cias   a/**pl**a/nar   a/**pr**i/sa   al/men/**dr**a   **tr**a/po

1.1H Más sílabas. Divide las siguientes palabras en sílabas.

composta   carpeta   drama   grito   acné

negra   plazo   contigo   canto   vagabundo

apretado   aglomerado   mustia   brazo   tragedia

3. Tres o más consonantes intervocálicas

Cuando hay tres o más consonantes entre vocales, solo la última consonante se une a la siguiente vocal (a menos que sean **l** o **r**, en cuyo caso dos consonantes se unen a la siguiente vocal).

ins/**t**i/ga   cons/**t**a   ins/**p**i/ra   in/**gl**e/sa   im/**pr**e/so

1.1I Otras sílabas. Divide las siguientes palabras en sílabas.

| empresa | transmitir | resplandor | instituto | espléndido |
| instrumento | inspección | constante | estrecho | transponer |

b. Vocales

Vocales fuertes	Vocales débiles	Combinación de vocales
a	i	**Hiato:** dos vocales que forman dos sílabas
e		**Diptongo:** dos vocales que forman una sola sílaba
o	u	**Triptongo:** tres vocales que forman una sola sílaba

1. Hiato

Dos vocales que tienen la misma fuerza representan dos sílabas. Cada vocal fuerte representa una sílaba; cuando se combina con otra vocal fuerte, se separan.

ca/e/mos   le/en   em/ple/o   em/ple/a/do

Si se enfatiza una vocal débil antes o después de una vocal fuerte, hay separación de sílabas. Una vocal débil enfatizada, en combinación con una vocal fuerte, siempre llevará acento escrito.

ca/í/da   re/í/mos   ma/ú/lla   gra/dú/en

tí/os   sa/lí/an   rí/en   grú/a

1.1J Hiatos. Divide las siguientes palabras en sílabas.

recaer	crear	creer	veo	caos
boa	coexistir	gentío	etíope	ataúd
frío	reí	raíz	reúnan	rehúsa

2. Diptongo

La combinación de dos vocales débiles o de una vocal fuerte y una vocal débil en una sola sílaba representa un diptongo, y no debe separarse.

bai/le   vie/nen   rei/no   re/me/dio

rue/da   deu/da   rui/do   es/ta/dou/ni/den/se

La regla aplica también aunque haya un acento escrito en la vocal fuerte del diptongo.

diá/fa/no   tam/bién   na/ció   guár/da/lo

fué/ra/mos   bai/láis   ói/ga/me   Éu/fra/tes

1.1K Diptongos. Divide las siguientes palabras en sílabas.

aviador	aire	bienestar	deleite	miope
oiga	causa	fueron	duodeno	endeudarse
recién	enjáulalo	cantáis	aguántate	hueso

3. Triptongo

El triptongo es una sílaba formada por tres vocales.

a/ve/ri/**guáis**   lim/**piéis**

Cuando en la combinación hay más de una vocal fuerte o cuando el énfasis está en una vocal débil, se producen más de una sílaba.

se/**áis**   ca/**í**/an   re/**í**/a/mos

1.1L Triptongos y otras combinaciones. Divide las siguientes palabras en sílabas.

veían   caíamos   esquiáis   vivíais   traían

caerías   oíais   enviéis   creías   actuéis

1.1M Palabras combinadas. Divide las siguientes palabras en sílabas.

mercado   rehúsa   moveríais   caballo   instrumento

acuérdate   Dios   leían   cuestas   resplandor

adrenalina   café   siguientes   caían   huevos

1.2 Al ritmo de la música

VOCABULARIO EN CONTEXTO

1.2A Definiciones. Escoge el término que corresponde a cada una de las siguientes definiciones.

1. Esta persona es autora de las canciones que canta.
   - a. el solista
   - b. el cantautor
   - c. el arreglista

2. Este término se refiere a la música que se compone para una película.
   - a. la banda sonora
   - b. la melodía
   - c. la discografía

3. Es una plataforma sobre la cual se presentan los músicos en un concierto.
   - a. la acústica
   - b. la armónica
   - c. el escenario

4. Esta persona escribe reseñas sobre conciertos y grabaciones musicales.
   - a. el crítico
   - b. la discográfica
   - c. el cantautor

5. Combinación de notas musicales que tiene un efecto placentero.
   - a. la melodía
   - b. la armonía
   - c. el micrófono

6. La parte de la composición musical que está constituida por palabras.
   - a. la acústica
   - b. la letra
   - c. la discografía

1.2B Intruso. Encuentra en cada uno de los siguientes grupos de palabras el término que no corresponda al grupo semántico.

1. micrófono, escenario, ritmo, teclado

2. guitarra, piano, harpa, flauta

3. tambor, batería, órgano, acorde

4. banda sonora, contrabajo, ópera, canción

5. tango, melodía, mambo, flamenco

6. saxofón, flauta, trompeta, piano

7. soprano, director, coro, tenor

8. cantar, componer, dirigir, reseñar

1.2C Crítico musical. Piensa en una canción que te guste mucho. Escribe el nombre de la canción en español y describe por qué te gusta. Considera describir los siguientes aspectos: la letra de la canción y su tema, la voz del / de la cantante, el ritmo y los arreglos musicales. Escribe de ocho a diez oraciones.

_____

_____

_____

_____

_____

_____

_____

_____

_____

_____

GRAMÁTICA EN CONTEXTO

1.2D Verbos en contexto. Completa las siguientes oraciones en el presente de indicativo con uno de los verbos indicados. Elige el verbo más lógico, según el contexto.

1. Mi familia _____ tamales todos los sábados en la noche. A mí me gustan los de pollo.

   cenar   ofrecer   desayunar

2. Raúl y yo _____ comprar un solo libro de texto para los dos.

   pagar   decidir   discutir

3. Con frecuencia, los niños pequeños _____ para que sus madres los atiendan.

   desear   necesitar   gritar

4. Alberto, tú _____ estudiar al menos dos horas más para el examen de mañana.

   deber   comenzar   insistir

5. Los fanáticos de Ricky Martin _____ a todos los conciertos del cantante puertorriqueño.

   atender   asistir   salir

6. Usted _____ la gramática otra vez porque sus estudiantes no la entienden.

   hablar   explicar   decir

7. Las tías de Rodrigo _____ toda la tarde en preparación para la fiesta.

   cocinar   comer   merendar

8. El turista _____ los sitios arqueológicos en la península yucateca.

   asistir   deber   visitar

1.2E Más verbos. Completa las siguientes oraciones con el presente de indicativo de los verbos indicados.

1. Los señores Castro _____ (dañar) las puertas del coche durante el accidente.

2. Mis amigos y yo _____ (poseer) cualidades que nos hacen atractivos a las empresas.

3. Las candidatas a la presidencia _____ (asegurar) que la economía va a mejorar después de las elecciones.

4. Lleno de energía, el niño _____ (cansar) al perro durante sus juegos.

5. Ricardo, ¿tú _____ (cubrir) todos los gastos de nuestro viaje?

6. Señora Carmen, usted siempre _____ (temer) lo peor. ¡Más optimismo, por favor!

7. Yo no _____ (dejar) que mis hijos vean películas para adultos.

8. Los diplomáticos _____ (unir) sus ideales para así conseguir la paz mundial.

1.2F Oraciones. Completa las siguientes oraciones usando para cada oración uno de los verbos de la actividad **1.2E**. Conjúgalos en el presente de indicativo. Si no conoces el significado de alguno de los verbos, consulta un diccionario.

1. Los deportes acuáticos _____

2. Mis primos y yo _____

3. La amiga de Juan _____

4. Los problemas ecológicos _____

5. Doctor Flores, _____

1.2G Mi situación actual. Escoge diez de los siguientes verbos para escribir una breve descripción de tu vida actual, tus gustos y/o tu rutina diaria.

amar	decidir	leer
aprender	desear	necesitar
beber	escribir	recibir
comer	escuchar	trabajar
deber	estudiar	vivir

_____
_____
_____
_____
_____
_____
_____
_____
_____

A VER Y ESCUCHAR

1.2H Antes de ver. Los siguientes términos están empleados en el video correspondiente a la Lección 1. Antes de ver el video, une cada carrera de la columna izquierda con la cita más lógica de la columna derecha.

_____ 1. guionismo

_____ 2. administración de empresas

_____ 3. medicina

_____ 4. economía

a. "Estudio escritura para la televisión y para películas".

b. "Me gustan las ciencias sociales y también [...] las matemáticas".

c. "Siempre me ha gustado el cuerpo humano; cómo funciona".

d. "Siempre me interesaron los negocios".

1.2I Comprensión. Ve el video y contesta las siguientes preguntas con la opción correcta, según lo que dijeron las personas entrevistadas.

1. ¿Qué dice Raquel (España) sobre su familia?

   Dice que...
   a. su hermano menor estudia en París.
   b. tiene dos hermanos y que sus padres están separados.
   c. a sus padres no les gusta Madrid.
   d. todos en su familia son estudiantes.

2. ¿Cuáles son las profesiones de los padres de Pablo (Argentina)?
   a. Su padre es médico y su madre es enfermera.
   b. Ambos son médicos.
   c. Su padre es mecánico y su madre es diseñadora de interiores.
   d. Su madre es diseñadora de interiores y su padre es médico.

3. ¿Cuáles son los pasatiempos favoritos de Winnie (Guatemala)?
   a. actuar, dibujar y escribir
   b. bailar, salir con amigos y actuar
   c. ir de compras, actuar y escribir
   d. el futbol, el tenis y el rugby

4. De acuerdo con lo que dice Winnie, ¿qué significa ser "de edad"?

   Cuando uno es de edad puede...
   a. comprar bebidas alcohólicas.
   b. votar.
   c. ir a los clubes y discotecas.
   d. hacer todo lo mencionado.

5. ¿Cuál es el estado amoroso de Diego (España)?
   a. Es viudo.
   b. Tiene pareja desde hace más de cuatro años.
   c. Es soltero, pero está abierto a otras posibilidades.
   d. Vive cerca de su pareja.

6. Macarena (Chile) dice que Diego (Chile) es su "pololo". ¿Qué quiere decir con esto?
   a. Es su colega; trabajan juntos.
   b. Es su hermano.
   c. Es de la misma nacionalidad.
   d. Es su novio.

1.2J Entrevista personal. Contesta ahora las mismas preguntas que los entrevistados. Responde con oraciones completas.

1. ¿Cómo te llamas y de dónde eres? _____

2. ¿Qué estudias? _____

3. ¿Cómo decidiste estudiar esta carrera? _____

4. ¿Cómo es tu familia? _____

5. ¿Cuáles son tus pasatiempos favoritos? _____

6. ¿Qué sueles hacer con los amigos? _____

7. ¿Cuál es tu estado amoroso? _____

1.3 Los detalles de la experiencia

VOCABULARIO EN CONTEXTO

1.3A Adjetivos. Une cada descripción de la columna izquierda con el adjetivo de la columna derecha que mejor la describa.

_____ 1. un accidente automovilístico; dos muertos

_____ 2. un cuento sobre un adolescente con poderes mágicos

_____ 3. un personaje que hace reír al público

_____ 4. un buen amigo

_____ 5. un día soleado en la playa

_____ 6. un análisis de mercado de quinientas páginas

_____ 7. un rey que gobierna a millones de súbditos

_____ 8. un niño con la misma habilidad matemática
         que una computadora

a. aburrido

b. cómico

c. estupendo

d. imaginativo

e. impresionante

f. poderoso

g. trágico

h. valioso

1.3B En tus propias palabras. Para cada uno de los siguientes adjetivos, escribe una descripción apropiada, al estilo de las descripciones de la actividad **1.3A.**

1. conmovedor

_____

2. creativo

_____

3. emocionante

_____

4. entretenido

_____

5. espantoso

_____

6. formidable

_____

7. pésimo

_____

8. sorprendente

_____

GRAMÁTICA EN CONTEXTO

1.3C Reacciones. Une cada situación de la columna izquierda con la reacción apropiada de la columna derecha.

_____ 1. Encuentras un objeto extraño en tu sopa.

_____ 2. Olvidas la anécdota que tu amiga te narró el otro día.

_____ 3. Lees en las noticias que hay una guerra en un país de otro continente.

_____ 4. Tu compañero de cuarto deja su ropa tirada en el suelo.

_____ 5. Alguien te pide que le expliques el arte cubista.

a. ¿Qué fue aquello que me contaste?

b. ¡Esto es un desastre!

c. ¿Qué es esto?

d. ¡Eso es muy complicado!

e. ¡Aquello es una tragedia!

Esta fuente y **aquellas** flores me gustaron mucho.

Photo by Max Ehrsam and Kyle Szary

1.3D Demostrativos. Completa las oraciones con el par de demostrativos correctos.

1. _____ pantalones me gustan mucho, pero prefiero comprar
   _____ blusa.
   a. Esos, este
   b. Estas, aquella
   c. Estos, esa

2. _____ música me recuerda a _____ concierto al que fui
   hace unos años.
   a. Esta, aquel
   b. Esa, este
   c. Esa, ese

3. _____ libro que tengo en la mano cuesta más que
   _____ libro que encontramos en la otra librería.
   a. Este, aquel
   b. Ese, aquel
   c. Este, esos

4. _____ documental que vimos hace unos años es parecido a
   _____ programa de televisión que estamos viendo ahora.
   a. Aquel, esta
   b. Ese, esa
   c. Aquel, este

5. Estoy aburrido en _____ fiesta. ¿Por qué no vamos mejor a
   _____ bar que está en el centro?
   a. esa, ese
   b. aquella, este
   c. esta, aquel

6. ¿Qué es _____ que tienes en las manos? ¿Es _____
   sorpresa que me prometiste?
   a. esta, esa
   b. este, aquella
   c. eso, aquella

LECTURA

1.3E Antes de leer. Las siguientes citas están tomadas de la lectura "Simetría", de Juan José Millás. Escoge la opción que más se acerque al significado original de cada cita.

1. "[...] se me puso algo así como un clavo grande de madera a la altura del paquete intestinal [...]".
   a. Tuve un accidente y se me metió un palo largo y grueso cerca del estómago.
   b. Sentí angustia con un efecto físico en el cuerpo.
   c. Sentí dolor y ganas de ir al baño.

2. "[...] habría sido preciso ser muy insensible para ignorar que estábamos en la víspera del lunes [...]".
   a. Solo las personas de carácter frío no sufren los domingos por la noche.
   b. Las personas distraídas no saben en qué día de la semana están.
   c. Las personas ignorantes no saben que el lunes es el primer día de la semana.

3. "[...] las relaciones de vecindad [...] son las únicas posibles una vez que uno ha cumplido los cuarenta años y se ha desengañado de las amistades de toda la vida".
   a. Antes de los cuarenta años uno tiene mejores amigos que después de los cuarenta.
   b. Los vecinos son mejores amigos que las personas que supuestamente son nuestras amigas.
   c. A los cuarenta años uno ya sabe que no existen las amistades de toda la vida.

4. "[...] un ligero defecto de nacimiento le da a mi mirada un tono de extravío que quienes no me conocen identifican con cierta clase de deficiencia psíquica".
   a. Las personas que no me conocen creen que tengo poderes psíquicos.
   b. Las personas que me conocen saben que tengo un problema mental que tiene consecuencias en mi mirada.
   c. Las personas que no me conocen creen que mi forma de mirar es la de alguien que tiene un defecto mental.

5. "[tengo una] tendencia de utilizar giros y metáforas cuyo significado más profundo no suelen alcanzar las personas vulgares".
   a. Las personas vulgares no disfrutan cuando uso lenguaje demasiado elaborado.
   b. Solo las personas refinadas entienden mi manera de hablar, que es elegante y poética.
   c. Hablo con metáforas para que las personas vulgares no puedan entenderme.

6. "[...] me dejaron ir con la amenaza de ser llevado a juicio si volvía a las andadas".
   a. Me amenazaron con llevarme al juicio si continuaba repitiendo las mismas acciones.
   b. Me dejaron ir a cambio de que no caminara por los mismos lugares.
   c. Me dejaron ir con la condición de que no volviera a andar.

Simetría

Juan José Millás (España)

A mí siempre me ha gustado disfrutar del cine a las cuatro de la tarde, que es la hora a la que solía ir cuando era pequeño; no hay aglomeraciones y con un poco de suerte estás solo en el patio de butacas[1]. Con un poco más de suerte todavía, a lo mejor se te sienta a la derecha una niña pequeña, a la que puedes rozar con el codo o acariciar ligeramente la rodilla sin que se ofenda por estos tocamientos ingenuos, carentes de maldad.

El caso es que el domingo este que digo había decidido prescindir[2] del cine por ver si era capaz de pasar la tarde en casa, solo, viendo la televisión o leyendo una novela de anticipación científica, el único género digno de toda la basura que se escribe en esta sucia época que nos ha tocado vivir. Pero a eso de las seis comenzaron a retransmitir un partido de fútbol en la primera cadena[3] y a dar consejos para evitar el cáncer de pulmón en la segunda. De repente, se notó muchísimo que era domingo por la tarde y a mí se me puso algo así como un clavo grande de madera a la altura del paquete intestinal, y entonces me tomé un tranquilizante que a la media hora no me había hecho ningún efecto, y la angustia comenzó a subirme por todo el tracto respiratorio y ni podía concentrarme en la lectura ni estar sin hacer nada... En fin, muy mal.

Entonces pensé en prepararme el baño y tomar una lección de hidroterapia, pero los niños del piso[4] de arriba comenzaron a rodar[5] por el pasillo algún objeto pesado y calvo (la cabeza de su madre, tal vez), y así llegó un momento en el que habría sido preciso ser muy insensible para ignorar que estábamos en la víspera[6] del lunes. Paseé inútilmente por el salón para aliviar la presión del bajo vientre, cada vez más oprimido por el miedo. Pero la angustia —desde dondequiera que se produjera— ascendía a velocidad suicida por la tráquea hasta alcanzar la zona de distribución de la faringe, donde se detenía unos instantes para repartirse de forma equitativa entre la nariz, la boca, el cerebro, etc.

Y en esto que ya no puedo más y me voy a ver a mi vecino, que también vive solo en el apartamento contiguo al mío. Sé que estaba en su agujero[7] porque había oído ruidos y porque, además, es un pobre infeliz que jamás sale de su casa. Pues bien, llamé a su puerta varias veces y, en lugar de abrirme, comenzó a murmurar y a gemir[8] como si estuviera con una mujer. Me dio tanta rabia que decidí irme al cine, aunque fuera a la segunda sesión, completamente decepcionado ya de las

1. sillas, 2. abstenerme, 3. canal de televisión, 4. apartamento, 5. arrastrar, mover, 6. la noche anterior, 7. hoyo, 8. hacer ruidos de dolor

Juan José Millás, excerpt from "Simetría," *Primavera de luto y otros cuentos* (Barcelona: Destino, 1992), pp. 59–64. © Juan José Millás. Used with permission.

relaciones de vecindad, que son las únicas posibles una vez que uno ha cumplido los cuarenta y se ha desengañado[9] de las amistades de toda la vida.

Y en este punto comenzó mi ruina por lo que a continuación detallaré: resultó que en la cola del cine —tres o cuatro metros delante de mí— había un señor que se parecía mucho a mi vecino y que no hacía nada más que volverse y mirarme como si me conociera de algo, y de algo malo a juzgar por la expresión de su rostro[10]. Tuve la mala suerte de entrar cuando ya había comenzado la película y de que el acomodador, por casualidad, me colocara junto a él. Este sujeto estuvo removiéndose en el asiento, dándome codazos[11] y lanzando suspiros[12] durante toda la película. Daba la impresión de que yo le estuviera molestando de algún modo, cosa improbable si consideramos que no suelo masticar chicle, ni comer palomitas, ni desenvolver[13] caramelos en la sala. El film, por otra parte, era novedoso y profundo, pues se trataba de una delegación de aves que se presentaba ante Dios con el objeto de protestar por la falta de simetría detectable[14] en algunos aspectos de la naturaleza. Así, esta delegación —compuesta por pájaros grandes en general— se quejaba de que tanto los animales terrestres como los aéreos tuvieran que encontrarse tras la muerte en la misma fosa, cuando una disposición más armónica y equilibrada habría exigido que quienes pasaran su existencia en el aire reposaran[15] en la tierra al fallecer, mientras que quienes habían vivido en la tierra encontraran descanso eterno en el aire. El Supremo Hacedor, que todo lo sabe, no ignoraba que esta era una vieja aspiración de los buitres[16] y demás pájaros carroñeros, que soñaban con una atmósfera repleta de cadáveres. Pero ocupado como estaba en otros asuntos de mayor trascendencia, y por no discutir, firmó una disposición obligatoria que solo obedecieron los indios. Mas cuando los indios se acabaron por las rarezas[17] de la historia y los cadáveres desaparecieron de las ramas de los árboles, se formó una nueva comisión que volvió a molestar con la misma cantinela[18] al Relojero del Universo. Entonces, Este —que se encontraba ya menos agobiado— explicó a los pájaros que la simetría no se podía imponer de golpe, sino que se trataba de una conquista a realizar en diversas etapas, la primera de las cuales —dijo— consistiría en convertir a los gorriones[19] en las cucarachas de las águilas. De ahí que desde entonces estas aves rapaces[20] sientan enorme repugnancia por esos pajaritos grises, que los seres humanos nos comemos fritos en los bares de barrio.

Bueno, pues el impertinente sujeto que digo me impidió ver a gusto este documental apasionante y denso, del que sin duda se me escaparon muchas cosas. Pero lo peor fue que a la salida del cine comenzó a perseguirme por todas las calles

---

9. desilusionado, 10. cara, 11. golpes con el codo, 12. respiraciones profundas, 13. abrir, 14. notable, 15. descansaran, 16. pájaro que come animales muertos, 17. misterios, 18. cancioncita, 19. pájaro pequeño, 20. que cazan a animales pequeños

con un descaro[21] y una astucia impresionantes: con descaro, porque no hacía más que mirarme; y con astucia, porque, en lugar de seguirme por detrás, me seguía por delante, aunque volvía[22] frecuentemente el rostro con expresión de sospecha, como si yo fuera un delincuente conocido o algo así.

Intenté, sin éxito, deshacerme de él con diversas argucias[23], pero se ve que el tipo era un maestro en esta clase de persecuciones y no hubo manera de quitármelo de encima. Hasta que, a las dos horas de implacable persecución, se paró delante de una comisaría[24] y cuchicheó[25] algo con el guardia de la puerta, al tiempo que me señalaba. Yo continué avanzando con tranquilidad sin sospechar lo que me aguardaba. El caso es que cuando llegué a la altura del establecimiento policial, el guardia me detuvo y me preguntó que por qué tenía yo que seguir a aquel señor. Le expliqué, sin perder los nervios ni la compostura, que se había equivocado, que el perseguido era yo. De todos modos, me obligó a pasar dentro en compañía del sujeto que, frente al comisario, me acusó de haberle molestado con el codo y con la rodilla durante la película, y de andar detrás de él toda la tarde.

En seguida advertí[26] que el comisario estaba más dispuesto a creerle a él que a mí, porque yo era —de los dos— el que peor vestido iba, pero también porque un ligero defecto de nacimiento le da a mi mirada un tono de extravío que quienes no me conocen identifican con cierta clase de deficiencia psíquica[27]. Procuré, pues, mantener la serenidad y hablar en línea recta, pese[28] a mi conocida tendencia de utilizar giros y metáforas cuyo significado más profundo no suelen alcanzar las personas vulgares. Y creo que habría conseguido mi propósito de convencer al policía, de no ser porque en un momento dado de este absurdo careo[29] el defensor de la ley nos preguntó que qué película habíamos visto. Yo respondí que no me acordaba del título, aunque podía contarle el argumento. Confiaba en derrotar a mi adversario en este terreno, dada mi habilidad para narrar fábulas o leyendas previamente aprendidas. De manera que me apresuré a desarrollar la historia de los pájaros. Y ahí es donde debí cometer algún error, porque detecté en el comisario una mirada de perplejidad y una fuerte tensión a medida que el relato avanzaba.

El caso es que cuando acabé de contarle la película, se dirigió al otro y le dijo que podía marcharse; a mí me retuvieron aún durante algunas horas. Finalmente, me hicieron pagar una multa[30] de regular grosor y me dejaron ir con la amenaza de ser llevado a juicio si volvía a las andadas[31]. Desde entonces, siempre que me persigue alguien, me detienen a mí. Y de todo esto tiene la culpa mi vecino, que no me abre la puerta. Pero también influye un poco el hecho de que haya dejado de asistir al cine a las cuatro de la tarde, que es la hora a la que solía ir cuando era pequeño. En fin.

---

21. insolencia, 22. giraba, 23. trucos, 24. oficina de la policía, 25. habló en voz baja, 26. noté, 27. mental, 28. a pesar de, 29. discusión, 30. sanción, 31. **volvía...** repetía las mismas acciones

Nombre _____ Fecha _____

1.3F Comprensión. Escoge la respuesta correcta a cada una de las siguientes preguntas.

1. ¿Qué opina el narrador de la gente y de la época en que vivimos?
   a. Dice que la gente es sucia y la época en que vivimos es aburrida.
   b. Dice que las personas que van al cine se comportan como criminales y que la época es vulgar.
   c. Dice que las amistades de toda la vida no existen y que vivimos en una época sucia.

2. ¿Por qué motivos comienza el narrador a sentir angustia?

   Siente angustia porque...
   a. no fue al cine a las cuatro y no había nada interesante que ver en la televisión.
   b. es la víspera del lunes y su vecino está teniendo relaciones sexuales.
   c. tiene cuarenta años y no ha establecido relaciones de vecindad.

3. Según el narrador, ¿sobre qué trata la película?
   a. Es un documental sobre las aves y lo que les sucede cuando mueren.
   b. Es una historia de ficción en la que las aves le piden a Dios que haga al mundo más simétrico.
   c. Es un drama sobre la conquista y muerte de los indios, representados por las aves.

4. ¿Por qué dice el narrador que el hombre lo comenzó a seguir con descaro y astucia?

   Lo dice porque...
   a. tenía aspecto de criminal y se movía rápidamente.
   b. no dejaba de mirarlo y porque lo seguía por delante.
   c. se sentó junto a él en el cine y no dejaba de tocarlo con el codo.

5. ¿Por qué piensa el narrador que el comisario no le cree su historia?

   Lo piensa porque...
   a. el otro hombre está mejor vestido y no tiene problemas con los ojos.
   b. el otro hombre es vulgar y no habla con metáforas.
   c. al narrador lo han detenido otras veces por perseguir a la gente.

6. Según el narrador, ¿a qué se debe que siempre lo detenga la policía?

   Se debe a que...
   a. las otras personas lo siguen siempre con descaro y astucia.
   b. vivimos en una época sucia.
   c. el vecino no le abre la puerta y ya no va al cine a las cuatro de la tarde.

Lección 1   LOS DETALLES DE LA EXPERIENCIA   **19**

1.3G Interpretación. Contesta las siguientes preguntas.

1. ¿En qué momento de la historia nos damos cuenta de que el narrador no es como la mayoría de la gente?

_____

_____

2. ¿Cómo es la personalidad del narrador? ¿Qué cosas le gusta hacer?

_____

_____

_____

_____

3. De acuerdo con la historia, ¿qué edad tendrá el narrador? ¿Qué características de su aspecto físico se ofrecen en la narración?

_____

_____

_____

_____

4. ¿Qué dice el narrador sobre sus vecinos de arriba y su vecino de al lado? ¿Qué opina sobre la gente en general?

_____

_____

_____

_____

5. ¿Crees que hay una relación entre la película sobre las aves que describe el narrador y su manera de ver el mundo? ¿Cuál es?

_____

_____

_____

Una conversación sobre el arte

2.1 Las primeras pinceladas

VOCABULARIO EN CONTEXTO

2.1A Intruso. Encuentra en cada uno de los siguientes grupos de palabras el término que no corresponde al grupo semántico.

1. mármol, cincel, lienzo, piedra

2. óleo, acuarela, esbozo, pastel

3. esmalte, barroco, neoclásico, realista

4. artista, pintor, escultor, caballete

5. tiza, columna, arco, domo

6. pincel, esbozo, caballete, lienzo

7. bodegón, autorretrato, paisaje, grabado

8. moderno, contemporáneo, prehispánico, actual

2.1B Definiciones. Escoge el término que corresponde a cada una de las siguientes definiciones.

1. Tipo de pintura que está hecha a base de aceite.
   a. óleo   b. acrílico   c. acuarela

2. Parte de una construcción arquitectónica que es vertical y sirve de soporte.
   a. fachada   b. columna   c. arco

3. Piedra frecuentemente pulida y blanca que se utiliza para la escultura.
   a. arenisca   b. pizarra   c. mármol

4. Herramienta que sirve para darle forma a piedras y metales.
   a. cincel   b. clavo   c. boceto

5. Construcción arquitectónica con forma de curva que une dos pilares.
   a. pilastra   b. arco   c. dintel

6. Obra artística que es esculpida o tallada en piedra o madera.
   a. grabado   b. escultura   c. altar

7. Tela que se prepara para pintar sobre ella.
   a. lienzo   b. lino   c. algodón

8. Diagrama o esquema general que se hace antes de crear una obra artística.
   a. proyecto   b. perfil   c. bosquejo

Nombre _____ Fecha _____

2.1C Corrientes artísticas. Lee con mucha atención las siguientes descripciones y di a qué corriente artística se refieren.

1. Este estilo de arte predominó en Europa durante la segunda mitad del siglo XVIII. Es una corriente que trata de imitar el gusto y el estilo del arte antiguamente usados en Roma o Grecia.
   a. arte surrealista
   b. arte vanguardista
   c. arte neoclásico
   d. arte abstracto

2. Las obras de este tipo fueron creadas por los habitantes del continente americano antes de la conquista y colonización españolas del siglo XV.
   a. arte barroco
   b. arte romántico
   c. arte maya
   d. arte prehispánico

3. Esta corriente se propone crear obras artísticas que imitan fielmente a la naturaleza.
   a. abstraccionismo
   b. realismo
   c. cubismo
   c. clasicismo

4. Este tipo de arte surgió a mediados del siglo XV como reacción opuesta a varios siglos de barbarie e ignorancia. Se le llama así a este período porque se dice que Europa volvió a nacer, lo cual se refleja en la abundancia de artistas e intelectuales.
   a. modernista
   b. surrealista
   c. renacentista
   d. intelectualista

5. Las obras de este tipo no pretenden representar seres o cosas concretas, sino que se enfocan en los elementos de forma, color, estructura y proporción.
   a. arte inconcreto
   b. arte abstracto
   c. arte romántico
   d. arte exagerado

6. Este término se utiliza para referirse a todo el arte que se crea en la época actual.
   a. posmodernista
   b. contemporáneo
   c. futurista
   d. surrealista

2.1D Una obra que te inspire. Piensa en una pintura o una escultura que te guste o inspire y escribe una descripción breve (de 60 a 80 palabras). Di cómo se llama la obra, quién es el artista, en dónde está la obra (por ejemplo, en qué museo o galería), de qué materiales está hecha (óleo, acuarela, lienzo, mármol, metal, etcétera) y a qué corriente artística pertenece. Habla sobre algunas de sus características; por ejemplo, lo que la obra representa; sus colores, formas y proporciones. También puedes explicar por qué te gusta o inspira la obra.

Si prefieres, puedes buscar una de las siguientes obras de arte en Internet y escribir sobre ella.

pintura

Guernica (Pablo Picasso)

Las dos Fridas (Frida Kahlo)

Mona Lisa Monalisa (Fernando Botero)

escultura

la piedra de Coyolxauhqui (anónimo)

Mujer y pájaro (Joan Miró)

El caballito (Sebastián)

_____

_____

_____

_____

_____

_____

_____

_____

_____

_____

_____

GRAMÁTICA EN CONTEXTO

2.1E Verbos en contexto. Completa las siguientes oraciones en el presente de indicativo con uno de los verbos indicados. Elige el verbo más lógico, según el contexto.

1. El artista _____ pintar con óleo que con acuarelas.

   empezar   preferir   querer

2. Los críticos de arte siempre _____ las obras de este escultor.

   aprobar   medir   repetir

3. Cuando el público critica negativamente su exposición, el artista la _____ con mucha pasión.

   cerrar   defender   seguir

4. La fachada de *La Sagrada Familia* _____ la historia del nacimiento de Jesús.

   comenzar   contar   mentir

5. Tras cinco siglos, el *David* de Miguel Ángel _____ siendo una obra relevante e impresionante.

    atender   demostrar   seguir

6. Cuando encuentro en el museo mi pintura favorita, *El jardín de las delicias,*

    _____.

    despertar   perder   sonreír

7. Antoni Gaudí _____ en un accidente antes de terminar su obra maestra.

    convertir   probar   morir

8. Algunas pinturas de Francisco Toledo _____ criaturas mitológicas.

    entender   mostrar   recomendar

La Catedral de la Almudena **mide** setenta y tres metros de altura.

2.1F Más verbos. Completa las siguientes oraciones con el presente de indicativo de los verbos indicados.

1. Cuando _____ (ver: yo) las películas de Luis Buñuel no

    _____ (poder: yo) dejar de pensar en ellas durante varios días.

2. Los artesanos oaxaqueños _____ (ir) todos los años a la capital para

    vender sus obras. Los críticos _____ (decir) que la artesanía oaxaqueña es

    muy especial.

3. Las obras de Salvador Dalí _____ (contener) los elementos del surrealismo

   más representativos. ¿No? ¿Por qué me _____ (contradecir: tú)?

4. Yo _____ (saber) que las obras de arte son muy caras. Por eso siempre

   _____ (salir: yo) un poco decepcionado de las galerías.

5. Normalmente _____ (atraer: yo) a los artistas, quizá por mi aspecto

   bohemio: siempre me _____ (poner) ropa extravagante.

6. No te _____ (convenir) invertir en obras de arte. Si _____

   (ir: tú) a comprar una obra de arte, hazlo porque te gusta, no para hacerte rico.

7. Durante el concierto, el director _____ (oír) ruidos que

   _____ (venir) de atrás del escenario.

8. La guía del museo me dice que yo no _____ (caber) en el grupo, porque

   solo puede llevar a seis personas a la vez. Cuando le digo que yo _____

   (pertenecer) al consejo del museo, la guía cambia de opinión.

2.1G Oraciones. Escoge ocho de los siguientes verbos para decir ocho cosas que haces normalmente.
Puedes inventar algunas de ellas.

componer	introducir	producir
conducir	oír	proponer
dar	permanecer	traducir
establecer	pertenecer	traer
hacer	poner	venir

MODELO Traduzco los poemas de Octavio Paz al inglés.

1. _____

2. _____

3. _____

4. _____

5. _____

6. _____

7. _____

8. _____

ACENTUACIÓN Y ORTOGRAFÍA

■ REGLAS DE ACENTUACIÓN

En la **Lección 1** aprendiste a separar las palabras en sílabas. Este conocimiento te ayudará a aplicar las reglas de acentuación.

En español, en las palabras que tienen más de una sílaba, hay una de las sílabas que se pronuncia con más énfasis que las demás. Esta sílaba se llama *sílaba tónica*. Dependiendo del tipo de palabra o la ubicación de la sílaba tónica, la palabra puede requerir de un acento escrito.

a. Clasificación de las palabras según su acentuación

En español, las palabras que tienen más de una sílaba se clasifican de la siguiente manera.

Tipo	Sílaba tónica	Ejemplo
Aguda	Última	re/cep/**ción**
Grave	Penúltima	**ár**/bol
Esdrújula	Antepenúltima	**fí**/si/co
Sobresdrújula	Anterior a la penúltima	**vén**/da/se/lo

2.1H Clasificación. Indica si las siguientes palabras son agudas **(A)**, graves **(G)**, esdrújulas **(E)** o sobresdrújulas **(S)**.

_____ 1. amara   _____ 6. cómpremelo   _____ 11. química

_____ 2. amará   _____ 7. mexicanos   _____ 12. compró

_____ 3. estudiaba   _____ 8. vences   _____ 13. compro

_____ 4. viviré   _____ 9. bueno   _____ 14. café

_____ 5. brújula   _____ 10. salúdemela   _____ 15. computadora

b. Reglas del acento escrito

1. Palabras agudas

Como lo muestra la tabla arriba, en las palabras agudas la sílaba tónica es la última sílaba de la palabra. Las palabras agudas requieren acento escrito solo cuando la palabra termina en vocal, **n** o **s**.

Pa/na/**má**   can/ta/**ré**   ru/**bí**   mi/**ró**   me/**nú**

Yu/ca/**tán**   fran/**cés**

En consecuencia, las palabras agudas que terminan en consonante, excepto **n** o **s**, no requieren acento escrito.

din/**tel**   Or/**tiz**   na/cio/na/li/**dad**   es/cri/**bir**   vir/**tud**

2.1I Palabras agudas. Escribe el acento escrito en las siguientes palabras agudas solo cuando sea necesario.

1. superar	5. cristal	9. bebere
2. ciudad	6. traduccion	10. sufrir
3. saldran	7. salud	11. comio
4. comi	8. viviras	12. alcatraz

2. Palabras graves

Como lo muestra la tabla de la página 26, en las palabras graves la sílaba tónica es la penúltima sílaba de la palabra; es decir, la anterior a la última. Las palabras graves requieren acento escrito solo cuando la palabra termina en una consonante, excepto **n** o **s**.

ár/bol   **lá**/piz   ca/**rác**/ter   **tú**/nel   **Suá**/rez   **cán**/cer

En consecuencia, no requieren acento escrito las palabras graves que terminan en vocal o con **n** o **s**.

vi/**vien**/do   sa/tu/**ra**/da   e/**xa**/men   co/**li**/nas   **mar**/tes   **ga**/to

2.1J Palabras graves. Escribe el acento escrito en las siguientes palabras graves solo cuando sea necesario.

1. puma	5. dia	9. util
2. mexicanos	6. salieron	10. Maria
3. infertil	7. suerte	11. impresora
4. contigo	8. debil	12. cura

3. Palabras esdrújulas y sobresdrújulas

Como lo muestra la tabla de la página 26, en las palabras esdrújulas la sílaba tónica es la antepenúltima sílaba de la palabra; es decir, la anterior a la penúltima. En las palabras sobresdrújulas la sílaba tónica es la anterior a la antepenúltima.

Las palabras esdrújulas y sobresdrújulas siempre llevan acento escrito.

mé/di/co   **vén**/de/lo   **cár**/ga/se/lo   es/**tú**/pi/do   **vér**/te/bra

2.1K Palabras esdrújulas y sobresdrújulas. Escribe el acento escrito en las siguientes palabras esdrújulas y sobresdrújulas.

1. tiralo	5. llevaselo	9. aspero
2. cascara	6. comuniquenselo	10. fisica
3. pildora	7. hungaro	
4. pajaro	8. decada	

2.2 ¿Me recomiendas un libro?

VOCABULARIO EN CONTEXTO

2.2A Definiciones. Escoge el término que corresponde a cada una de las siguientes definiciones.

1. Persona que compone obras poéticas.
   a. poema
   b. poeta
   c. poemario
   d. poético

2. Persona que escribe obras ensayísticas.
   a. ensayo
   b. ensaya
   c. ensayista
   d. ensayístico

3. Persona que escribe obras novelísticas.
   a. novel
   b. novelista
   c. novelístico
   d. novela

4. Persona que escribe obras de teatro.
   a. dramaturgo
   b. dramático
   c. teatrero
   d. teátrico

5. Toda obra escrita con la intención de ser representada en escenario por actores.
   a. drama
   b. comedia
   c. obra de teatro
   d. espectáculo

6. Serie de eventos que suceden dentro de una obra narrativa.
   a. argumento
   b. narración
   c. tragedia
   d. trama

7. Generalmente son seres humanos que forman parte de la historia en una obra narrativa.
   a. escritores
   b. autores
   c. personajes
   d. narradores

8. Obra literaria en prosa que narra una acción por lo general ficticia.
   a. drama
   b. novela
   c. poemario
   d. ensayo literario

2.2B ¿Qué tipo de obra? Lee los siguientes fragmentos de obras y selecciona el género literario al que corresponde cada fragmento.

1. "Indudablemente, la tendencia económica del país consiste, desde hace ya varias décadas, en la acumulación de dinero. Las familias ricas, inferiores en número comparadas a las familias ricas de cualquier otro período histórico, son, a su vez, cada vez más ricas".
   a. novela histórica
   b. prosa realista
   c. ensayo periodístico
   d. poema en prosa

2. "Cantan las aves al paso / del ejército animal. / El mayor de los felinos, / con desapego banal".
   a. cuento infantil
   b. poesía
   c. bestiario fantástico
   d. fábula

3. "Entra por la puerta principal un hombre con gabardina. La mujer, sentada en el sofá, finge no darse cuenta. El hombre se quita la gabardina con virilidad calculada; la mujer mantiene la mirada fija en un libro abierto. La escena transcurre en completo silencio".
   a. obra de teatro
   b. narrativa
   c. ensayo literario
   d. farsa

4. "El día en que cumplí catorce años, la noticia de un atentado terrorista en Nueva York aplastó, como trozos de acero y concreto, la ilusión de una tarde llena de amigos y regalos. Puedo decir, sin exagerar, que esa mañana de septiembre corresponde al instante mismo en que me hice adulto".
   a. tragedia
   b. drama
   c. cuento
   d. melodrama

5. "Fidel Castro nació en Mayarí, Cuba, en 1926, hijo de una familia de hacendados. A los veinticuatro años —en 1950— se doctoró en la Escuela de Derecho de la Universidad de La Habana. Ideólogo izquierdista desde muy joven, Castro participó en varias actividades revolucionarias".
   a. cuento corto
   b. panegírico
   c. biografía
   d. ensayo autobiográfico

2.2C Diferencias. Escribe la diferencia principal entre cada uno de los siguientes pares de géneros literarios.

Vocabulario útil

actor / actriz	narrador	tema
escenario	personaje	trama
extensión	prosa	
ficción	rima	

1. obra de teatro y novela

_____

2. novela y cuento

_____

3. cuento y ensayo

_____

4. comedia y tragedia

_____

5. biografía y autobiografía

_____

6. ensayo literario y ensayo periodístico

_____

GRAMÁTICA EN CONTEXTO

2.2D Adjetivos. Completa las oraciones con los adjetivos indicados. Haz los cambios necesarios.

1. Cristina es una mujer _____ (holgazán) con pocas aspiraciones, pero su

   hermana Regina es una _____ (grande) mujer.

2. Lo _____ (interesante) es que las publicaciones _____

   (cultural) tengan tantos lectores jóvenes.

3. En el _____ (primero) capítulo de la novela se introducen normalmente los

   personajes _____ (principal).

4. Las hijas de Teresa son _____ (amable) y _____

   (cortés), pero el hijo menor es un desastre.

5. Los filósofos _____ (alemán) escribieron obras existencialistas que, en la

   opinión de muchos, superan a las obras de los filósofos _____ (francés).

6. Además de sus triunfos como poeta _____ (uruguayo), Enrique Fierro es

   un _____ (bueno) profesor de literatura latinoamericana.

7. La antología de cuentos _____ (fantástico) es _____

   (estupendo); en verdad te la recomiendo.

8. El novelista y el ensayista _____ (mexicano) dicen que lo

   _____ (fascinante) de la vida no son los eventos extraordinarios, sino los

   más cotidianos.

2.2E Posición. Completa las oraciones poniendo el adjetivo indicado en su lugar correspondiente,
según el contexto. Recuerda que, en los siguientes casos, la posición del adjetivo cambia su
significado. No te olvides de hacer los cambios de género y número necesarios.

1. La _____ presidenta _____ de apenas treinta años,

   discute los méritos políticos del presidente actual. (viejo)

2. La *Desintegración de la persistencia de la memoria,* una de las obras más conocidas de

   Dalí, más que ser un producto del pensamiento surrealista, es el _____

   surrealismo _____. (mismo)

3. Es raro que los críticos disfruten tanto la lectura de esta novela: la _____ autora _____ admite que es la más mediocre de sus obras. (propio)

4. El _____ poeta _____ vive, dada su situación económica, en un apartamento pequeño. Sin embargo, es una de las personas más felices que conozco. (pobre)

5. Poco tiempo después de su muerte, la editorial publica una _____ antología _____ de textos críticos de Carlos Monsiváis. (nuevo)

6. _____ escritor _____ (no recuerdo su nombre) escribió una imitación del *Quijote* que presenta al hidalgo y a Sancho Panza de una manera ridícula. (cierto)

7. La *Odisea* es un poema épico de la _____ Grecia _____. (antiguo)

8. Esta novela está escrita por la _____ autora _____ que te recomendé el año pasado. (mismo)

2.2F Describe algunos elementos. Escribe ocho oraciones con un elemento de la columna izquierda y un adjetivo descriptivo de la columna derecha. Explica también en detalle por qué elegiste cada adjetivo. Si no conoces el significado de alguno de los adjetivos, búscalo en el diccionario.

las novelas de Gabriel García Márquez la poesía de amor las obras musicales de Broadway las películas dramáticas los partidos de futbol los museos de arte moderno las historias sobre vampiros las biografías de presidentes las novelas de misterio los documentales sobre problemas ecológicos	aterrador, despreciable, entretenido, estupendo, fabuloso, frívolo, horrible, imprudente, interminable, irritable, lamentable, perjudicial, persuasivo, pesado, poético, razonable, recomendable, redundante, refinado, repugnante, reverente, ridículo, vacío

MODELO Las historias sobre vampiros me parecen redundantes, porque no ofrecen tramas nuevas u originales.

1. _____

_____

2. _____

_____

3. _____

_____

4. _____

_____

5. _____

_____

6. _____

_____

7. _____

_____

8. _____

_____

A VER Y ESCUCHAR

2.2G Antes de ver. Las siguientes preguntas y respuestas son empleadas en el video correspondiente a la Lección 2. Antes de ver el video, une cada pregunta de la columna izquierda con la respuesta más lógica de la columna derecha. En algunos casos hay más de una respuesta por cada pregunta.

_____ 1. ¿Te gusta dibujar, pintar o decorar?

_____ 2. ¿Visitas con frecuencia algún museo cerca de tu casa para ver el arte?

_____ 3. ¿Qué opinas de los cuadros de Picasso y de Dalí?

_____ 4. ¿Dónde colocarías una obra de tu artista favorito?

_____ 5. ¿Hay alguna obra de arte en casa de un amigo que te haya llamado la atención?

a. "Tiene una pieza de Joan Miró. De verdad fue fascinante para mí ir a su casa y ver esa pieza, esa pintura que él tiene en una pared".

b. "Me encantaría tenerla en cualquier pared de mi casa. Lo que pasa es que tendría que quitar todo lo demás, porque son obras enormes".

c. "Me gusta decorar, puesto que me da la oportunidad de jugar con las piezas que pueda tener conmigo, ya sea una mesa, una escultura o [...] un florero".

d. "Si yo tuviera el dinero para adquirir alguna de sus piezas, definitivamente lo haría y la tendría en la sala o el comedor de mi casa".

e. "Me encanta ir a museos. Es algo que hago por pasión y es algo que hago por trabajo. Me encanta estar pensando en lo que está sucediendo en el arte".

f. "Me gusta hacer fotografía muchísimo. Es lo que hago; es mi forma de expresión. No me gusta decorar. Dibujar me relaja".

g. "Son fantásticos, llenos de colores y llenos también de originalidad y una personalidad increíbles".

h. "Es una figura como de este tamaño. [...] Es una figura sentada y él la tiene junto al sofá de la sala".

i. "Cerca de mi casa está el Instituto de Arte Contemporáneo de Boston. [...] Me gusta mucho ir ahí".

Nombre _____ Fecha _____

2.2H Comprensión. Ve el video y contesta las siguientes oraciones con la opción correcta, según lo que dijeron las personas entrevistadas.

1. ¿Por qué le gusta a Connie (Colombia) la fotografía?

   Le gusta porque...
   a. es un arte superior a la decoración.
   b. con la fotografía se puede representar auténticamente lo que uno tiene enfrente.
   c. la relaja y la ayuda a expresarse.
   d. se comunica con el mundo a través de ella.

2. ¿Qué opina Connie sobre el arte de Dalí?

   Piensa que...
   a. es vanguardista y alucinante.
   b. es una búsqueda pictórica demasiado complicada.
   c. consiste en una búsqueda mental más que pictórica.
   d. es más formal que el arte de Picasso.

3. ¿Qué dice Juan Carlos (Venezuela) con respecto al arte de Dalí y Picasso?

   Dice que...
   a. rompieron las reglas del arte.
   b. impusieron las reglas del arte.
   c. inyectaron personalidad al arte de su época.
   d. ofrecieron coloridos que rompieron con el arte de su generación.

4. ¿Qué haría Connie si tuviera una obra de Andreas Gursky?

   Si tuviera una,...
   a. la pondría en la sala, junto al sofá.
   b. quitaría todos los objetos del espacio destinado para la obra.
   c. ampliaría la obra para que fuera enorme.
   d. la pondría en una pared de su casa en San Francisco.

5. Según Juan Carlos, ¿qué materiales usa Tara Donovan en sus obras?

   Usa...
   a. fotografías masivas.
   b. exclusivamente objetos hechos de plástico.
   c. materiales de uso cotidiano.
   d. figuras africanas.

6. ¿Cómo describe Connie el objeto de arte en casa de su amigo?

   Dice que...
   a. está hecho con productos de uso común.
   b. es de origen africano y que su amigo lo compró hace tres años.
   c. es una figura poco expresiva.
   d. fue fascinante verlo en una pared en casa de un amigo.

Lección 2   ¿ME RECOMIENDAS UN LIBRO?   **33**

Nombre _____ Fecha _____

2.2I Entrevista personal. Contesta ahora las mismas preguntas que los entrevistados. Responde con oraciones completas.

1. ¿Te gusta dibujar, pintar o decorar? ¿Cuál de esas artes prefieres? ¿Practicas otro tipo de arte?

_____

_____

2. ¿Visitas con frecuencia algún museo cerca de tu casa para ver el arte? ¿Cuál fue el museo que visitaste más recientemente? ¿Qué te llamó la atención en ese museo?

_____

_____

3. ¿Qué opinas de los cuadros de Pablo Picasso y de Salvador Dalí? Si no conoces su arte, busca en Internet una o dos piezas de cada uno de ellos.

_____

_____

4. ¿Dónde colocarías una obra de tu artista favorito? ¿Qué obra de ese artista te gustaría tener?

_____

_____

5. ¿Hay alguna obra de arte en casa de un amigo que te haya llamado la atención?

_____

_____

_____

2.3 El autor y su obra

VOCABULARIO EN CONTEXTO

2.3A Al hablar de obras de arte. Une las descripciones de las obras de la columna izquierda con el tipo de obra más lógico de la columna derecha.

_____ 1. La novela *Las bodas siempre me hacen llorar* fue la última que escribió el autor. Tristemente, al poco tiempo de haber iniciado el capítulo tercero, el autor murió en un accidente automovilístico, por lo que nunca pudo terminar esta novela.

_____ 2. En algún momento se creyó que existían muchas copias de la litografía *Perro que ladra y luna llena.* Incluso, se rumoraba que algunas eran copias falsas. Sin embargo, hoy se sabe que esta litografía no tiene copias; el autor destruyó el molde tras haber impreso la copia única.

_____ 3. En el cuadro *El viejo guitarrista ciego* se reúnen todos los elementos que normalmente se identifican con el período azul de Pablo Picasso. El pintor era joven cuando pintó este cuadro; sin embargo, se considera que esta obra es de plenitud vital con respecto al período azul.

_____ 4. El mural de Diego Rivera que hoy se aprecia en el Palacio Nacional muestra una interpretación impresionante sobre la historia de México. Según varios críticos, es el mejor mural que Diego Rivera pintó en toda su vida.

_____ 5. La pintura *Insomnio* de Remedios Varo es un magnífico ejemplo de pintura surrealista, pues muestra la búsqueda de la verdad a partir de revelaciones irracionales. Es también una obra que ejemplifica el interés de la pintora por el libre ejercicio del pensamiento.

a. obra de madurez
b. obra inacabada
c. obra maestra
d. obra original
e. obra representativa

2.3B En tus propias palabras. Escribe una definición para cada uno de los siguientes términos y palabras.

1. imitación _____

_____

2. obra realista _____

_____

3. obra abstracta _____

_____

4. obra contemporánea _____

_____

5. bodegón _____

_____

6. obra representativa _____

_____

GRAMÁTICA EN CONTEXTO

2.3C La palabra correcta. Completa las siguientes oraciones con la palabra o frase correcta de las opciones ofrecidas.

1. Cuando llego a la tienda, descubro que está _____ .

   (cerrada / de productos importados / muy grande)

2. El cuadro de Velázquez es _____ .

   (interesante / en el Museo del Prado / en exhibición)

3. El hermano de María está _____ .

   (de Perú / profesor / guapo)

4. Venimos todos los días a la universidad. Estamos _____ .

   (estudiantes / cansados / trabajadores)

5. Ricardo y Julián están _____ .

   (argentinos / ingenieros / elegantes)

6. Roberto viene al hospital porque es _____ .

   (enfermo / médico / dolor de cabeza)

7. Carmen vive en el Distrito Federal, pero no es _____ .

   (en la capital / de ahí / preocupada)

8. Mi libro de texto es _____ .

   (abierto / en la mochila / caro)

2.3D ¿Ser o estar? Completa las oraciones con la forma correcta de los verbos **ser** o **estar**.

1. Hoy _____ lunes y todos nosotros _____ aburridos.

2. Algunos de los estudiantes _____ muy aplicados. Alberto

   _____ normalmente un buen estudiante, pero hoy _____

   cansado.

3. ¿Dónde _____ Fernanda? ¿ _____ bien?

4. Marco _____ alto y rubio, y hoy _____ muy elegante.

5. _____ probable que la profesora venga tarde. Normalmente

   _____ muy puntual, pero hoy tuvo un pequeño accidente.

6. _____ las dos de la mañana. ¿Ya _____ Isabel en casa?

La tumba de Eva Duarte, mejor conocida como Evita Perón, **está** en el Cementerio de la Recoleta.

7. Querétaro _____ a una o dos horas en coche de la capital.

_____ una ciudad hermosísima.

8. La verdad _____ que no me cae bien Carlos. _____

siempre un pesado.

2.3E Grandes diferencias. Escoge la opción que mejor explique cada una de las siguiente oraciones.

1. Juan nunca tiene nada interesante que decir.
   a. Es muy aburrido.
   b. Está muy aburrido.

2. Las enchiladas que preparó Paula hoy me saben mejor que nunca.
   a. Son muy buenas.
   b. Están muy buenas.

3. A Marta solo le gusta pasar tiempo conmigo cuando tengo dinero.
   a. Es interesada.
   b. Está interesada.

4. La casa y la oficina de Tomás siempre están en perfecto estado.
   a. Tomás es limpio.
   b. Tomás está limpio.

5. Mi pobre perro tiene doce años. Van a operarlo pronto.
   a. Es malo.
   b. Está malo.

6. Los plátanos están inmaduros, pero éste es el color normal de la lechuga.
   a. La lechuga es verde.
   b. La lechuga está verde.

7. Mauricio es un niño muy activo y tiene mucho carisma.
   a. Es vivo.
   b. Está vivo.

8. Rafael termina de vestirse y sale de la casa a las ocho en punto.
   a. Es listo.
   b. Está listo.

LECTURA

2.3F Antes de leer. Las siguientes citas están tomadas de la lectura "El milagro secreto" por Jorge Luis Borges. Escoge la opción que más se acerque al significado original de cada cita.

1. "[...] reflexionó que la realidad no suele coincidir con las previsiones; con lógica perversa infirió que prever un detalle circunstancial es impedir que este suceda".
   a. Es mejor no pensar en las posibilidades futuras, para que no ocurran.
   b. Es perverso adivinar las circunstancias futuras.
   c. Si imaginamos los eventos del futuro, quizá no ocurran.

2. "[...] como todo escritor, medía las virtudes de los otros por lo ejecutado por ellos y pedía que los otros lo midieran por lo que vislumbraba o planeaba".
   a. Quería que la gente lo juzgara por las obras que iba a escribir, no por las que ya había escrito.
   b. Juzgaba a los escritores porque no tomaban en cuenta la importancia de su obra ejecutada.
   c. Creía en las virtudes intrínsecas de los escritores.

3. "[...] el carácter métrico de la obra le permitía examinarla continuamente, rectificando los hexámetros, sin el manuscrito a la vista".
   a. Como la obra estaba escrita en hexámetros, el autor había perdido su punto de vista.
   b. Había perdido la vista por haber rectificado tanto los versos de la obra.
   c. La obra estaba escrita a manera de poema, por lo que la tenía memorizada.

4. "[...] había previsto un laberinto de galerías, escaleras y pabellones. La realidad fue menos rica: bajaron a un traspatio por una sola escalera de fierro".
   a. En su imaginación, se había visto bajando una escalera metálica.
   b. Recorrieron un laberinto que terminó, de manera realista, en una escalera de fierro.
   c. Lo que había imaginado era superior a la realidad.

5. "En su mejilla perduraba la gota de agua; en el patio, la sombra de la abeja; el humo del cigarrillo que había tirado no acababa nunca de dispersarse".
   a. Los objetos a su alrededor habían dejado de moverse.
   b. El humo del cigarrillo era tanto, que daba la impresión de que el tiempo se hubiera detenido.
   c. El tiempo en su mente transcurría con mucha lentitud.

6. "[...] las arduas cacofonías que alarmaron tanto a Flaubert son meras supersticiones visuales: debilidades y molestias de la palabra escrita, no de la palabra sonora..."
   a. Las supersticiones solo existen cuando están escritas, no cuando se dicen en voz alta.
   b. Las cacofonías nada tienen que ver con el oído, sino con la vista.
   c. Flaubert se alarmaba fácilmente con las supersticiones visuales.

El milagro secreto

Jorge Luis Borges (Argentina)

La noche del 14 de marzo de 1939, en un departamento de la Zeltnergasse de Praga, Jaromir Hladík, autor de la inconclusa tragedia *Los enemigos,* de una *Vindicación de la eternidad* y de un examen de las indirectas fuentes judías de Jakob Boehme, soñó con un largo ajedrez. No lo disputaban dos individuos sino dos familias ilustres; la partida había sido entablada hace muchos siglos; nadie era capaz de nombrar el olvidado premio, pero se murmuraba que era enorme y quizá infinito; las piezas y el tablero estaban en una torre secreta; Jaromir (en el sueño) era el primogénito[1] de una de las familias hostiles; en los relojes resonaba la hora de la impostergable[2] jugada; el soñador corría por las arenas de un desierto lluvioso y no lograba recordar las figuras ni las leyes del ajedrez. En ese punto, se despertó. Cesaron[3] los estruendos[4] de la lluvia y de los terribles relojes. Un ruido acompasado[5] y unánime, cortado por algunas voces de mando, subía de la Zeltnergasse. Era el amanecer; las blindadas vanguardias del Tercer Reich entraban en Praga.

El 19, las autoridades recibieron una denuncia; el mismo 19, al atardecer, Jaromir Hladík fue arrestado. Lo condujeron a un cuartel aséptico y blanco, en la ribera opuesta del Moldau. No pudo levantar uno solo de los cargos de la Gestapo: su apellido materno era Jaroslavski, su sangre era judía, su estudio sobre Boehme era judaizante, su firma dilataba el censo final de una protesta contra el Anschluss. En 1928, había traducido el *Sepher Yezirah* para la editorial Hermann Barsdorf; el efusivo catálogo de esa casa había exagerado comercialmente el renombre del traductor; ese catálogo fue hojeado por Julius Rothe, uno de los jefes en cuyas manos estaba la suerte de Hladík. No hay hombre que, fuera de su especialidad, no sea crédulo; dos o tres adjetivos en letra gótica bastaron para que Julius Rothe admitiera la preeminencia de Hladík y dispusiera que lo condenaran a muerte, *pour encourager les autres*. Se fijó el día 29 de marzo a las nueve A.M. Esa demora[6] (cuya importancia apreciará después el lector) se debía al deseo administrativo de obrar impersonal y pausadamente, como los vegetales y los planetas.

El primer sentimiento de Hladík fue de mero terror. Pensó que no lo hubieran arredrado[7] la horca, la decapitación o el degüello[8], pero que morir fusilado[9] era intolerable. En vano se redijo que el acto puro y general de morir era lo temible,

---

1. el hijo mayor, 2. urgente, 3. Terminaron, 4. ruidos grandes, 5. rítmico, 6. retraso, tardanza, 7. **no...** no le hubieran dado miedo, 8. **la horca...** formas de dar muerte a un prisionero, 9. disparado con rifles

"El milagro secreto" from *Ficciones* by Jorge Luis Borges. Copyright © 1995 Maria Kodama, reprinted by permission of The Wylie Agency LLC and courtesy of Random House Mondadori, S.A.

no las circunstancias concretas. No se cansaba de imaginar esas circunstancias: absurdamente procuraba agotar todas las variaciones. Anticipaba infinitamente el proceso, desde el insomne amanecer hasta la misteriosa descarga. Antes del día prefijado por Julius Rothe, murió centenares de muertes, en patios cuyas formas y cuyos ángulos fatigaban la geometría, ametrallado[10] por soldados variables, en número cambiante, que a veces lo ultimaban[11] desde lejos; otras, desde muy cerca. Afrontaba con verdadero temor (quizá con verdadero coraje) esas ejecuciones imaginarias; cada simulacro duraba unos pocos segundos; cerrado el círculo, Jaromir interminablemente volvía a las trémulas vísperas[12] de su muerte. Luego reflexionó que la realidad no suele coincidir con las previsiones; con lógica perversa infirió que prever un detalle circunstancial es impedir que este suceda. Fiel a esa débil magia, inventaba, *para que no sucedieran,* rasgos atroces; naturalmente, acabó por temer que esos rasgos fueran proféticos. Miserable en la noche, procuraba afirmarse de algún modo en la sustancia fugitiva del tiempo. Sabía que este se precipitaba hacia el alba[13] del día 29; razonaba en voz alta: *Ahora estoy en la noche del 22; mientras dure esta noche (y seis noches más) soy invulnerable, inmortal.* Pensaba que las noches de sueño eran piletas[14] hondas y oscuras en las que podía sumergirse. A veces anhelaba con impaciencia la definitiva descarga, que lo redimiría, mal o bien, de su vana tarea de imaginar. El 28, cuando el último ocaso[15] reverberaba[16] en los altos barrotes, lo desvió de esas consideraciones abyectas[17] la imagen de su drama *Los enemigos.*

Hladík había rebasado los cuarenta años. Fuera de algunas amistades y de muchas costumbres, el problemático ejercicio de la literatura constituía su vida; como todo escritor, medía las virtudes de los otros por lo ejecutado por ellos y pedía que los otros lo midieran por lo que vislumbraba o planeaba. Todos los libros que había dado a la estampa le infundían un complejo arrepentimiento. En sus exámenes de la obra de Boehme, de Abnesra y de Flood, había intervenido esencialmente la mera aplicación; en su traducción del *Sepher Yezirah,* la negligencia, la fatiga y la conjetura. Juzgaba menos deficiente, tal vez, la *Vindicación de la eternidad*: el primer volumen historia las diversas eternidades que han ideado los hombres, desde el inmóvil Ser de Parménides hasta el pasado modificable de Hinton; el segundo niega (con Francis Bradley) que todos los hechos del universo integran una serie temporal. Arguye[18] que no es infinita la cifra de las posibles experiencias del hombre y que basta una sola repetición para demostrar que el tiempo es una falacia... Desdichadamente, no son menos

_____

10. fusilado, 11. mataban, 12. momentos anteriores, 13. la mañana, 14. bañeras, lavabos, 15. puesta de sol, 16. se reflejaba, 17. tristes, resignadas, 18. Plantea, Demuestra

falaces los argumentos que demuestran esa falacia; Hladík solía recorrerlos con cierta desdeñosa perplejidad. También había redactado una serie de poemas expresionistas; estos, para confusión del poeta, figuraron en una antología de 1924 y no hubo antología posterior que no los heredara. De todo ese pasado equívoco y lánguido[19] quería redimirse Hladík con el drama en verso *Los enemigos.* (Hladík preconizaba[20] el verso, porque impide que los espectadores olviden la irrealidad, que es condición del arte.)

Este drama observaba las unidades de tiempo, de lugar y de acción; transcurría en Hradcany, en la biblioteca del barón de Roemerstadt, en una de las últimas tardes del siglo XIX. En la primera escena del primer acto, un desconocido visita a Roemerstadt. (Un reloj da las siete, una vehemencia de último sol exalta los cristales, el aire trae una arrebatada y reconocible música húngara.) A esta visita siguen otras; Roemerstadt no conoce las personas que lo importunan, pero tiene la incómoda impresión de haberlos visto ya, tal vez en un sueño. Todos exageradamente lo halagan[21], pero es notorio —primero para los espectadores del drama, luego para el mismo barón— que son enemigos secretos, conjurados para perderlo. Roemerstadt logra detener o burlar sus complejas intrigas; en el diálogo, aluden a su novia, Julia de Weidenau; y a un tal Jaroslav Kubin, que alguna vez la importunó con su amor. Este, ahora, se ha enloquecido y cree ser Roemerstadt, al cabo del segundo acto, se ve en la obligación de matar a un conspirador. Empieza el tercer acto, el último. Crecen gradualmente las incoherencias: vuelven actores que parecían descartados ya de la trama; vuelve, por un instante, el hombre matado por Roemerstadt. Alguien hace notar que no ha atardecido: el reloj da las siete, en los altos cristales reverbera el sol occidental, el aire trae la arrebatada[22] música húngara. Aparece el primer interlocutor[23] y repite las palabras que pronunció en la primera escena del primer acto. Roemerstadt le habla sin asombro; el espectador entiende que Roemerstadt es el miserable Jaroslav Kubin. El drama no ha ocurrido: es el delirio circular que interminablemente vive y revive Kubin.

Nunca se había preguntado Hladík si esa tragicomedia de errores era baladí[24] o admirable, rigurosa o casual. En el argumento que he bosquejado intuía la invención más apta para disimular sus defectos y para ejercitar sus felicidades, la posibilidad de rescatar (de manera simbólica) lo fundamental de su vida. Había terminado ya el primer acto y alguna escena del tercero; el carácter métrico de la obra le permitía examinarla continuamente, rectificando los hexámetros, sin el manuscrito a la vista. Pensó que aun le faltaban dos actos y que muy pronto iba a

---

19. de poco espíritu, 20. favorecía, 21. adulan, le hacen cumplidos, 22. impetuosa, 23. personaje que habla, 24. trivial

morir. Habló con Dios en la oscuridad. *Si de algún modo existo, si no soy una de tus repeticiones y erratas*[25], *existo como autor de* Los enemigos. *Para llevar a término ese drama, que puede justificarme y justificarte, requiero un año más. Otórgame esos días, Tú de Quien son los siglos y el tiempo.* Era la última noche, la más atroz[26], pero diez minutos después el sueño lo anegó[27] como un agua oscura.

Hacia el alba, soñó que se había ocultado en una de las naves de la biblioteca del Clementinum. Un bibliotecario de gafas negras le preguntó: "¿Qué busca?". Hladík le replicó: "Busco a Dios". El bibliotecario le dijo: "Dios está en una de las letras de una de las páginas de uno de los cuatrocientos mil tomos del Clementinum. Mis padres y los padres de mis padres han buscado esa letra; yo me he quedado ciego buscándola". Se quitó las gafas y Hladík vio los ojos, que estaban muertos. Un lector entró a devolver un atlas. "Este atlas es inútil", dijo, y se lo dio a Hladík. Este lo abrió al azar. Vio un mapa de la India, vertiginoso. Bruscamente seguro, tocó una de las mínimas letras. Una voz ubicua le dijo: "El tiempo de tu labor ha sido otorgado". Aquí Hladík se despertó.

Recordó que los sueños de los hombres pertenecen a Dios y que Maimónides ha escrito que son divinas las palabras de un sueño, cuando son distintas y claras y no se puede ver quién las dijo. Se vistió; dos soldados entraron en la celda y le ordenaron que los siguiera.

Del otro lado de la puerta, Hladík había previsto un laberinto de galerías, escaleras y pabellones. La realidad fue menos rica: bajaron a un traspatio por una sola escalera de fierro. Varios soldados —alguno de uniforme desabrochado— revisaban una motocicleta y la discutían. El sargento miró el reloj: eran las ocho y cuarenta y cuatro minutos. Había que esperar que dieran las nueve. Hladík, más insignificante que desdichado[28], se sentó en un montón de leña[29]. Advirtió que los ojos de los soldados rehuían[30] los suyos. Para aliviar la espera, el sargento le entregó un cigarrillo. Hladík no fumaba; lo aceptó por cortesía o por humildad. Al encenderlo, vio que le temblaban las manos. El día se nubló; los soldados hablaban en voz baja como si él ya estuviera muerto. Vanamente, procuró recordar a la mujer cuyo símbolo era Julia de Weidenau...

El piquete[31] se formó, se cuadró. Hladík, de pie contra la pared del cuartel, esperó la descarga. Alguien temió que la pared quedara maculada[32] de sangre; entonces le ordenaron al reo[33] que avanzara unos pasos. Hladík, absurdamente, recordó las vacilaciones preliminares de los fotógrafos. Una pesada gota de lluvia rozó una de las sienes[34] de Hladík y rodó lentamente por su mejilla; el sargento vociferó[35] la orden final.

---

25. errores al escribir, 26. cruel, 27. sumergió, 28. triste, 29. madera, 30. evitaban, 31. grupo de soldados, 32. manchada, 33. prisionero, 34. partes laterales de la cabeza, 35. dijo

El universo físico se detuvo.

Las armas convergían sobre Hladík, pero los hombres que iban a matarlo estaban inmóviles. El brazo del sargento eternizaba un ademán inconcluso[36]. En una baldosa[37] del patio una abeja proyectaba una sombra fija. El viento había cesado, como en un cuadro. Hladík ensayó un grito, una sílaba, la torsión[38] de una mano. Comprendió que estaba paralizado. No le llegaba ni el más tenue rumor del impedido[39] mundo. Pensó *estoy en el infierno, estoy muerto.* Pensó *estoy loco.* Pensó *el tiempo se ha detenido.* Luego reflexionó que en tal caso, también se hubiera detenido su pensamiento. Quiso ponerlo a prueba: repitió (sin mover los labios) la misteriosa Cuarta Égloga de Virgilio. Imaginó que los ya remotos soldados compartían su angustia; anheló comunicarse con ellos. Le asombró no sentir ninguna fatiga, ni siquiera el vértigo de su larga inmovilidad. Durmió, al cabo de un plazo indeterminado. Al despertar, el mundo seguía inmóvil y sordo[40]. En su mejilla perduraba la gota de agua; en el patio, la sombra de la abeja; el humo del cigarrillo que había tirado no acababa nunca de dispersarse. Otro "día" pasó, antes que Hladík entendiera.

Un año entero había solicitado de Dios para terminar su labor: un año le otorgaba su omnipotencia. Dios operaba para él un milagro secreto: lo mataría el plomo alemán, en la hora determinada, pero en su mente un año transcurriría entre la orden y la ejecución de la orden. De la perplejidad[41] pasó al estupor, del estupor a la resignación, de la resignación a la súbita gratitud.

No disponía de otro documento que la memoria; el aprendizaje de cada hexámetro que agregaba le impuso un afortunado rigor que no sospechan quienes aventuran y olvidan párrafos interinos y vagos. No trabajó para la posteridad ni aun para Dios, de cuyas preferencias literarias poco sabía. Minucioso, inmóvil, secreto, urdió[42] en el tiempo su alto laberinto invisible. Rehizo el tercer acto dos veces. Borró algún símbolo demasiado evidente: las repetidas campanadas, la música. Ninguna circunstancia lo importunaba. Omitió, abrevió, amplificó; en algún caso, optó por la versión primitiva. Llegó a querer el patio, el cuartel; uno de los rostros que lo enfrentaban modificó su concepción del carácter de Roemerstadt. Descubrió que las arduas cacofonías que alarmaron tanto a Flaubert son meras supersticiones visuales: debilidades y molestias de la palabra escrita, no de la palabra sonora... Dio término a su drama: no le faltaba ya resolver sino un solo epíteto[43]. Lo encontró; la gota de agua resbaló en su mejilla. Inició un grito enloquecido, movió la cara, la cuádruple[44] descarga lo derribó.

Jaromir Hladík murió el 29 de marzo, a las nueve y dos minutos de la mañana.

---

36. **ademán...** movimiento que no termina, 37. ladrillo plano, 38. movimiento, 39. paralizado, 40. que no puede oír, 41. confusión, 42. construyó, 43. adjetivo, 44. de cuatro rifles

2.3G Comprensión. Escoge la respuesta correcta a cada una de las siguientes preguntas.

1. ¿Por qué es arrestado Jaromir Hladík?

   Lo arrestaron porque...
   a. es un escritor que en sus obras critica el régimen nazi.
   b. el apellido de su madre es judío y parte de su trabajo tiene vínculos con los judíos.
   c. tiene dificultad para distinguir la realidad de la fantasía.

2. ¿Por qué siente terror Hladík cuando lo condenan a muerte?

   Siente terror porque...
   a. no quiere morir a mano de los alemanes.
   b. no quiere morir disparado con armas de fuego.
   c. se imagina la muerte como un juego de ajedrez interminable.

3. ¿Qué opinión tiene Hladík de sus propias obras?
   a. Se arrepiente de ellas porque le parecen deficientes.
   b. Piensa que son superiores a la de la mayoría de los escritores.
   c. Cree que los críticos no han tomado en cuenta su potencial.

4. ¿A qué género literario pertenece la obra inconclusa de Hladík?
   a. Es un poema histórico sobre un barón de Praga.
   b. Es una novela circular que provoca confusión en el personaje principal.
   c. Es una obra de teatro escrita a manera de poema.

5. ¿Qué le pide Hladík a Dios?

   Le pide...
   a. la inspiración necesaria para terminar su obra.
   b. que lo justifique ante sus lectores antes de su muerte.
   c. que le conceda un año más de vida para terminar *Los enemigos*.

6. ¿Qué hizo Hladík durante el período que solo transcurrió en su mente?
   a. Corrigió y terminó una obra de teatro.
   b. Describió con detenimiento a los soldados, la abeja, el humo del cigarrillo, etcétera.
   c. Le pidió a Dios que lo salvara de las armas de fuego del ejército nazi.

2.3H Interpretación. Contesta las siguientes preguntas.

1. ¿Qué dos eventos ocurren durante la noche del 14 de marzo de 1939?

   _____

   _____

2. ¿Por qué pasa tiempo Hladík imaginando detalles y circunstancias terribles sobre el día en que va a morir?

   _____

   _____

3. En la opinión de Hladík, ¿qué deficiencias tienen sus obras?

   _____

   _____

4. En su sueño, ¿dónde encuentra Hladík a Dios? Cuando despierta, ¿cómo sabe que es Dios quien le habló en sus sueños?

_____

_____

5. ¿Qué ocurre en el mundo mientras Hladík termina de componer mentalmente su obra de teatro?

_____

_____

LECCIÓN

3

Para verse y sentirse bien

3.1 Mente sana en cuerpo sano

VOCABULARIO EN CONTEXTO

3.1A Intruso. Encuentra en cada uno de los siguientes grupos de palabras el término que no corresponde al grupo semántico.

1. maratonista, ciclista, triatleta, bicicleta

2. levantar pesas, lesionarse, practicar yoga, nadar

3. tedioso, cansado, aburrido, musculoso

4. aeróbico, apático, anaeróbico, cardiovascular

5. calentar, correr, nadar, hacer ciclismo

6. fractura, lesión, estiramiento, torcedura

7. tedioso, beneficioso, útil, sano

8. levantar pesas, pereza, fuerza, musculación

3.1B Asociaciones. Une deportes de la columna izquierda con los elementos más lógicos de la columna derecha.

_____	1. levantamiento de pesas	a. resistencia, distancia, cuarenta y dos kilómetros, tenis
_____	2. natación	b. musculación grande, ejercicio anaeróbico, mancuerna de noventa libras
_____	3. ciclismo	c. arnés, cuerda, sistema de frenado, casco, montaña
_____	4. carrera de maratón	d. ejercicio aeróbico, competición, cloro, piscina
_____	5. yoga	e. ruedas, manubrio, velocidad, Tour de Francia
_____	6. escalada	f. postura de arco, estirar, flexibilidad, posición de triángulo

3.1C Tu deporte favorito. Describe brevemente (de 60 a 80 palabras) algún deporte que practiques o que te gustaría practicar. Explica en qué consiste el deporte, en dónde se practica (un estadio, una piscina, el gimnasio, etcétera), que equipo necesitas para practicarlo (casco, bicicleta, traje de baño, etcétera), por qué te gusta este ejercicio, qué beneficios tiene practicarlo y cualquier otra información pertinente.

_____

_____

_____

_____

_____

_____

_____

_____

_____

GRAMÁTICA EN CONTEXTO

3.1D Pronombres. Escoge la respuesta correcta a cada una de las siguientes preguntas.

1. ¿Quieres que te toque el Himno Olímpico?
   a. Sí, me lo tocas.
   b. Sí, tócamelo.
   c. Sí, tócatelo.

2. ¿Te ayudo a levantar las pesas?
   a. Sí, ayúdame a levantarlas.
   b. Sí, ayúdamelas.
   c. Sí, me las ayudas.

3. ¿Nos van a poner un casco antes de la competición?
   a. No, no nos la van a poner.
   b. No, no van a ponérnoslo.
   c. No, no nos lo pongan.

4. ¿Se está poniendo Juan su traje de baño nuevo y su uniforme?
   a. Sí, está poniéndoselo.
   b. Sí, los está poniendo.
   c. Sí, está poniéndoselos.

5. ¿Le devolviste su bicicleta y sus tenis a Mariela?
   a. Sí, se la devolví.
   b. Sí, se los devolví.
   c. Sí, les devolví.

6. ¿Rodrigo va a enseñarte unas posturas de yoga?
   a. No, no me las va a enseñar.
   b. No, no va a enseñártelas.
   c. No, no va a enseñarlas.

3.1E Sustituciones. Cambia las palabras subrayadas por pronombres.

MODELO ¿El entrenamiento de hoy? Claro que te doy el entrenamiento de hoy.

→ Claro que te lo doy.

1. ¿La bicicleta? Con mucho gusto les presto la bicicleta a ustedes.

_____

2. ¿El primer lugar? Sí, le voy a arrebatar el primer lugar al keniano.

_____

3. ¿Clases de natación? No, Teresa no nos va a dar clases de natación.

_____

4. ¿Las ruedas? Claro, con gusto le pongo las ruedas a tu bicicleta.

_____

5. ¿Las pesas? No, no estoy levantando las pesas.

_____

6. ¿Los músculos? Sí, este ejercicio me va a estirar los músculos.

_____

7. ¿La posición de triángulo? Sí, el profesor les va a corregir la posición de triángulo a sus alumnos.

_____

8. ¿Los tenis? No, no le presté los tenis a David.

_____

3.1F La a personal. Escoge la opción correcta.

1. Miro...
   a. Miguel. b. a la televisión. c. al doctor Gatica.

2. Encuentras...
   a. al libro que buscabas. b. el profesor. c. a tu perrito Demóstenes.

3. Buscamos...
   a. personas atléticas. b. a secretarios bilingües. c. a tu mochila.

4. No necesitan...
   a. a la calculadora. b. la enfermera. c. a nadie.

5. Tengo...
   a. un hermano y dos hermanas. b. a dos amigos. c. a un vaso de agua.

6. Veo...
   a. a las noticias. b. la película. c. la actriz famosa.

7. Queremos...
   a. a una entrevista con el presidente. b. el doctor. c. a alguien.

8. Necesita...
   a. Rodolfo. b. unos especialistas. c. a un libro sobre insectos.

ACENTUACIÓN Y ORTOGRAFÍA

■ EXCEPCIONES A LAS REGLAS DE ACENTUACIÓN (I)

a. Adverbios que terminan en –*mente*

Los adverbios formados por un adjetivo y la terminación –*mente* requieren acento escrito solo cuando el adjetivo original lo tiene.

Adjetivo	Adverbio
hábil	hábilmente
versátil	versátilmente
cariñoso	cariñosamente
feliz	felizmente

b. Monosílabos

Los monosílabos son palabras que tienen una sola sílaba. Por lo general, los monosílabos no requieren acento escrito:

a   al   ti   la   le   lo   di   da   me   fui   fue   dio

Sin embargo, algunos monosílabos tienen palabras homónimas; es decir, palabras que se escriben o se pronuncian igual, pero que tienen significados diferentes. Para distinguir un homónimo del otro, una de las dos palabras lleva acento escrito.

el	artículo	se	pronombre
él	pronombre personal	sé	conjugación del verbo *saber*
de	preposición	tu	adjetivo posesivo
dé	conjugación del verbo *dar*	tú	pronombre personal
mas	pero, sin embargo	te	pronombre personal
más	adverbio	té	infusión, bebida caliente
mi	adjetivo posesivo	si	conjunción
mí	pronombre personal	sí	adverbio; pronombre personal

3.1G Monosílabos. Completa los siguientes diálogos con la opción correcta.

1. —¿Necesitas _____ libro?

   —No, lo compré para _____.

   a. el, él   b. él, el   c. el, el   d. él, él

2. —¿Quieres que le _____ el libro a Julián?

   —Claro, el libro es _____ él.

   a. de, dé   b. dé, de   c. de, de   d. dé, dé

3. —¿Quieres _____ azúcar en tu café?

   —Quisiera otra cucharada, _____ estoy a dieta.

   a. mas, más   b. más, mas   c. mas, mas   d. más, más

4. —_____ hermano se enfadó con su novia.

   —Para _____, tu hermano es un exagerado.

   a. Mi, mí   b. Mí, mi   c. Mi, mi   d. Mí, mí

5. —¿Sabes que Matías _____ cayó por las escaleras?

   —Sí, lo _____. Pobre Matías.

   a. se, se   b. sé, se   c. se, sé   d. sé, sé

6. —¿Dónde dejaste _____ libro de español?

   —No sé. ¿_____ crees que esté en el salón de clase?

   a. tu, Tú   b. tú, Tu   c. tu, Tu   d. tú, Tú

7. —¿_____ sirvo un poco de agua?

   —No, gracias. Prefiero _____.

   a. Te, té   b. Té, te   c. Te, te   d. Té, té

8. —Te cuento el secreto, _____ me prometes discreción.

   —¡Claro que _____! Te prometo discreción.

   a. si, sí   b. sí, si   c. si, si   d. sí, sí

c. Homónimos no monosilábicos

A pesar de no ser monosílabos, los siguientes pares de palabras son sinónimos. Por ende, una de las dos palabras debe llevar acento escrito, para diferenciarse de la otra.

aun	todavía
aún	incluso
solo	adjetivo: sin compañía
sólo	adverbio: únicamente
ese, este, aquel...	adjetivos demostrativos
ése, éste, aquél...	pronombres demostrativos

En el caso del adverbio **sólo** y de los pronombres demostrativos se escriben con acento solamente en los casos en que pueda haber confusión.

Mi vecino sólo hace ejercicio los sábados.	Mi vecino hace ejercicio los sábados, pero no hace ejercicio los otros días de la semana.
Mi vecino solo hace ejercicio los sábados.	Mi vecino, el que no tiene compañía, hace ejercicio los sábados.

¿Compraron ésos libros?	¿Compraron esas personas libros?
¿Compraron esos libros?	¿Compraron los libros que estoy señalando con el dedo?

3.1H Homónimos. Completa los siguientes diálogos con la opción correcta.

1. —¿Dónde encontraron _____ chamarras para el invierno?

   —Se llaman Ana y Alejandra. Encontraron chaquetas para el invierno en un almacén.

   a. esas   b. ésas   c. (ambas opciones son correctas)

2. —¿Ya llegó Rafael?

   —No, _____ no ha llegado.

   a. aun   b. aún   c. (ambas opciones son correctas)

3. —¿Me das dos galletas?

   —_____ te doy una galleta. Dos galletas es demasiado.

   a. Solo   b. Sólo   c. (ambas opciones son correctas)

4. —¿De quién son _____ libros?

   —_____ son de Luis.

   a. esos, Ésos   b. esos, Esos   c. (ambas opciones son correctas)

5. —Vivo _____.

   —¿En serio? Pensé que vivías con tu novia.

   a. solo   b. sólo   c. (ambas opciones son correctas)

6. —¿También va a venir César?

   —Sí, va a venir toda la familia, _____ César.

   a. aun   b. aún   c. (ambas opciones son correctas)

Nombre _____ Fecha _____

3.2 ¿Cómo me queda esta prenda?

3.2A Asociaciones. Une los sustantivos de la columna izquierda con el grupo de palabras y términos más lógico de la columna derecha.

_____ 1. lencería   a. atrevido, expuesto, cuello, pecho

_____ 2. minifalda   b. interior, de seda, de algodón, femenina

_____ 3. tacón   c. alto, elegante, mujeres, zapato

_____ 4. rayas   d. geometría, línea, vertical, horizontal

_____ 5. temporada   e. mujeres jóvenes, de cuero, arriba de las rodillas

_____ 6. tejido   f. actual, próximo, invierno, verano

_____ 7. escote   g. grande, pequeño, gordo, alta, mediana

_____ 8. talla   h. algodón, estambre, seda, lino

3.2B Tallas y moda. Lee las siguientes descripciones y escoge la opción que mejor resume cada descripción.

1. He subido un poco de peso. Normalmente uso talla 32, pero estos pantalones me aprietan la cintura.
   a. Me quedan a la medida.
   b. Me quedan cortos.
   c. Me quedan ajustados.

2. Estos jeans eran de mi hermano mayor y ahora son míos. El problema es que mi hermano mayor es más alto que yo.
   a. Me quedan holgados.
   b. Me quedan largos.
   c. Me quedan ajustados.

3. Puse esta falda en la secadora y no he tenido tiempo de plancharla.
   a. Está manchada.
   b. Está lujosa.
   c. Está arrugada.

4. Mi amigo Enrique, que es más gordo que yo, me regaló un traje que antes era de él. Me gusta mucho el traje, pero yo soy más flaco que Enrique.
   a. Me queda holgado.
   b. Me queda corto.
   c. Está pasado de moda.

5. Esta blusa la compró mi abuela. En su época, mi abuela tenía muy buen gusto, pero ahora no sabe mucho de ropa moderna.
   a. Está arrugada.
   b. Está anticuada.
   c. Está lujosa.

6. Andrés olvidó lavar su ropa y hoy se tuvo que poner el traje sin ponerse nada abajo de los pantalones o la camisa.
   a. Necesita lencería.
   b. Necesita escotes.
   c. Necesita ropa interior.

7. Manuel está en una tienda y quiere saber si los pantalones cortos que va a comprar le quedan bien. El problema es que no puede quitarse en público los pantalones que lleva.
   a. Busca un armario.
   b. Busca un vestidor.
   c. Busca un probador.

8. Esta camisa la llevé al sastre para que le hiciera ajustes. Ahora me queda perfectamente.
   a. Está a mi medida.
   b. Está lujosa.
   c. Está tejida.

3.2C Prendas ideales. Describe brevemente (de 60 a 80 palabras) qué ropa te pones para asistir a alguno de los siguientes eventos. Describe cada prenda: de qué material está hecha, su color, su textura, etcétera. También describe cómo te queda cada prenda y cómo se compara con la moda actual (¿está de moda? ¿pasada de moda? ¿es de la próxima temporada?).

- una cita romántica
- un día en la playa
- un domingo de futbol en la casa
- para ir a la universidad
- una entrevista de trabajo
- para salir a los bares y clubes nocturnos

_____
_____
_____
_____
_____
_____
_____
_____
_____
_____

GRAMÁTICA EN CONTEXTO

3.2D Gustos y disgustos. Completa las oraciones con el pronombre que falta y el presente de indicativo del verbo indicado.

1. A Pablo _____ _____ (gustar) el vino tinto, pero a nosotros _____ _____ (gustar) el vino blanco.

2. A ti _____ _____ (sorprender) las noticias sobre la ecología. A mí más bien _____ _____ (preocupar).

3. Al profesor de matemáticas _____ _____ (ofender) el desinterés de sus estudiantes. A ellos no _____ _____ (interesar) las ecuaciones.

4. A mí _____ _____ (fascinar) la ropa de Ermenegildo Zegna, pero a mi pareja _____ _____ (enojar) que yo gaste tanto dinero en esa tienda.

5. A mi hermano y a mí _____ _____ (molestar) las opiniones tan conservadoras de ese político. Por lo visto, a ti sí _____ _____ (gustar).

6. A su hijo _____ _____ (doler) los dientes. ¿Por qué _____ _____ (sorprender) tanto a ustedes? ¡Su hijo come dulces todo el día!

7. A ellas _____ _____ (disgustar) los desfiles de moda, porque sienten que son degradantes para las mujeres. También _____ _____ (indignar) la frivolidad de la moda.

8. A Rodrigo _____ _____ (agradar) las mujeres rubias, pero a José y Martín _____ _____ (interesar) Raquel, que es morena.

Me fascina la comida mexicana.

3.2E Gustos y opiniones personales. ¿Cuál es tu opinión acerca de las siguientes cosas? Exprésala usando uno de los siguientes verbos.

agradar	fascinar	molestar
disgustar	gustar	ofender
doler	importar	preocupar
encantar	indignar	sorprender
enojar	interesar	

MODELO ¿El racismo? → Me ofende.

1. ¿La pobreza en los países del tercer mundo? _____

2. ¿Las telenovelas? _____

3. ¿Los desfiles de moda? _____

4. ¿El problema de obesidad en este país? _____

5. ¿Las fiestas de cumpleaños? _____

6. ¿Las novelas románticas? _____

7. ¿El transporte público? _____

8. ¿Las competiciones de resistencia? _____

9. ¿La ropa de última moda? _____

10. ¿La literatura latinoamericana? _____

3.2F Oraciones. Escribe ocho oraciones con un elemento de cada columna y tu imaginación (las oraciones deben ser lógicas). Haz los cambios necesarios. No repitas ninguno de los elementos dados.

El presidente	agradar
Los estudiantes de esta universidad	disgustar
Los diseñadores de moda	doler
Mis amigos y yo	enojar
Tú	fascinar
Mis padres / hijos / abuelos	gustar
Yo	importar
Ricky Martin	molestar
Las revistas de moda	ofender
Los atletas famosos	preocupar
Tú y tu mejor amiga	sorprender
Mi equipo de futbol favorito	
(¿?)	

1. _____

   _____

2. _____

   _____

3. _____

   _____

4. _____

   _____

5. _____

   _____

6. _____

   _____

7. _____

   _____

8. _____

   _____

A VER Y ESCUCHAR

3.2G Antes de ver. Las siguientes preguntas y respuestas son empleadas en el video correspondiente a la Lección 3. Antes de ver el video, une cada pregunta de la columna izquierda con la respuesta más lógica de la columna derecha. En algunos casos hay más de una respuesta por cada pregunta.

_____ 1. ¿Te consideras una persona consumista?

_____ 2. Describe la ropa que llevas puesta.

_____ 3. ¿En qué gastas tu dinero?

_____ 4. ¿Acostumbras regatear?

_____ 5. ¿Prefieres ir de compras a un mercado al aire libre o a un centro comercial?

a. "Esta chaqueta, esta camisa, los pantalones y los zapatos, las botas son de Anthropologie".

b. "Si cuesta diez, te doy cinco. Uno trata de obtener algo extra por el dinero que uno está pagando".

c. "En la comida y saliendo con mis amigos al cine".

d. "No lo sé hacer bien. Siempre pago lo que me dicen".

e. "Me gustan mucho los productos y ropa de segunda mano, y […] también salir a entretenerme".

f. "Vivo aquí en los Estados Unidos, así que […] disfruto de salir a comprar y adquirir cosas".

g. "Esta camisa la compré en Neiman Marcus. Los pantalones, los jeans, Gap, los disfruto mucho. Y mis zapatos favoritos, negros, Kenneth Cole".

h. "Me gusta mucho ir a los centros comerciales y ver a la gente y sencillamente ver tantos productos allí para al final comprar solo uno".

Nombre _____ Fecha _____

3.2H Comprensión. Ve el video y contesta las siguientes oraciones con la opción correcta, según lo que dijeron las personas entrevistadas.

1. ¿Por qué se considera Juan Carlos (Venezuela) una persona consumista?
   Dice que es así porque...
   a. vive en los Estados Unidos y disfruta adquirir alimentos y ropa.
   b. sale con sus amigos al cine y compra ropa por Internet.
   c. le da placer comprar las cosas que son básicas para él.
   d. vive en los Estados Unidos, que es el país más consumista del mundo.

2. ¿Cómo describen Liz (Brooklyn, NY) y Juan Carlos la ropa que llevan puesta?
   a. Describen los colores y los precios de cada prenda de ropa.
   b. Describen las prendas y las tiendas donde las compraron.
   c. Describen lo que llevan puesto y los diseñadores de cada prenda.
   d. Describen cómo les queda cada una de las prendas.

3. ¿En qué gastan su dinero Liz y Juan Carlos?
   Gastan dinero en...
   a. ropa de segunda mano, comida y centros comerciales.
   b. el cine, el teatro y regalos para los amigos.
   c. comida, ropa y entretenimiento.
   d. mercados y centros comerciales.

4. Según Juan Carlos, ¿qué se acostumbra a hacer en el Mercado de las Pulgas de Maracaibo?
   Se acostumbra a...
   a. comprar ropa, electrodomésticos y comida.
   b. regatear.
   c. ver gente y hacerse amigo de los vendedores.
   d. comparar precios entre el mercado y el centro comercial.

5. ¿Qué es lo que le gusta a Juan Carlos de los centros comerciales?
   Le gusta que...
   a. se puede regatear.
   b. se puede encontrar productos de mejor calidad que en los mercados.
   c. uno puede hacerse amigo de los vendedores.
   d. puede ver a la gente y una diversidad de productos.

3.2I Consumismo. ¿Te consideras una persona consumista? Escribe unos párrafos (de 60 a 80 palabras) para explicar por qué sí o por qué no te consideras una persona consumista. Explica también en qué consiste, en tu opinión, el consumismo. Finalmente, di en qué gastas tu dinero normalmente.

_____
_____
_____
_____
_____
_____
_____

3.3 ¡Que te mejores pronto!

VOCABULARIO EN CONTEXTO

3.3A Remedios. Une las enfermedades de la columna izquierda con el remedio más probable de la columna derecha.

_____ 1. infección del estómago

_____ 2. apendicitis

_____ 3. catarro

_____ 4. depresión

_____ 5. tos

_____ 6. dolor de cabeza

_____ 7. cáncer

_____ 8. alergia

a. antihistamínicos

b. aspirinas

c. pastillas mentoladas

d. vitamina C

e. antibiótico

f. cirugía

g. antidepresivos

h. quimioterapia

3.3B Intruso. Encuentra en cada uno de los siguientes grupos de palabras el término que no corresponde al grupo semántico.

1. influenza, dolor de cabeza, congestión, fiebre

2. cirugía, acupuntura, artritis, terapia física

3. aliviar, doler, sanar, recuperar

4. antidepresivo, psicoterapia, enfermedad mental, cáncer

5. sano, adolorido, enfermo, débil

6. píldora, tableta, inyección, gragea

7. sangre, catarro, tensión arterial, hemofilia

8. homeopatía, hidroterapia, cirugía, terapia física

3.3C Cuestionario médico. Las siguientes preguntas médicas son frecuentes durante las visitas al doctor o para obtener un seguro médico. Contéstalas con información personal. Si prefieres, puedes escribir el perfil médico de alguien que conozcas, una persona famosa o un personaje ficticio.

Nombre _____ Fecha _____

Edad: _____ **Sexo:** ☐ masculino   ☐ femenino

Raza:
☐ nativo americano/a   ☐ asiático/a
☐ negro/a   ☐ caucásico/a
☐ hispano/a   ☐ otra

Peso y estructura:
☐ atlético/a   ☐ delgado/a
☐ mediano/a   ☐ con sobrepeso
☐ obeso/a

Nivel de ejercicio:
☐ sedentario/a   ☐ ligero
☐ esporádico   ☐ moderado
☐ intenso

Nivel de estrés:
☐ sin estrés   ☐ ligero
☐ alto   ☐ constante

Horas de sueño cada noche:
☐ menos de 6   ☐ 6
☐ 7   ☐ 8
☐ más de 8

Chequeos médicos:
☐ una vez al año   ☐ una vez cada dos o tres años
☐ nunca

Estado civil:
☐ separado/a   ☐ divorciado/a
☐ viudo/a   ☐ soltero/a
☐ tengo pareja   ☐ felizmente tengo pareja

Cigarrillos:
☐ Nunca he fumado
☐ Dejé de fumar hace más de diez años
☐ Dejé de fumar hace menos de diez años
☐ Fumo ocasionalmente
☐ Fumo un paquete (veinte cigarrillos) al día
☐ Fumo dos o más paquetes al día

Dieta:
☐ dieta restrictiva / la dieta que está de moda
☐ muchas comidas refinadas; pocas frutas y verduras
☐ algunas comidas refinadas; dieta típica de este país
☐ pocas comidas refinadas; comidas con grasa moderada
☐ comida baja en grasa; nada de comidas refinadas

Desayuno:
☐ un pastelito o un pan, y café
☐ café nada más   ☐ no desayuno
☐ algunas veces desayuno   ☐ todos los días desayuno

Alcohol:
☐ nunca o una bebida al día   ☐ dos bebidas al día
☐ tres bebidas al día   ☐ más de tres bebidas al día

Nivel de felicidad:
☐ casi siempre me siento infeliz
☐ me siento infeliz con frecuencia
☐ me siento satisfecho
☐ me siento por lo general muy feliz

Relajamiento y meditación:
☐ siempre estoy tenso/a
☐ con frecuencia estoy tenso/a
☐ con frecuencia me siento relajado/a
☐ todos los días practico la meditación

Amistades:
☐ no tengo amigos
☐ a veces hablo con mis compañeros/as o colegas
☐ tengo uno o dos amigos
☐ tengo un grupo de buenos amigos

Nombre _____ Fecha _____

3.3D Evaluación. Responde a las siguientes preguntas para hacer una evaluación sobre tu salud (o la salud de la persona famosa o ficticia) con base en tus respuestas al cuestionario de la actividad **3.3C**.

1. ¿Crees que, en general, llevas una vida física y mentalmente sana? Explica tu respuesta.

_____

_____

2. ¿Hay algún aspecto de tus hábitos que debas cambiar para mejorar tu salud?

_____

_____

3. ¿Cómo crees que se comparan tus hábitos de salud con los del promedio de la población de este país? ¿Son mejores o peores? ¿Están al mismo nivel que el resto de la población? Explica tu respuesta.

_____

_____

4. En tu opinión, ¿cuáles son los problemas principales de salud en este país? ¿Qué enfermedades son comunes?

_____

_____

5. ¿Qué hábitos crees que deben cambiarse en este país para mejorar la salud de la población en general?

_____

_____

GRAMÁTICA EN CONTEXTO

3.3E Iniciativas de salud. Completa la siguiente lista de iniciativas en el pretérito y di si son ciertas o falsas para ti.

	Cierto	Falso
1. Esta mañana _____ (desayunar: yo) alimentos balanceados.	☐	☐
2. La semana pasada _____ (almorzar: yo) todos los días.	☐	☐
3. El fin de semana pasado _____ (beber: yo) demasiadas bebidas alcohólicas.	☐	☐
4. Recientemente _____ (empezar: yo) una rutina de ejercicio nueva.	☐	☐
5. El año pasado _____ (pagar: yo) mi seguro médico todos los meses.	☐	☐
6. Hace poco _____ (sacar: yo) todos los alimentos refinados de mi despensa y los _____ (tirar: yo) a la basura.	☐	☐
7. Este año _____ (visitar: yo) al médico por lo menos una vez.	☐	☐
8. Hace mucho tiempo _____ (averiguar: yo) lo que necesito hacer para tener una vida sana.	☐	☐

3.3F Oraciones. Completa las siguientes oraciones en el pretérito.

1. Mauricio _____ (dormir) solo tres horas anoche y hoy todo el día
   _____ (estar) muy cansado.

2. El doctor Jiménez y yo _____ (hacer) una encuesta en el campus el año
   pasado. _____ (haber) muchísimos estudiantes que reportaron problemas
   de salud.

3. El señor Olegaray le _____ (pedir) a su esposa una aspirina, pero la esposa
   no _____ (poder) encontrarlas en su bolsa.

4. La contaminación de la carne _____ (producir) problemas graves en la
   comunidad. Los inspectores _____ (venir) a la planta a clausurarla.

5. La Secretaria de Salud _____ (decir) que el tabaquismo
   _____ (ser) el problema más grave de salud durante muchos años.

6. La obesidad _____ (hacer) que aumentara el nivel de diabetes en los
   ciudadanos. Los médicos _____ (dar) muchos consejos, pero la gente no
   los _____ (seguir).

7. Cuando Ramón no _____ (caber) en el coche, todos sus amigos
   _____ (saber) que había subido de peso.

8. Yo _____ (tener) problemas de depresión el año pasado por la muerte de
   mi padre. Lo _____ (querer) muchísimo.

La pobreza **produjo** graves problemas de salud.

3.3G Mi salud en tiempos recientes. Lee la siguiente lista de hábitos y di cómo se relacionan con tu salud en tiempos recientes (por ejemplo, el semestre o el año pasado).

MODELO ponerse a dieta → El año pasado me puse a dieta y bajé cinco libras.

1. ponerse a dieta

   _____

2. hacer ejercicio

   _____

3. ir al médico para hacerse un chequeo

   _____

4. sentirse relajado / practicar meditación

   _____

5. pedir comidas bajas en grasa en los restaurantes

   _____

6. venir a la universidad caminando para hacer ejercicio

   _____

7. tener una cita con el dentista cada seis meses

   _____

8. poder conversar con amigos o un consejero sobre los problemas personales

   _____

LECTURA

3.3H Antes de leer. Las siguientes citas están tomadas de la lectura "Canción de cuna", de Elena Poniatowska. Escoge la opción que más se acerque al significado original de cada cita. Si no entiendes alguna de las palabras, búscala en un diccionario.

1. "La gata negra gemía despacio primero, luego más fuerte y de pronto su maullido reventó en mil oídos".
   a. Los maullidos de la gata provocaron dolor en los oídos de mil personas.
   b. Los gemidos fueron creciendo hasta convertirse en maullidos muy fuertes.
   c. La gata maullaba porque tenía dolor de oído.

2. "Un desayuno sustancioso siempre apacigua".
   a. Los desayunos nutritivos siempre tranquilizan.
   b. Los desayunos demasiado grandes siempre provocan dolores.
   c. Los desayunos balanceados siempre provocan inquietudes.

3. "Le aconsejo salir a pisar el día con pasos de sargento".

a. Le sugiero que se vista de uniforme militar inmediatamente después de despertarse.

b. Le sugiero que camine como si usted fuera militar.

c. Le sugiero que se enfrente al día con ímpetu.

4. "Al atardecer la luz cede conmovida".

a. La luz parece moverse cuando termina el día.

b. Al terminar el día, la luz se mueve lentamente.

c. Cuando empieza a caer la tarde, la luz es menos intensa.

5. "Bajo el cuerpo contrito yace la tierra con sus grutas".

a. Bajo el cuerpo empequeñecido hay tierra y cavernas.

b. El cuerpo adolorido está suspendido por la tierra y sus particularidades.

c. Abajo del cuerpo arrepentido están la tierra y sus cavernas.

3.31 Expresiones populares. Las siguientes expresiones están presentadas en la lectura de una manera alterada. Antes de leer el texto, busca las expresiones en Internet y explica su significado.

1. empezar el día con el pie izquierdo _____

_____

2. No hay moros en la costa. _____

_____

3. De noche, todos los gatos son pardos. _____

_____

Canción de cuna

Elena Poniatowska (México)

Es preferible dejarse rodar de la cama para que no empiece el día ni con el izquierdo ni con el otro. Dos vueltas y ya está usted en el tapete[1]. Las señoritas bien educadas tienen un tapetito al pie de su cama, el suelo está frío... ¿Recordar los gatos? No, ¡Dios mío! Parece que se tragaron la noche. ¡Cómo gritaban! ¡Qué gatos tan llenos de noche! La gata negra gemía despacio primero, luego más fuerte y de pronto su maullido[2] reventó en mil oídos. Una vez los buscó en la azotea[3]. Le costó trabajo, pero allí estaban los ojos debajo de un tinaco[4]: ojos turbios con lentos canales amarillos que iban lejos, lejos. Obstinada en su miel, comenzó a dejarse ir; temblando, atrapada como un buzo; se alargaron los ojos, se hicieron múltiples, gato y gata, gato y gata agazapados[5], arqueándose, a punto de saltar, quejándose, unidos en el mismo alarido[6], gato y gata juntos en su cuerpo. ¡Dios mío!

Un desayuno sustancioso siempre apacigua[7]. Si el cuarto de baño se espesa de neblina, tanto mejor pero ¿para qué detenerse ante el espejo, quitarle el vaho[8] con la mano y ver el rostro de la mañana todo arañado de gatos? "¿Soy yo?" Le aconsejo salir a pisar el día con pasos de sargento, empujarlo hasta la noche, no dejar que se convierta en cadáver, porque cargarlo está muy por encima de las fuerzas de una señorita bien educada.

Después de las abluciones[9], puede usted entregarse a sacudimientos y acomodos[10]. No es recomendable usar el plumero[11] de plumas pintadas de violeta porque las nubecillas de polvo son todavía más melancólicas. Y por favor no repegue los muebles contra la pared, deje siempre un espacio para que detrás de las sillas quepa el Ángel de la Guarda. De un arreglo floral puede usted pasar a la cocina a ocuparse del pastel de los ahijados[12], sin más transición que un puñito de alimento a la pecera[13], casi como rociar un asado[14]. Y por favor no teja[15] al pie de la ventana, no se haga penélope, que no hay moros en la costa azul del cielo. Podría quedarse así ochenta años desmadejando[16] sueños. Dé usted cuatro vueltas a la manzana oyendo el redoble de un tambor imaginario. ¡Atención! Una moción de orden, señorita. El día la está cercando. No se deje. No deje que se le monte encima. Cójalo usted con sus dos manos, como un bloque de topacio[17] y arrójelo

---

1. alfombra pequeña, 2. grito que producen los gatos, 3. la parte de arriba de una casa, 4. tanque de agua, 5. agarrados el uno al otro, 6. grito fuerte, 7. tranquiliza, 8. aliento, vapor, 9. purificaciones con agua, 10. **sacudimientos...** actos de limpiar el polvo y colocar los objetos en su lugar, 11. objeto de plumas que se usa para limpiar el polvo, 12. hijos de los compadres, 13. caja de vidrio donde viven los peces, 14. **rociar...** echarle sal a la comida, 15. hacer ropa con estambre y agujas, 16. deshaciendo, 17. piedra fina

Elena Poniatowska, "Canción de cuna," from *De noche vienes* (Mexico: Grijalbo, 1979), pp. 27–29. Used with permission of Elena Poniatowska, author of *The Skin of the Sky, Tunisima*, and *Dear Diego*.

amortajado[18] en el crepúsculo, oígalo caer como piedra en el pozo, déle la espalda y no se atreva a salirme con la zarandaja[19] aquella de que usted no le hace falta a nadie y bien puede estrellar honestamente su vida contra el suelo.

Al atardecer la luz cede conmovida. Los esfuerzos serán premiados. Pero todos los gatos son pardos. Por las dudas, échese usted en la cama y recite sus oraciones sin erratas. Archive usted todos sus desengaños. Una tacita de tila, de manzanilla o de té limón con una pizca de valeriana y dos terroncitos[20] de azúcar para olvidar dan muy buen resultado. La bolsa de agua caliente siempre reconforta, a falta de otra cosa. (¡Pero qué cosas se le ocurren, criatura de Dios! Dése un champú con agua bendita!) A las diez de la noche es de tomarse en cuenta, señorita de buena familia, que está por conciliar un sueño reparador.

> "A la rorro niña
> a la rorrorró,
> duérmete mi niña,
> duérmete mi amor".

Ya que se está usted sintiendo vieja y buena y sana e irreprochable, los párpados[21] caen pesados y comprensivos.

> "Gorrioncita hermosa
> pico de coral
> te traigo una jaula
> de puro cristal".

Bajo el cuerpo contrito[22] yace la tierra con sus grutas, sus ríos que se mueven a grandes rayas, su cruce de caminos, su fuego, su oro, sus diamantes sumergidos en el carbón, y más abajo todavía, se percibe el sordo latido de la lava; el lento palpitar de la materia gelatinosa y grasienta que se hincha de lodo espeso como crema, de resinas, de espuma, de brea, de lúpulo, de felpas[23], de lagunas de fondo verdinoso, de sedimentos blancos, la tierra que estalla en volcanes como espinillas impúberes[24], la tierra que se cubre de vegetaciones capilares y sombrea su labio con un bozo de musgo insatisfecho. Este es el momento decisivo. Sobre todo; no abra los ojos porque la noche se mete hasta adentro y se pone a bailar en las pupilas. Y de golpe todo arde. Mi amor, te quiero. Mi amor no puedo estar sin ti. No puedo. Este día ya no me cabe con su afán. Y los lirios del campo, desnudos. Día estúpido e inútil. Mi amor. Mis cabellos están tristes y los tuyos de tan negros son azules y se hacen más tiernos y más míos en tu nuca.

Para defenderse, solo tiene usted, decentísima señorita, el blanco escudo de la almohada.

_____

18. cubierto como cadáver, 19. tontería, 20. cubos, 21. piel que cubre los ojos, 22. arrepentido,
23. **brea**... productos de las plantas, 24. **espinillas**... imperfecciones grasientas en la piel que tienen los adolescentes

3.3J Comprensión. Escoge la respuesta correcta a cada una de las siguientes preguntas.

1. ¿En qué momento comienza la historia y en qué momento termina?
   a. Comienza cuando el personaje se levanta y termina cuando se va a dormir.
   b. Comienza cuando el personaje escucha los gatos y termina cuando se acuesta a descansar.
   c. Comienza cuando el personaje se despierta un día y termina cuando vuelve a despertarse al día siguiente.

2. ¿Qué estuvieron haciendo los gatos toda la noche?
   a. Estuvieron peleando.
   b. Estuvieron copulando.
   c. Estuvieron escondiéndose debajo de un tinaco.

3. ¿Cómo se refiere el narrador al personaje?
   a. "Señorita bien educada" y "Ángel de la Guarda"
   b. "Penélope" y "sargento"
   c. "Señorita bien educada" y "decentísima señorita"

4. ¿Qué consejos le da el narrador al personaje?
   Le aconseja que...
   a. no piense en los gatos, que se enfrente valientemente con el día y que no pierda el tiempo soñando.
   b. limpie la casa, haga un pastel y no ponga la cabeza sobre la almohada blanca.
   c. se mueva como sargento durante el día, pero que en la noche se concentre en las sensaciones de su cuerpo.

5. En la oración "la bolsa de agua caliente siempre reconforta, a falta de otra cosa", ¿a qué otra cosa se refiere el narrador?
   Se refiere...
   a. a la compañía de la familia.
   b. a la luz del día.
   c. al contacto sexual.

6. Lee la última oración del texto. ¿De qué sugiere el narrador que se defienda el personaje?
   Se debe defender de...
   a. los peligros de la flora y la fauna.
   b. sus propios deseos eróticos.
   c. las cosas que suceden en el mundo mientras ella duerme.

3.3K Interpretación. Contesta las siguientes preguntas.

1. ¿Qué es una canción de cuna? ¿Por qué crees que el cuento se llama "Canción de cuna"?

   _____

   _____

2. ¿A qué clase social te imaginas que pertenece el personaje? ¿Cómo te imaginas a su familia?

   _____

   _____

3. ¿Por qué crees que el narrador le sugiere al personaje que no piense en los gatos?

   _____

   _____

4. ¿Qué cosas le dice el narrador al personaje que haga durante el día y qué cosas le dice que no haga? ¿Por qué?

   _____

   _____

   _____

5. ¿Crees que el personaje sufre de algún tipo de problema o enfermedad física o mental? Explica tu respuesta.

   _____

   _____

6. En tu opinión, ¿se parece el personaje a las mujeres jóvenes contemporáneas? Explica tu respuesta.

   _____

   _____

7. La mayor parte del cuento está narrado en la forma imperativa; es decir, el narrador le da instrucciones al personaje en la segunda persona. ¿Por qué crees que la autora escogió esta manera de narrar la historia?

   _____

   _____

   _____

DESTREZAS DE LA LENGUA Y EL FUTBOL

4.1 Hay que darse a entender

VOCABULARIO EN CONTEXTO

4.1A Habilidades lingüísticas. Lee las siguientes definiciones de habilidades lingüísticas y elige la opción correspondiente.

1. Consiste en repetir mentalmente un texto, palabra por palabra, hasta poder reproducirlo sin errores, ya sea verbalmente o por escrito.
   a. crear oraciones originales
   b. reproducir párrafos
   c. memorizar
   d. defender opiniones

2. Es la habilidad de poderse expresar con respecto a eventos que ya ocurrieron, que están ocurriendo o que aún no han ocurrido.
   a. formular situaciones hipotéticas
   b. defenderse en situaciones desconocidas
   c. narrar y describir
   d. expresarse en una variedad de tiempos verbales

3. Consiste en repetir palabras pertenecientes a grupos semánticos específicos.
   a. elaborar oraciones simples
   b. enlistar segmentos de discurso aislados, pero relacionados entre sí
   c. hablar en oraciones, no en párrafos
   d. defenderse en situaciones elementales

4. Tener la habilidad de expresar verbalmente una suposición.
   a. formular hipótesis
   b. defenderse en situaciones riesgosas
   c. expresarse en el futuro
   d. narrar y describir

5. Consiste en poder tener conversaciones sobre temas no concretos.
   a. sobrevivir en situaciones complicadas
   b. discutir asuntos abstractos
   c. conversar en párrafos, no en oraciones
   d. defender opiniones vehementemente

6. Es la habilidad de responder a preguntas que exigen una palabra por respuesta.
   a. producir grupos semánticos
   b. memorizar respuestas elementales
   c. contestar con palabras aisladas
   d. tener un vocabulario muy limitado

7. Consiste en expresar ideas que exigen un cierto grado de elaboración.
   a. expresarse en párrafos, no en oraciones
   b. hacer y contestar preguntas
   c. sobrevivir en situaciones hipotéticas
   d. escribir documentos complejos

8. Es la habilidad de poder demostrar control nativo de dos lenguas.
   a. desempeñarse en un nivel superior
   b. combinar grupos semánticos
   c. ser bicultural
   d. ser bilingüe

4.1B Expresiones idiomáticas. Las siguientes son expresiones idiomáticas con el verbo **hacer**. Selecciona la frase que mejor traduce cada expresión.

_____ 1. hacer caso
_____ 2. hacerle coro a alguien
_____ 3. hacer del cuerpo
_____ 4. hacer el amor
_____ 5. hacer falta
_____ 6. hacer frente
_____ 7. hacerse de la vista gorda
_____ 8. hacer las paces
_____ 9. hacer un papelón

a. ir al baño
b. confrontarse a alguien o algo
c. ponerse en ridículo
d. apoyar o respaldar
e. tener necesidad de algo
f. resolver un conflicto
g. atender a algo o alguien
h. tener relaciones sexuales
i. fingir ignorancia, pasar por alto

4.1C Oraciones idiomáticas. Escoge cinco (o más) expresiones idiomáticas con el verbo **hacer** de la actividad **4.1B** para escribir cinco oraciones originales.

1. _____
   _____
2. _____
   _____
3. _____
   _____
4. _____
   _____
5. _____
   _____

GRAMÁTICA EN CONTEXTO

4.1D El imperfecto. Completa las siguientes oraciones con el imperfecto de indicativo.

1. Antes, los estudiantes de español principiantes _____ (memorizar) todos los tiempos verbales desde el principio de sus estudios, cuando todavía no _____ (poder) hablar en lo absoluto.

2. Las clases _____ (ser) muy aburridas; por ejemplo, los estudiantes nunca _____ (ver) películas ni _____ (escuchar) canciones.

3. Cuando yo aprendí español, la profesora nos _____ (leer) las noticias del periódico todos los días, pero yo no las _____ (entender).

4. Mi amigo Eduardo y yo _____ (ir) a las tertulias de español todos los miércoles en la noche, en donde _____ (aprender) a entablar conversaciones sencillas.

5. Eduardo y yo _____ (ser) muy buenos estudiantes. Los dos _____ (querer) pasar al nivel intermedio lo más pronto posible.

6. Un día, Eduardo y yo _____ (estar) memorizando una lista muy larga de vocabulario, cuando la profesora nos vio. Ella nos dijo que _____ (ser) bueno memorizar el vocabulario, pero más importante _____ (ser) que practicáramos la lengua en situaciones reales.

7. Yo _____ (practicar) el español todos los días y cada vez _____ (comprender) un poco más cuando la profesora nos leía las noticias del periódico.

8. Recuerdo el día en que descubrí que ya _____ (saber: yo) expresarme en todos los tiempos verbales. ¡No lo _____ (poder: yo) creer! Todos mis esfuerzos _____ (haber) rendido frutos.

4.1E Oraciones incompletas. Piensa cómo era tu vida cuando tenías diez años. Completa las siguientes oraciones con el imperfecto de indicativo y con información verdadera sobre tus recuerdos.

1. Cuando yo tenía diez años, _____

_____.

2. La escuela a la que yo iba _____

_____.

3. Mi familia _____.

4. Mi papá trabajaba en _____

y mi mamá _____.

5. Mis hermanos _____

_____.

6. Me gustaba hacer muchas cosas. Por ejemplo, _____

_____.

7. Mi mejor amigo/a se llamaba _____.

Él/Ella y yo _____

_____.

ACENTUACIÓN Y ORTOGRAFÍA

■ EXCEPCIONES A LAS REGLAS DE ACENTUACIÓN (II)

a. Adjetivos, pronombres y adverbios exclamativos

Los adjetivos, pronombres y adverbios exclamativos siempre llevan acento escrito.

¡**Cuántas** flores!   ¡**Cómo** trabajas!   ¡**Qué** lástima!

Sin embargo, nótese que en la expresión "¡**Que te vaya bien**" la palabra **que** no lleva acento escrito, ya que en este caso **que** es una conjunción, no un pronombre o un adjetivo (la intención es la de decir "¡**Espero que te vaya bien!**").

b. Adjetivos, pronombres y adverbios interrogativos

Los adjetivos, pronombres y adverbios interrogativos siempre llevan acento escrito, ya sea cuando forman parte de una pregunta directa o de una pregunta indirecta.

Pregunta directa	Pregunta indirecta
¿**Qué** quieres hacer?	No sé **qué** quieres hacer.
¿**Por qué** estás aquí?	No entiendo **por qué** estás aquí.
¿**Cómo** se construye?	Juan nos explica **cómo** se construye.
¿**Cuántos** libros compraste?	Dime **cuántos** libros compraste.
¿**Dónde** dejé mi lápiz?	No sé **dónde** dejé mi lápiz.
¿**Cuándo** vienes a visitarme?	Dime **cuándo** vienes a visitarme.
¿**Quién** se lo dijo a María?	No sabemos **quién** se lo dijo a María.

Compárense los ejemplos anteriores con los casos en que las mismas palabras (**qué, por qué, cómo, cuánto/a/os/as, dónde, cuándo** y **quién**) no llevan acento escrito.

Con acento escrito	Sin acento escrito
¿**Qué** quieres hacer?	Quiero **que** me lleves al cine.
¿**Por qué** estás aquí?	**Porque** tengo una clase a esta hora.
¿**Cómo** se construye?	**Como** lo explican las instrucciones.
¿**Cuántos** libros compraste?	Compré **cuantos** pude: cinco.
¿**Dónde** dejé mi lápiz?	Lo dejé **donde** está mi mochila.
¿**Cuándo** vienes a visitarme?	**Cuando** vuelvas a invitarme.
¿**Quién** se lo dijo a María?	Se lo dijo el hombre con **quien** la vimos.

Al igual que sucede con las exclamaciones, cuando alguna de estas palabras funcione como conjunción (y no como pronombre o adjetivo), la palabra no debe llevar acento escrito aunque forme parte de una pregunta.

¿**Cuándo** te vas al mercado? ¿**Cuando** venga José a recogerte?

4.1F ¿Con acento o sin acento? Completa los siguientes diálogos con la opción correcta.

1. Cuando me dieron el examen, me di cuenta _____ no había estudiado lo suficiente.
   a. qué   b. que

2. Esta es la escuela _____ aprendí a hablar inglés.
   a. dónde   b. donde

3. _____ pueda hablar alemán, por favor levante la mano.
   a. Quién   b. Quien

4. ¿ _____ es posible que pronuncies el español tan perfectamente?
   a. Cómo   b. Como

5. No entiendo _____ Marta tiene tantas dificultades para aprender mandarín.
   a. por qué   b. porque

6. Bueno, tiene dificultades _____ el mandarín es una lengua muy compleja.
   a. por qué   b. porque

7. ¿ _____ dices? ¿ _____ prefieres aprender francés en vez de español?
   a. Qué, Qué   b. Qué, Que   c. Que, Qué   d. Que, Que

8. Voy a repetir el vocabulario _____ veces sea necesario hasta que lo haya memorizado.
   a. cuántas   b. cuantas

9. ¡ _____ me gusta la clase de esta profesora! ¡Es magnífica!
   a. Cómo   b. Como

10. Alicia sabe _____ está la sección de libros de lenguas.
    a. dónde   b. donde

11. ¡ _____ tengas unas vacaciones estupendas!
    a. Qué   b. Que

12. ¿ _____ años estudiaste en esta escuela bilingüe?
    a. Cuántos   b. Cuantos

4.1G Repasa los adverbios. Lee los siguientes adjetivos y elige el que mejor complete cada oración. Antes de escribirlo, convierte el adjetivo en un adverbio terminado en *-mente*.

1. _____ las generaciones jóvenes se niegan a aprender la lengua de sus padres inmigrantes.
   a. triste
   b. genérico
   c. directo

2. Con frecuencia, los principiantes olvidan conjugar los verbos irregulares _____.
   a. general
   b. rápido
   c. correcto

3. Los estudiantes avanzados no tienen problemas para discutir temas abstractos _____.
   a. hábil
   b. equivocado
   c. trágico

4. Durante las primeras semanas de clase, los estudiantes aprenden la lengua _____.
   a. directo
   b. híbrido
   c. rápido

5. Algunos turistas prefieren viajar _____: se hospedan en hoteles muy baratos.
   a. efectivo
   b. cultural
   c. económico

6. Me gustan todas las frutas; _____ las manzanas y las peras.
   a. especial
   b. fértil
   c. diverso

4.1H Repasa los monosílabos. Completa los siguientes diálogos con el monosílabo correcto.

1. Susana quiere que yo le _____ clases de español.
   a. dé   b. de

2. Carmen _____ ducha por las noches antes de irse a dormir.
   a. sé   b. se

3. _____ vas a la clase con más frecuencia, vas a aprender a hablar español más rápidamente.
   a. Sí   b. Si

4. Los estudiantes necesitan _____ práctica con los verbos irregulares.
   a. más   b. mas

5. Manuel compró chocolates para _____.
   a. mí   b. mi

6. Andrés, _____ conoces a Manuel, ¿verdad?
   a. tú   b. tu

4.1I Repasa los homónimos. Completa los siguientes diálogos con la palabra correcta.

1. _____ no entiendo muy bien la diferencia entre el modo indicativo y el subjuntivo.
   a. Aún   b. Aun

2. _____, el estudiante no tiene con quién practicar oralmente el vocabulario.
   a. Sólo   b. Solo

3. No sé dónde aprendieron _____ idioma.
   a. ése   b. ese

4. Los estudiantes aprendieron todos los tiempos verbales, _____ los del subjuntivo.
   a. aún   b. aun

4.2 La pasión del gol

VOCABULARIO EN CONTEXTO

4.2A Definiciones futbolísticas. Selecciona el término definido en cada una de las siguientes oraciones.

1. Consiste en meter la pelota en la portería del equipo contrincante.
   a. anotar
   b. empatar
   c. amonestar
   d. vencer

2. Es el lugar en el que se sienta el público a observar el partido.
   a. el césped
   b. las instancias
   c. las gradas
   d. los árbitros

3. Es la persona que practica con los jugadores y los prepara para los campeonatos.
   a. el árbitro
   b. el entrenador
   c. el juez
   d. el portero

4. Consiste en anotar el mismo número de goles que el equipo contrincante.
   a. marcar
   b. vencer
   c. expulsar
   d. empatar

5. Es cuando el jugador comete muchas faltas y debe, como castigo, abandonar el partido.
   a. exceder
   b. expulsar
   c. examinar
   d. exentar

6. Es cuando el público del partido muestra su entusiasmo con movimientos coreografiados.
   a. la lesión
   b. la instancia
   c. la ola
   d. la entusiasta

7. Cuando un jugador comete una falta, el árbitro le muestra a veces una de estas.
   a. pelota
   b. tarjeta
   c. portería
   d. salida

8. Cuando el árbitro marca un penalti, el jugador afectado tiene derecho a uno de estos.
   a. tiro libre
   b. asesor
   c. entrenador
   d. gol

4.2B Un partido de futbol. Completa los siguientes párrafos con palabras de la lista. No repitas palabras. Cuando uses un verbo, vas a tener que conjugarlo.

anotar	entradas	gradas	partido
árbitro	expulsar	instancias	tarjetas
empatar	faltas	lesiones	vencer

Ayer vi el 1. _____ de futbol entre el Cruz Azul y el América. Fue un juego muy sucio. Los dos equipos cometieron muchas 2. _____ y el 3. _____ tuvo que mostrar muchas 4. _____ amarillas. También sacó dos veces la tarjeta roja: 5. _____ a un jugador del América y a otro del Cruz Azul.

Durante el primer tiempo, el Cruz Azul 6. _____ dos goles. Todos pensábamos que iban a 7. _____ al equipo del América. Sin embargo, el América se recuperó durante el segundo tiempo y al final 8. _____ los dos equipos. El marcador final: 2-2.

Aunque fue un juego sucio y hubo muchas 9. _____ (de piernas sobre todo), no me arrepiento de haber pagado los quinientos pesos que me costaron las 10. _____.

4.2C Yo, comentador. Ahora describe brevemente (80 palabras) un partido de futbol que hayas visto y que recuerdes. Si no has visto nunca ningún partido, describe un partido ficticio, entre dos equipos de tu invención. Puedes usar los párrafos de la actividad **4.2B** como modelo.

_____

_____

_____

_____

_____

_____

_____

_____

_____

_____

GRAMÁTICA EN CONTEXTO

4.2D ¿Pretérito o imperfecto? Completa las oraciones con la opción correcta.

1. Anoche _____ el partido del Real Madrid contra el Barça. _____ 1 a 1.
   a. vi, Empataron
   b. veía, Empataban
   c. vi, Empataban
   d. veía, Empataron

2. _____ las ocho. Me _____ la chamarra de invierno antes de salir esa mañana.
   a. Fueron, puse
   b. Eran, ponía
   c. Fueron, ponía
   d. Eran, puse

3. Casi siempre _____ el equipo de mi universidad. _____ un equipo estupendo.
   a. ganó, Tuvimos
   b. ganaba, Teníamos
   c. ganó, Teníamos
   d. ganaba, Tuvimos

4. La semana pasada _____ en el parque. El cielo _____ despejado.
   a. jugamos, estuvo
   b. jugábamos, estaba
   c. jugamos, estaba
   d. jugábamos, estuvo

5. Durante el partido de futbol, me _____ la pierna. Además, el árbitro me _____ una tarjeta amarilla.
   a. lesioné, sacó
   b. lesionaba, sacaba
   c. lesioné, sacaba
   d. lesionaba, sacó

6. Ayer, cuando nos _____ en el supermercado, yo _____ dolor de cabeza.
   a. encontramos, tuve
   b. encontrábamos, tenía
   c. encontramos, tenía
   d. encontrábamos, tuve

7. Todos los días _____ en el jardín con la pelota, pero esa mañana no _____.
   a. practiqué, salí
   b. practicaba, salía
   c. practiqué, salía
   d. practicaba, salí

8. Cuando me _____ la noticia, me _____ muy mal.
   a. dio, sentí
   b. daba, sentía
   c. dio, sentía
   d. daba, sentí

Photo by Max Ehrsam and Kyle Szary

Nos hospedamos en un hotel junto a la selva.
Era temporada de lluvias.

Nombre _____ Fecha _____

4.2E **Cambios de significado.** Completa las oraciones con el pretérito o el imperfecto de los verbos **conocer, poder, querer** o **saber**, según corresponda. Recuerda que el significado de estos verbos cambia según el tiempo en que se usen. Pon mucha atención al contexto para saber qué tiempo usar.

1. A Sandra le tomó mucho tiempo aprender a jugar futbol. No _____ (poder) golpear la pelota con la cabeza sin lastimarse.

2. _____ (Saber: yo) que ganaron los Pumas porque mi hermano me lo dijo.

3. Durante la Copa Mundial de México en 1986, Raúl _____ (conocer) a Diego Armando Maradona.

4. Adela _____ (querer) una pelota de futbol, pero sus padres le dieron una muñeca.

5. Antes _____ (saber: nosotros) hablar ruso, pero ya lo olvidamos.

6. Esteban y Carlos no _____ (poder) estudiar anoche por causa del ruido.

7. Le dije a Bernardo que yo tenía dos entradas para el partido, pero no _____ (querer) venir.

8. Paula no se iba a perder porque _____ (conocer) la ciudad perfectamente.

4.2F **Acciones simultáneas, interrumpidas o secuenciales.** Completa las oraciones con el pretérito o el imperfecto de los verbos indicados, según corresponda.

1. Anoche, mientras yo _____ (poner) la mesa, Tomás _____ (preparar) la cena.

2. Alberto _____ (ver) una película en la tele cuando el ladrón _____ (entrar) por la ventana.

3. No sabía qué ver. En el canal 5 _____ (dar) un partido de futbol, mientras que en el canal 8 _____ (mostrar) mi película favorita.

4. Anoche _____ (cenar) temprano, _____ (leer) en la cama y me _____ (ir) a dormir.

5. Mientras los jugadores _____ (calentar), el público _____ (cantar) el himno nacional.

6. ¿Y tú en qué _____ (trabajar) cuando _____ (sonar) el teléfono?

7. Pelé _____ (anotar) muchos goles y se _____ (ganar) el corazón del público.

8. El árbitro _____ (estar) distraído cuando el jugador _____ (cometer) la falta.

A VER Y ESCUCHAR

4.2G Antes de ver. Las siguientes preguntas y respuestas son empleadas en el video correspondiente a la Lección 4. Antes de ver el video, une cada pregunta de la columna izquierda con la respuesta más lógica de la columna derecha. En algunos casos hay más de una respuesta por cada pregunta.

_____ 1. ¿Qué es una experiencia intensa?

_____ 2. ¿Has vivido alguna experiencia realmente aterradora?

_____ 3. ¿Has vivido o sentido de cerca la experiencia de una guerra?

_____ 4. ¿Te ha tocado vivir algún desastre natural?

a. "Estaba de vacaciones en Colorado y se me ocurrió treparme a unas rocas".

b. "El terremoto de la Ciudad de México en septiembre del '85. [...] Fue una tragedia tremenda".

c. "Puede ser algo muy alegre, donde la adrenalina te sube, como un deporte extremo".

d. "Yo estaba en el ejército argentino. [...] La experiencia fue muy triste".

e. "No he estado directamente presente [...], pero el terremoto de Haití sí me llegó muy cerca".

f. "Me iba a mover y me sacó una pistola".

4.2H Comprensión. Ve el video y contesta las siguientes oraciones con la opción correcta, según lo que dijeron las personas entrevistadas.

1. Según Carlos (Argentina), ¿qué tipos de experiencias extremas puede haber?
   a. los accidentes y los desastres naturales
   b. los robos y los terremotos
   c. los terremotos y los deportes extremos
   d. las experiencias horrendas y las experiencias muy alegres

2. ¿Qué tipo de experiencia aterradora tuvo Lily (México)?
   a. Estuvo presente durante el terremoto de la Ciudad de México.
   b. No supo qué hacer cuando le pidieron una refacción.
   c. Fue víctima de un asalto con armas de fuego.
   d. Perdió el dinero del negocio de su padre.

3. ¿Qué error cometió Juan Pedro (España/México) cuando fue a escalar rocas en Colorado?
   a. No practicó antes en un terreno más fácil.
   b. No llevó cuerdas u otro sistema de seguridad.
   c. No supo cómo ir para arriba o para abajo.
   d. Dio algunos pasos en falso.

4. ¿Qué experiencia dice Carlos que tuvo en 1982?
   a. Vio morir a varios de sus amigos en la guerra.
   b. Luchó contra Inglaterra en la Guerra de las Islas Malvinas.
   c. Vivió de cerca la experiencia de la guerra, aunque no tuvo que participar.
   d. Fue enlistado en el ejército argentino.

5. ¿Qué papel desempeñó Juan Pedro después del terremoto de la Ciudad de México?

   a. Como era estudiante de ingeniería, ayudó con la inspección de los edificios.

   b. Junto con varios amigos, rescató a las víctimas del terremoto.

   c. Tuvo una serie de experiencias traumáticas.

   d. Era ingeniero, pero por suerte sus edificios no se dañaron.

6. ¿Por qué le afectó tanto a Maddie (Puerto Rico) el terremoto de Haití?

   a. Porque su abuela y su primo murieron durante el terremoto.

   b. Porque su cuñado, que es cirujano, vivía en Haití.

   c. Porque recibió mensajes electrónicos con fotos horrorosas.

   d. Porque su padre nació en Haití.

4.21 **Composición.** Escribe una composición breve (de 60 a 80 palabras) describiendo una experiencia extrema que hayas tenido. Puede ser una experiencia positiva, como la de un deporte extremo (paracaidismo, escalinata de rocas, carreras de resistencia, etcétera) o una experiencia negativa, como un robo o un desastre natural. Si nunca has tenido una experiencia extrema, puedes hacer una investigación en Internet para describir un deporte extremo.

_____

_____

_____

_____

_____

_____

_____

_____

_____

_____

4.3 Negocios con el extranjero

VOCABULARIO EN CONTEXTO

4.3A Noticias del comercio internacional. Los siguientes son encabezados de noticias de un periódico sobre comercio internacional. Completa los encabezados con palabras o términos de la lista. No repitas palabras o términos.

creciente	inversión	recorte
deuda externa	libre comercio	red
índice	paridad	
ingreso	poder	

1. "Los partidos políticos de izquierda se oponen al _____ entre México y los Estados Unidos".

2. "Con el partido demócrata en el _____, las relaciones internacionales mejoran sustancialmente".

3. "El _____ de desempleo sube a 9,8%".

4. "La _____ en los países del tercer mundo tiene beneficios globales".

5. "Crece la _____ del país. China es el acreedor principal de los Estados Unidos".

6. "Asegura el gobierno que la economía del país se encuentra en estado _____".

7. "La falta de _____ entre la economía de los países ricos y los países pobres es un problema grave".

8. "Es oficial el _____ de Chile a la Organización para la Cooperación y el Desarrollo Económicos (OCDE)".

4.3B Definiciones. Lee las siguientes definiciones de términos relacionados con el comercio internacional y escoge el término correspondiente.

1. Intercambio de bienes entre dos o más países sin la intervención de los gobiernos.
   a. inversión internacional
   b. deuda externa
   c. libre comercio

2. Consiste en tener el mismo poder político, económico o del ejército.
   a. paridad
   b. tratado
   c. similitud

3. Proceso que consiste en someter a elección a los dos candidatos que recibieron la mayor parte de los votos en las primeras elecciones.
   a. democracia
   b. segunda vuelta
   c. eliminación

4. Es la habilidad o fuerza que tiene un país en términos de su influencia, economía o capacidad militar.
   a. ejército
   b. poder
   c. dictadura

5. Es la cantidad de dinero que debe un país a acreedores de otros países.
   a. deuda externa
   b. gasto extranjero
   c. comercio negativo

6. Consiste en disminuir los gastos del gobierno de un país.
   a. recorte
   b. desempleo
   c. libre comercio

7. Describe el aumento de un fenómeno positivo o negativo.
   a. grande
   b. descontrolado
   c. creciente

8. Proceso por el cual un país empieza a formar parte de un grupo de otros países.
   a. inversión
   b. aceptación
   c. ingreso

GRAMÁTICA EN CONTEXTO

4.3C Comparaciones. Completa las siguientes oraciones comparativas de una manera lógica usando el adjetivo, adverbio, sustantivo o verbo indicado.

1. Texas es _____ _____ _____ Rhode Island. (grande)

2. El Hotel Ritz es _____ _____ _____ un hostal de YMCA. (barato)

3. El Distrito Federal tiene _____ _____ _____ Cuernavaca. (habitantes)

4. Los conductores de un coche sedán conducen _____ _____ _____ los conductores de un coche de NASCAR. (velozmente)

5. Un maratonista _____ _____ _____ una persona sedentaria. (correr)

6. En una dictadura hay _____ _____ _____ en un gobierno democrático. (elecciones)

4.3D Son iguales. Compara los siguientes pares de personas, lugares o cosas usando términos de igualdad. Haz los cambios necesarios.

1. La Ciudad de México / caótico / Nueva York

_____

2. Cristiano Ronaldo / jugar bien / Lionel Messi

_____

3. La Comunidad Europea / tener problemas económicos / los Estados Unidos

_____

4. El uso de automóviles / contaminar / la tala de árboles

_____

5. Los periódicos / alarmista / los noticieros en la televisión

_____

6. El candidato demócrata / expresarse elocuentemente / el candidato republicano

_____

Photo by Max Ehrsam and Kyle Szary

El Parque Nacional Manuel Antonio tiene la **mayor** variedad de animales que he visto nunca.

4.3E Opiniones personales. Contesta las siguientes preguntas con oraciones completas. Tus respuestas deben reflejar tu opinión personal. Si es necesario, haz un poco de investigación en Internet.

1. ¿Quién es actualmente el/la mejor futbolista del mundo?

_____

2. ¿Cuál fue el equipo de futbol menos competitivo en la Copa Mundial?

_____

3. ¿Cuál es el destino turístico más bonito de Latinoamérica?

_____

4. ¿Quien es el/la cantante de habla hispana de mayor fama internacional?

_____

5. ¿Cuál es el peor programa de televisión?

_____

6. ¿Quién es el político / la política más respetable de este país?

_____

LECTURA

4.3F Antes de leer. Las siguientes citas están tomadas de la lectura "Escribir el futbol", de Juan Villoro. Escoge la opción que más se acerque al significado original de cada cita.

1. "El sistema de referencias del futbol está tan codificado [...] que contiene en sí mismo su propia épica, su propia tragedia y su propia comedia".
   a. El futbol ha sido narrado en obras literarias de varios géneros.
   b. El futbol está tan codificado que es casi incomprensible.
   c. El futbol es, inherentemente, como una combinación de géneros literarios.

2. "Las leyendas que cuentan los aficionados prolongan las gestas en una pasión *non-stop* que suplanta al futbol".
   a. Cuando aficionados cuentan historias del futbol, la narración ocupa el lugar del juego.
   b. Las historias que narran los aficionados son apasionantes, pero exageradas.
   c. Aunque llenas de pasión, las leyendas que cuentan los aficionados no son más que historias inventadas.

3. "No siempre es posible que Homero tenga gafete de acreditación en el Mundial".
   a. No todos los narradores del futbol tienen acceso a los partidos del Mundial.
   b. No todos los cronistas del futbol son talentosos.
   c. El famoso cronista Homero tiene solo acceso a los partidos principales del Mundial.

4. "Un genio [...] roza con el calcetín la pelota que incluso el cronista hubiera empujado a las redes".
   a. Un jugador muy hábil puede cometer un error elemental.
   b. Los mejores jugadores pueden meter un gol con solo acercar el calcetín a la pelota.
   c. A veces los cronistas le atribuyen goles inexistentes a los mejores jugadores.

5. "Un portero [con] nervios de cableado de cobre sale a jugar con guantes de mantequilla".
   a. Nerviosos, los porteros a veces untan sus guantes con sustancias resbalosas.
   b. Cuando los porteros son presumidos, es más fácil anotarles un gol.
   c. A veces hasta los porteros más seguros de sí mismos juegan muy mal.

6. "Los periodistas [...] deben ofrecer respuestas que hagan verosímil lo que ocurre por rareza".
   a. Los periodistas pueden explicar hasta los eventos más extraños gracias a sus conocimientos.
   b. Los periodistas dan explicaciones creíbles a situaciones extrañas.
   c. Los periodistas ofrecen explicaciones imposibles cuando no entienden lo que sucede.

Nombre _____ Fecha _____

Escribir el futbol

Juan Villoro (México)

Es difícil aficionarse a un deporte sin querer practicarlo alguna vez. Jugué numerosos partidos y milité en las fuerzas inferiores de los Pumas. A los 16 años, ante la decisiva categoría Juvenil AA, supe que no podría llegar a primera división y solo anotaría en Maracaná[1] cuando estuviera dormido.

Escribir de futbol es una de las muchas reparaciones que permite la literatura. Cada cierto tiempo, algún crítico se pregunta por qué no hay grandes novelas de futbol en un planeta que contiene el aliento[2] para ver un Mundial. La respuesta me parece bastante simple. El sistema de referencias del futbol está tan codificado e involucra de manera tan eficaz[3] a las emociones, que contiene en sí mismo su propia épica, su propia tragedia y su propia comedia. No necesita tramas paralelas y deja poco espacio a la inventiva de autor. Esta es una de las razones por las que hay mejores cuentos que novelas de futbol. Como el balompié[4] llega *ya narrado,* sus misterios inéditos[5] suelen ser breves. El novelista que no se conforma con ser un espejo, prefiere mirar en otras direcciones. En cambio, el cronista (interesado en volver a contar lo ya sucedido) encuentra ahí inagotable[6] estímulo.

Y es que el futbol es, en sí mismo, asunto de la palabra. Pocas actividades dependen tanto de lo que ya se sabe como el arte de reiterar las hazañas[7] de la cancha[8]. Las leyendas que cuentan los aficionados prolongan las gestas[9] en una pasión *non-stop* que suplanta al futbol, ese Dios con prestaciones que nunca ocurre en lunes.

En los partidos de mi infancia, el hecho fundamental fue que los narró el gran cronista televisivo Ángel Fernández, capaz de transformar un juego sin gloria en la caída de Cartago.

Las crónicas comprometen tanto a la imaginación que algunos de los grandes rapsodas[10] han contado partidos que no vieron. Casi ciego, Cristino Lorenzo fabulaba desde el Café Tupinamba de la ciudad de México; el Mago Septién y otros locutores de embrujo[11] lograron inventar gestas de beisbol, box o futbol con todos sus detalles a partir de los escuetos datos que llegaban por telegrama a la estación de radio.

---

1. estadio famoso en Río de Janeiro, 2. entusiasmo, 3. eficiente, 4. futbol, 5. nuevos, desconocidos, 6. infinito, 7. los logros, 8. campo de juego, 9. los hechos memorables, 10. narradores orales, 11. **locutores...** anunciadores mágicos

Juan Villoro, "Escribir el futbol," from *Dios es redondo* (Mexico: Editorial Planeta, 2006), 21–22. COPYRIGHT: Editorial Planeta Mexicana, S. A. de C. V. Used with permission.

Por desgracia, no siempre es posible que Homero tenga gafete[12] de acreditación en el Mundial y muchas narraciones carecen de interés. Pero nada frena a pregoneros[13], teóricos y evangelistas. El futbol exige palabras, no solo las de los profesionales sino las de cualquier aficionado provisto del atributo suficiente y dramático de tener boca. ¿Por qué no nos callamos de una vez? Porque el futbol está lleno de cosas que francamente no se entienden. De repente, un genio curtido[14] en mil batallas roza[15] con el calcetín la pelota que incluso el cronista hubiera empujado a las redes; un portero que había mostrado nervios de cableado de cobre sale a jugar con guantes de mantequilla; el equipo forjado a fuego lento pierde la química o la actitud o como se le quiera llamar a la misteriosa energía que reúne a once soledades.

Los periodistas de la fuente deben ofrecer respuestas que hagan verosímil[16] lo que ocurre por rareza y muchas veces dan con causas francamente esotéricas: el abductor frotado con ungüento erróneo[17], la camiseta sustituta del equipo (es horrible y provoca que fallen penaltis), el osito que el portero usa de mascota y fue pateado por un fotógrafo de otro periódico.

_____

12. credencial, 13. publicitarios, 14. fortalecido, 15. toca ligeramente, 16. plausible, 17. **ungüento...** crema equivocada

4.3G Comprensión. Escoge la respuesta correcta a cada una de las siguientes preguntas.

1. Según el autor, él escribe sobre el futbol porque...
   a. siempre quiso jugar futbol, pero nunca tuvo la oportunidad.
   b. de esta forma tiene acceso a la primera división del futbol.
   c. en algún momento descubrió que no tenía el talento necesario para ser futbolista profesional.

2. ¿Por qué cree el autor que no hay grandes novelas sobre el futbol?
   No hay grandes novelas porque...
   a. escribir novelas sobre el futbol exige que se cuente algo que ya sucedió.
   b. el fútbol es tan apasionante que no requiere del arte literario para despertar emociones.
   c. los cuentos son más efectivos debido a que los partidos de futbol son relativamente cortos.

3. Según el autor, ¿qué hacen las crónicas sobre el futbol?
   a. Exageran las virtudes de los jugadores para entretener a los lectores.
   b. Repiten y extienden las jugadas emocionantes de un partido.
   c. Hacen emocionante lo que de otra forma sería aburrido.

4. ¿Cómo demuestra el autor que la imaginación juega un papel importante en la crónica de los deportes?
   a. Porque exige que los aficionados se imaginen algo que no están viendo.
   b. Porque rara vez hay concordancia entre lo que está sucediendo y lo que está diciendo el narrador.
   c. Porque ha habido periodistas que han narrado los detalles de un evento deportivo sin siquiera ser testigos directos del evento.

5. ¿Por qué dice el autor que los aficionados del futbol no dejan de hablar sobre los partidos?
   a. Generalmente los aficionados son personas que intentaron ser jugadores profesionales, pero no tuvieron la habilidad necesaria.
   b. Son pocas las narraciones de los cronistas que son verdaderamente interesantes.
   c. En el futbol ocurren cosas con frecuencia que no tienen explicación lógica.

6. ¿Cómo explican los periodistas los sucesos futbolísticos imprevisibles o difíciles de entender?
   a. Generalmente le atribuyen estos sucesos a un "Dios con prestaciones".
   b. Dan explicaciones que parecen plausibles, pero que nada tienen que ver con la lógica.
   c. Culpan a los jugadores que entran a la cancha convencidos de sus ritos supersticiosos.

4.3H Interpretación. Contesta las siguientes preguntas.

1. Según el autor, "escribir de futbol es una de las muchas reparaciones que permite la literatura". ¿Qué quiere decir con esto?

_____
_____
_____

2. ¿Por qué cree el autor que hay mejores cuentos que novelas sobre el futbol?

_____
_____

3. ¿Por qué dice el autor que "el futbol exige palabras"?

_____
_____

4. ¿Qué ejemplos ofrece el autor de cosas que ocurren en la cancha y que no tienen explicación? Explica en tus propias palabras.

_____
_____
_____

5. ¿Cómo hacen los periodistas que los eventos inexplicables suenen verosímiles? Explica en tus propias palabras.

_____
_____

6. En tu opinión, ¿qué virtudes tienen las crónicas deportivas? ¿Te gusta leerlas? ¿Por qué? ¿Te gusta escuchar a los cronistas mientras ves juegos deportivos? ¿Por qué?

_____
_____
_____
_____

PALABRAS Y FIESTAS ANCESTRALES

5.1 El origen de las palabras

VOCABULARIO EN CONTEXTO

5.1A Definiciones. Las siguientes palabras en español tienen origen en las lenguas indígenas. Une las palabras de la columna izquierda con su significado en la columna derecha.

_____ 1. chocolate

_____ 2. coyote

_____ 3. hamaca

_____ 4. chicle

_____ 5. huracán

_____ 6. maíz

_____ 7. tomate

_____ 8. canoa

_____ 9. tabaco

_____ 10. papa

a. Red de cuerdas que comúnmente se sujeta entre dos árboles y que sirve de cama.

b. Planta que mide hasta tres metros de altura y que produce frutos con granos gruesos y amarillos.

c. Planta originaria de América, de olor poderoso y efectos narcóticos.

d. Embarcación de remo muy estrecha, ordinariamente de una pieza.

e. Pasta hecha con cacao y azúcar molidos.

f. Goma o pastilla masticable con sabor y aroma que no se traga.

g. Tubérculo de la planta que lleva el mismo nombre; redondeado y carnoso.

h. Especie de lobo de color gris amarillento común en los países de América.

i. Fruto rojo en cuya pulpa hay numerosas semillas.

j. Viento muy impetuoso y temible que gira en grandes círculos.

5.1B En tus propias palabras. Escribe ahora, en tus propias palabras, las definiciones de las siguientes palabras de origen indígena. Puedes usar las definiciones de la actividad **5.1A** como modelo. Si no conoces alguna de las palabras, búscala en Internet o en un diccionario.

1. aguacate _____

2. alpaca _____

3. caníbal _____

4. chile _____

5. cuate _____

6. guajolote _____

7. guano _____

8. pampa _____

9. papalote _____

10. petate _____

5.1C El origen de las palabras. Ahora que conoces el significado de todas las palabras de las actividades **5.1A** y **5.1B**, une las palabras de la columna de la izquierda con el sentido que estas palabras tenían en su lengua original. (La lengua original aparece entre paréntesis.)

_____ 1. aguacate

_____ 2. chocolate

_____ 3. cuate

_____ 4. guano

_____ 5. pampa

_____ 6. papalote

_____ 7. petate

a. mellizo (náhuatl)

b. testículo (náhuatl)

c. abono (quechua)

d. llano, llanura (quechua)

e. agua amarga (náhuatl)

f. tejido (náhuatl)

g. mariposa (náhuatl)

GRAMÁTICA EN CONTEXTO

5.1D Infinitivos. Completa las siguientes oraciones con un infinitivo lógico. Puedes agregar más palabras después del infinitivo si así lo deseas.

1. Es necesario _____ para tener éxito en la vida.

2. Es importante _____ antes de irse a la cama.

3. Mario quiere _____ en cuanto cumpla los dieciocho años.

4. El _____ es un arte apreciado por muchos.

5. Nosotros opinamos que es difícil _____ en esta ciudad.

6. Los españoles vinieron a este continente para _____.

7. Llegaron a este país sin _____ las dificultades de la lengua local.

8. Después de _____, María va a tomarse un café.

5.1E Estructuras con infinitivo. Escoge el significado correcto de cada una de las siguientes estructuras.

1. volver a + *infinitivo*
   a. hacer algo otra vez
   b. regresar al lugar de origen
   c. dar vueltas

2. acabar de + *infinitivo*
   a. terminar algo
   b. consumir o apurar algo
   c. haber ocurrido algo poco tiempo antes

3. dejar de + *infinitivo*
   a. soltar algo o darle libertad
   b. interrumpir una acción
   c. ausentarse

4. tratar de + *infinitivo*
   a. discutir un asunto
   b. intentar hacer algo
   c. relacionarse bien o mal con una persona

Soñamos con volver a la Puerta de Alcalá.

5.1F Más expresiones con infinitivo. Cuando el infinitivo de un verbo es el objeto de otro verbo, frecuentemente se requiere de una preposición antes del infinitivo (por ejemplo, en las estructuras de la actividad **5.1E**). Escoge ocho de las siguientes estructuras para escribir oraciones lógicas.

acabar de + *infinitivo*	empezar a + *infinitivo*
aprender a + *infinitivo*	enseñar a + *infinitivo*
acordarse de + *infinitivo*	insistir en + *infinitivo*
ayudar a + *infinitivo*	pensar en + *infinitivo*
comenzar a + *infinitivo*	soñar con + *infinitivo*
decidirse a + *infinitivo*	tratar de + *infinitivo*
dejar de + *infinitivo*	volver a + *infinitivo*

1. _____
2. _____
3. _____
4. _____
5. _____
6. _____
7. _____
8. _____

Nombre _____ Fecha _____

ACENTUACIÓN Y ORTOGRAFÍA

■ USOS DE LA *B* Y LA *V*

Las reglas de ortografía que distinguen los usos de la letra *b* y la letra *v* son varias. Por lo demás, casi todas las reglas tienen excepciones. A continuación se presentan las reglas más útiles y comunes, junto con sus excepciones.

a. Uso de la *b*

1. Se escriben con *b* las palabras en que este sonido /b/ preceda a otra consonante u ocurra al final de la palabra.

   ob**s**esión   **br**azo   a**bs**tracto   o**bt**ener   sno**b**

   Excepciones: ovni, molotov

2. Se escriben con *b* las palabras que empiezan con *biblio-* (y sus derivados) o con las sílabas *bu-*, *bur-* o *bus-*.

   bibliografía   **bíbl**ico   **bú**ho   **bur**lar   **bus**car

   Excepción: vudú

3. Se escriben con *b* las palabras terminadas en *-bilidad*, *-bundo* o *-bunda*.

   ama**bilidad**   proba**bilidad**   vaga**bundo**   mori**bunda**

   Excepciones: civilidad, movilidad

4. Se escriben con *b* las terminaciones *-aba, -abas, -aba, -ábamos, -abais* o *-aban* del imperfecto de indicativo de los verbos terminados en *-ar.*

   habl**aba**   sac**ábamos**   salud**aban**   and**abais**

5. Se escriben con *b* los verbos terminados en *-bir* o *-buir.*

   reci**bir**   su**bir**   escri**bir**   atri**buir**   contri**buir**

   Excepciones: hervir, servir, vivir (y sus compuestos)

6. Se escriben con *b* las palabras que empiezan con los prefijos *bi-* o *bis-* cuando tienen el significado de "dos" o "dos veces".

   bipolar   **bí**pedo   **bi**cicleta   **bis**nieto   **bis**abuelo

7. Se escriben con *b* las palabras que comienzan por los sonidos *abo-, abu-* o *bea-.*

   abogado   **abo**tonar   **abu**ela   **abu**ndar   **bea**tífico

   Excepciones: todas las formas del presente de subjuntivo del verbo *ver* (vea, veas, etc.)

8. Se escriben con *b* las formas de los verbos cuyo infinitivo termina en *-aber.*

   c**aber**   h**aber**   s**aber**

   Excepción: precaver

9. Se escriben con *b* todas las formas del imperfecto de indicativo del verbo *ir.*

   iba   **ib**as   **íb**amos   **ib**ais   **ib**an

10. Se escriben con *b* las palabras terminadas con el sufijo *-ble*.

   adora**ble**   proba**ble**   inoxida**ble**   modifica**ble**

11. Se escriben con *b* las palabras que llevan los prefijos: *ab-, abs-* o *sub-*.

   abadía   **abs**temio   **abs**traer   **sub**asta   **sub**marino

NOTA: En las palabras *subscribir, substancia, substitución, substraer* (y sus compuestos y derivados) es preferible simplificar: *sustancia, suscribir, sustitución, sustraer*. También se recomienda la grafía simplificada para la palabra *obscuro: oscuro*.

12. Se escriben con *b* las palabras que empiezan con *bor-* o *bot-*.

   borde   **bor**dar   **bot**a   **bot**ánico

   Excepciones: voraz, vorágine, vórtice, vortiginoso, voto (y sus derivados)

13. Se escriben con *b* las palabras compuestas cuyo primer elemento es *bien-* o su forma latina *bene-*.

   bienvenido   **bien**estar   **bene**plácito   **bene**ficencia

14. Se escriben con *b* las palabras que contienen el elemento compositivo *bio-* o *-bio* ("vida").

   biología   **bio**diversidad   micro**bio**

15. Las siguientes palabras del vocabulario común (y sus derivados) se escriben con *b*, pero no siguen las reglas anteriores.

bajo	bandera	bodega	bombero	cabaña	joroba	soberbio
balcón	basura	bofetada	bonito	cebolla	jubilado	soberano
baldosa	bata	bolero	bota	débil	lobo	turbio
balón	bestia	boletín	cabeza	grabado	parábola	urbano
ballena	bicho	bollo	cabina	hábil	rebelde	
banda	bobo	bomba	cabalgar	jarabe	sobrado	

b. Uso de la *v*

1. Se escriben con *v* las palabras que empiezan con el prefijo *di-* seguido del fonema (es decir, el sonido) /b/.

   diván   **div**ertido   **div**erso   **div**isible

   Excepción: dibujo (y sus derivados)

2. Se escriben con *v* las palabras que empiezan con *vice-* o *villa-*.

   vicepresidente   **vice**versa   **villa**   **villa**no

   Excepciones: bíceps, billar

3. Se escriben con *v* las palabras que empiezan con *pre-, pri-, pro-* o *pol-*.

   previsible   **priv**ado   **prov**echoso   **prov**erbio   **polv**oriento

   Excepciones: probar, probable, problema (y sus compuestos o derivados)

4. Se escriben con *v* las palabras que empiezan con *eva-, eve-, evi-* o *evo-*.

   evaporar   **eve**ntual   **evi**dente   **evo**lución

   Excepciones: ébano (y sus derivados)

5. Se escriben con *v* los verbos terminados en *-olver* (y sus compuestos).

abs**olver**   dis**olver**   res**olver**   **v**olver

6. Se escriben con *v* todos los numerales.

no**v**enta   octa**v**o   docea**v**o   **v**eintidós

Excepción: billón.

7. Se escriben con *v* las palabras que empiezan con *lla-, lle-, llo-* o *llu-*.

llave   **llé**valo   **llo**ver   **llu**via

8. Se escriben con *v* las palabras esdrújulas terminadas en *-ívoro* o *-ívora*.

carní**voro**   herbí**voro**   omní**vora**

Excepción: víbora

9. Se escriben con *v* los presentes de indicativo, imperativo y subjuntivo del verbo *ir.*

vas   **v**e   **v**aya   **v**ayamos

10. Se escriben con *v* las formas del pretérito de indicativo y del imperfecto de subjuntivo de los verbos *estar, andar* y *tener* (y sus compuestos).

estu**v**e   estu**v**iera   andu**v**iste   andu**v**ieras   tu**v**iste   tu**v**iéramos

11. Se escriben con *v* las palabras en las que las sílabas *sub-, ad-* y *ob-* preceden al fonema /b/.

subv**ersión   ad**v**erbio   ad**v**ertir   ob**v**io

5.1G ¿B o v? Escoge la opción correcta, de acuerdo con las reglas de ortografía y sus excepciones.

1. Los ejecutivos desean o_tener una membresía para el clu_ de golf.
   a. b, b
   b. v, v
   c. b, v
   d. v, b

2. Juan ha_ría pasado por ti de no ser por la llu_ia.
   a. b, b
   b. v, v
   c. b, v
   d. v, b

3. Es pre_isible: Marcos siempre flexiona los _íceps cuando está frente a un espejo.
   a. b, b
   b. v, v
   c. b, v
   d. v, b

4. Por quincea_a vez te lo repito: Lupe no es carní_ora; solo come plantas.
   a. b, b
   b. v, v
   c. b, v
   d. v, b

5. Es importante ad_ertir que el _icepresidente de la compañía esté cometiendo un error.
   a. b, b
   b. v, v
   c. b, v
   d. v, b

6. El _ienestar de la _iodiversidad es fundamental para la salud del planeta.
   a. b, b
   b. v, v
   c. b, v
   d. v, b

7. El hombre _udista pateó el _alón con fuerza.
   a. b, b
   b. v, v
   c. b, v
   d. v, b

8. Mónica se di_ierte mucho con su prima y _iceversa.
   a. b, b
   b. v, v
   c. b, v
   d. v, b

9. Muchas de sus opiniones son, de hecho, atri_uibles al bi_liotecario.
   a. b, b
   b. v, v
   c. b, v
   d. v, b

10. Para memorizarlos, la estudiante extranjera canta_a los ad_erbios.
    a. b, b
    b. v, v
    c. b, v
    d. v, b

11. Encontraron no_enta ví_oras en el patio de la escuela.
    a. b, b
    b. v, v
    c. b, v
    d. v, b

12. Mori_unda, la anciana manda llamar a sus _isnietos.
    a. b, b
    b. v, v
    c. b, v
    d. v, b

13. Como no tiene mo_ilidad, la proba_ilidad de que Eduardo se recupere es mínima.
    a. b, b
    b. v, v
    c. b, v
    d. v, b

14. Sí, es pro_able que ese señor flaco venga de la pro_incia de La Mancha.
    a. b, b
    b. v, v
    c. b, v
    d. v, b

15. El _oto de los ciudadanos contri_uye a la democracia del país.
    a. b, b
    b. v, v
    c. b, v
    d. v, b

16. En el mercado de la _illa venden ce_ollas orgánicas.
    a. b, b
    b. v, v
    c. b, v
    d. v, b

5.2 Así celebramos los hispanos

VOCABULARIO EN CONTEXTO

5.2A Calendario festivo. Une los días festivos de la columna izquierda con los grupos semánticos más lógicos de la columna derecha.

_____ 1. la Nochevieja

_____ 2. la Navidad

_____ 3. el Día de las Madres

_____ 4. el Día de los Muertos

_____ 5. el Día de la Independencia

_____ 6. el Día de Acción de Gracias

_____ 7. el Día de los Enamorados

_____ 8. el cumpleaños

a. flores, mujer, pastel, tarjetas, familia

b. otoño, pavo, familia, calabaza, agradecimiento

c. champaña, gorros, fiesta, uvas, medianoche

d. calaveras de azúcar, flores, cementerio, tumbas

e. chocolates, flores, corazón, romántico

f. regalos, familia, árbol, ornamentos, canciones

g. pastel, velas, regalos, amigos, fiesta

h. cohetes, fuegos artificiales, bandera, patriotismo

5.2B Días festivos. Lee cómo celebran las siguientes personas y escoge el día festivo que probablemente están celebrando.

1. En este día, Tomás se pone un traje muy elegante. Antes de salir de casa, llama por teléfono al restaurante para confirmar la reserva. Después se sube al coche, en el que lleva unas flores y una caja de chocolates, y va a recoger a Andrea, su novia.
   a. la Nochebuena
   b. el Aniversario de la Revolución
   c. el Día de los Enamorados
   d. el día de su cumpleaños

2. Aunque no es creyente, Ramona siempre cumple con los mismos ritos este día. Llega al cementerio por la tarde con unas flores anaranjadas y, antes de visitar la tumba de su madre, mira lo que otras personas llevaron al cementerio esa mañana: ofrendas de comida, alcohol y hasta cigarros.
   a. el Día de la Independencia
   b. el Día de los Muertos
   c. el Día de los Inocentes
   d. el Día de las Madres

3. La familia de Roberto es de España, pero vive en los Estados Unidos desde hace muchos años. Por eso, ellos celebran esta fiesta de una manera tradicional: comen mucho (pavo, puré de papas, salsa de arándanos, ensalada verde, relleno para pavo) y luego dicen por qué se sienten agradecidos.
   a. la Navidad
   b. el Día de la Independencia
   c. el Día de la Bandera
   d. el Día de Acción de Gracias

4. Este día se celebra la Batalla de Puebla, una batalla en la que los mexicanos vencieron al ejército francés. Cuando John vivió en México, descubrió que los mexicanos casi no celebran este día (nadie va a la escuela o al trabajo, pero eso es todo). Sin embargo, en los Estados Unidos, John celebra este día con fiestas y mucha cerveza importada.
   a. el Día de la Independencia
   b. el Día de la Revolución Francesa
   c. el Cinco de Mayo
   d. Carnaval

5. Ricardo se levanta temprano para ver si las tres personas que —según cuenta la historia— le llevaron regalos al niño Jesús, también le trajeron regalos este año. Más tarde, en la noche, se va a juntar toda su familia para beber chocolate caliente y cortar la rosca, que es un pan dulce en forma de aro.
   a. la Navidad
   b. el Día de los Reyes Magos
   c. la Pascua Florida
   d. el Día de la Resurrección

6. El presidente sale al balcón del Palacio Nacional. Afuera, lo esperan millares de ciudadanos. Da un discurso patriota, recordando el día en que murieron muchos héroes nacionales con el fin de obtener soberanía. Los ciudadanos, orgullosos, aplauden el discurso.
   a. el Día de la Independencia
   b. el Día de la Bandera
   c. el Día de la Revolución
   d. el Día del Trabajador

7. Jimena tiene una canasta con uvas en una mano y una copa de champaña en la otra. En la cabeza lleva un gorro de fiesta. En algún momento, ella y sus amigos empiezan con la cuenta regresiva, empezando por el número diez. Cuando terminan de contar, es la medianoche.
   a. el cumpleaños
   b. Carnaval
   c. el día del santo de Jimena
   d. la Nochevieja

8. A Alejandra le gustan mucho las bromas. Este día, no se olvida de pedirle dinero a sus amigos y engañarlos con mentiras. Cuando caen en la trampa, siempre les dice lo mismo: "¡Inocente palomita que te has dejado engañar!" Como se trata de una tradición, sus amigos no se enojan mucho.
   a. el Día de la Amistad
   b. el Día de los Inocentes
   c. el Día de las Palomas de Abril
   d. el Día Florido

5.2C Tu día festivo favorito. Escribe una composición (de aproximadamente 100 palabras) sobre tu día festivo favorito. Di por qué te gusta, cómo lo celebras y quién lo celebra contigo. ¿Lo celebras de una manera tradicional o incluyes ritos personales?

_____

_____

_____

_____

_____

_____

_____

_____

_____

_____

GRAMÁTICA EN CONTEXTO

5.2D El mandato correcto. Lee las siguientes preguntas y escoge la opción que mejor responda cada una.

1. La puerta está abierta. ¿La cierro?
   a. Sí, me la cierras.
   b. No, no la cierra.
   c. Sí, ciérrelas.
   d. No, no la cierre.

2. ¿Pongo las doce uvas en la canasta?
   a. Sí, póngalas en la canasta.
   b. Sí, se las pones en la canasta.
   c. No, no las puso en la canasta.
   d. No, no ponga la canasta.

3. ¿Felicito a Cecilia por su cumpleaños?
   a. No, no la felicitaste.
   b. Sí, la felicitan.
   c. Sí, felicítala.
   d. No, no se la felicite.

4. ¿Le corto una pechuga de pavo?
   a. No, córtamela.
   b. No, no me la cortes.
   c. Sí, córtela.
   d. Sí, me la corte.

5. ¿Le festejamos su santo a Paula?
   a. No, no se lo festejen.
   b. Sí, festéjenlo.
   c. Sí, se lo festejas.
   d. Sí, festéjelo.

6. ¿Abrimos los regalos por la noche o por la mañana?
   a. Ábralos por la noche.
   b. Ábraselos por la mañana.
   c. Los abre por la noche.
   d. Ábranlos por la mañana.

5.2E Mandatos informales. Responde las siguientes preguntas con mandatos informales afirmativos o negativos, según las indicaciones. Usa pronombres para evitar repeticiones.

MODELO ¿Limpio la casa? → *Sí, límpiala.*

1. ¿Hago un pastel para la fiesta?

   Sí, _____.

2. ¿Compro los cohetes para el Día de la Independencia?

   No, _____.

3. ¿Me pongo el disfraz de ladrón?

   Sí, _____.

4. ¿Le digo dónde es la cena a Rodrigo?

   Sí, _____ dónde es la cena.

5. ¿Vengo al desayuno de mañana?

   No, _____ al desayuno de mañana.

6. ¿Salgo a la calle a festejar el año nuevo?

   Sí, _____ a festejarlo.

7. ¿Llamo a los niños otra vez?

   No, _____ otra vez.

8. ¿Apago la luz?

   Sí, _____.

Nombre _____ Fecha _____

5.2F Mandatos formales. Responde las preguntas usando mandatos *formales* y las claves que están entre paréntesis. Usa pronombres para evitar repeticiones.

MODELO ¿Festejo mi cumpleaños con amigos? (no, familia)
→ *No, festéjelo con su familia.*

¿Decoramos la tumba con flores? (no, calaveras de azúcar)
→ *No, decórenla con calaveras de azúcar.*

1. ¿Le llevo flores a mi pareja? (no, chocolates)

_____

2. ¿Compro el pavo de Navidad mañana? (no, hoy)

_____

3. ¿Hacemos el relleno para el pavo con carne? (no, verduras)

_____

4. ¿Me disfrazo de payaso para el Carnaval? (no, de vaquero)

_____

5. ¿Qué traemos para la cena de Acción de Gracias? (salsa de arándanos)

_____

6. ¿A qué hora abrimos la champaña? (a la medianoche)

_____

7. ¿Volvemos al cementerio con rosas y margaritas? (no, flores de muertos)

_____

8. ¿Cerramos la puerta? (no, la ventana)

_____

5.2G Receta de rosca de Reyes. La siguiente receta es para preparar la tradicional rosca de Reyes, que en ciertas culturas se corta el 6 de enero. Cambia los verbos de la receta por mandatos formales.

Rosca de Reyes

Ingredientes para pie de levadura:
60 gramos de levadura fresca
500 mililitros de leche o agua tibia
1 kilo de harina

Ingredientes para la masa:
600 gramos de azúcar granulada
14 huevos
15 gramos de sal
2 kilos de harina
1 kilo de mantequilla
canela molida al gusto
Frutas cristalizadas al gusto
6 muñequitos de plástico
5 huevos

Lección 5 ASÍ CELEBRAMOS LOS HISPANOS **99**

© 2012 Cengage Learning. All Rights Reserved. May not be scanned, copied or duplicated, or posted to a publicly accessible website, in whole or in part.

Preparación:

Se preparan y miden todos los ingredientes. Se pone en la batidora la mantequilla, la sal y el azúcar y, cuando ya está cremosa, se agregan los huevos de uno en uno. Luego se agrega la harina y, por último, se incorpora el pie de la levadura y la canela. Se deja batir la masa durante 10 minutos. Luego, se saca la masa de la batidora y se deja reposar durante dos horas. Se forma la rosca en una charola. Por la parte de abajo se colocan los muñequitos de plástico. Se adorna con frutas cristalizadas. Se barniza la rosca con huevo y se cubre con azúcar. Se hornea la rosca a 180 grados centígrados durante 15 ó 20 minutos.

Prepare y mida todos los ingredientes. _____

_____

_____

_____

_____

_____

_____

_____

_____

A VER Y ESCUCHAR

5.2H Antes de ver. Las siguientes preguntas y respuestas son empleadas en el video correspondiente a la Lección 5. Antes de ver el video, une cada pregunta de la columna izquierda con la respuesta más lógica de la columna derecha. En algunos casos hay más de una respuesta por cada pregunta.

_____ 1. ¿Qué celebraciones hispanas [...] son desconocidas en los Estados Unidos?

_____ 2. ¿Cómo fue la experiencia de celebrar la Navidad en los Estados Unidos?

_____ 3. La celebración de Nochebuena no es tan importante en los Estados Unidos. ¿Cómo te sientes al respecto?

_____ 4. ¿Qué tipos de adornos se usan para Navidad en tu país?

a. "Se suele poner en las plazas de los ayuntamientos grandes árboles de Navidad con luces, bolas, etcétera".

b. "La noche del 5 de enero dejan [...] los zapatos para que al día siguiente los Reyes Magos puedan dejarles caramelos".

c. "Me gustaría que en muchos países se viviera la Nochebuena igual que en los países hispanos".

d. "En la noche fuimos a otra fiesta que parece que acá es muy común: un juego que se llama *Yankee swap*".

e. "Definitivamente el Día de Reyes, el 6 de enero".

f. "Allá se usa mucho la flor de Pascua, roja o blanca".

g. "En Puerto Rico la noche del 24 es la noche que tenemos la gran fiesta [...], mientras que la Navidad [...] es un día más tranquilo".

5.2I Comprensión. Ve el video y contesta las siguientes oraciones con la opción correcta, según lo que dijeron las personas entrevistadas.

1. ¿Qué dice Maddie (Puerto Rico) sobre la celebración de Navidad en su país?
   a. Se celebra en el campo con lechón asado.
   b. Se extiende hasta enero y a veces hasta febrero.
   c. Es menos importante que el Día de Reyes.
   d. Normalmente se celebra el 6 de enero.

2. ¿Qué dice Diego (España) sobre el Día de Reyes?
   a. Es una celebración que excluye a los niños.
   b. Los Reyes Magos con frecuencia les dan carbón a los niños.
   c. La noche del 5 de enero los niños les dejan caramelos a los Reyes Magos.
   d. Hay un intercambio de regalos entre todos los miembros de la familia.

3. Según Gonzalo (Chile), ¿quién deja los regalos para todos el 25 de diciembre?
   a. el viejito Pascuero
   b. los abuelos a los nietos
   c. Santa Claus
   d. los tíos a los sobrinos

4. Según Macarena (Chile), ¿por qué es muy distinta la Navidad en su país que en los Estados Unidos?
   a. En Chile solo se comen mariscos en Navidad.
   b. Nunca nieva en Chile.
   c. En Chile la comida del 25 de diciembre es más grande.
   d. Se celebra la Navidad en el verano en Chile.

5. A Diego le gusta la Nochebuena porque...
   a. es una tradición hispana.
   b. es una buena oportunidad para estar con la familia.
   c. es más festiva que la celebración del 25.
   d. no tiene que ir a la iglesia.

6. ¿Qué adornos dicen Maddie y Diego que se usan normalmente en sus países?
   a. nieve y luces con motivos navideños
   b. villancicos y luces en las fachadas de las casas
   c. muñecos de nieve y los colores rojo y verde
   d. árboles de navidad y bolas

5.2J Celebraciones en tu familia. Escribe ahora una breve descripción (de 60 a 80 palabras) sobre cómo se celebra la Navidad, la Janucá, la Kwanzaa o cualquier otra celebración en tu familia. Puedes elegir uno o más de los siguientes temas.

- la comida (o el ayuno)
- los adornos (si los hay)
- los regalos (si los hay)
- las canciones (si las hay)

- los ritos y rituales
- cuánto tiempo dura la fiesta
- un aspecto original sobre cómo celebra tu familia esta fiesta

_____

_____

_____

_____

_____

_____

_____

_____

Nombre _____ Fecha _____

5.3 La diferencia está en los detalles

VOCABULARIO EN CONTEXTO

5.3A Cognados falsos. Escoge la opción que mejor defina los siguientes términos.

1. molestar
    a. causar perturbación
    b. sacar provecho sexual
    c. engañar con alevosía

2. cuestión
    a. expresión interrogativa
    b. asunto o materia
    c. disputa o altercado

3. embarazada
    a. avergonzada
    b. deshonrada
    c. preñada

4. ingenuidad
    a. habilidad
    b. inocencia
    c. destreza

5. resorte
    a. centro vacacional
    b. pieza elástica de metal
    c. balneario

6. carácter
    a. personalidad
    b. persona literaria
    c. individuo ficticio

7. demandar
    a. buscar justicia
    b. exigir públicamente
    c. pedir objetos debidos

8. sano
    a. saludable
    b. cuerdo
    c. con facultades mentales

5.3B Significados exactos. Completa las oraciones con la palabra o término correcto. Haz los cambios necesarios.

actualmente	biblioteca	librería	procurar
amable	carta	obtener	tarjeta
asistir	en realidad	padre	tormenta
atender	gracioso	pariente	tormento

1. La gente cree que es común enviar _____ de Navidad en todo el mundo. _____, es una práctica que ha caído en desuso.

2. Que tengamos que _____ a la fiesta de cumpleaños de Yolanda me parece un _____.

3. Ricardo les escribe _____ largas a sus _____, incluyendo a sus tíos y abuelos.

4. En el pasado, la gente iba a la _____ a comprar sus libros. _____, la gente prefiere comprarlos por Internet.

5. Mauricio es muy _____: siempre _____ ayudar al prójimo.

102 Cuaderno para los hispanohablantes
© 2012 Cengage Learning. All Rights Reserved. May not be scanned, copied or duplicated, or posted to a publicly accessible website, in whole or in part.

5.3C Grandes diferencias. Escribe una oración con cada una de las siguientes palabras. Si no conoces el significado exacto de alguna palabra, búscala en el diccionario.

rudo: _____

maleducado: _____

recordar: _____

grabar: _____

simpatía: _____

compasión: _____

éxito: _____

salida: _____

GRAMÁTICA EN CONTEXTO

5.3D El subjuntivo. Completa las siguientes oraciones con la forma correcta del subjuntivo de los verbos en **negrita**.

1. Lorena **siente** compasión por los animales. Es importante que ella _____ compasión.

2. Mónica ve las noticias para **averiguar** cuándo va a empezar la tormenta. Es urgente que ella _____ cuándo va a empezar.

3. Nosotros **mentimos** para no tener que asistir a la fiesta. Juan pide que también (nosotros) _____ por él.

4. Alejandro le **da** un abrazo a sus padres. Sus padres exigen que también les _____ un abrazo a todos los parientes.

5. La mujer embarazada quiere **almorzar** otra vez. Es necesario que ella _____ si tiene hambre. No debe sentirse avergonzada.

6. Vamos a **pedir** que el juez revise la demanda. Es preciso que (nosotros) _____ justicia.

7. Diego **sabe** que los cigarros son dañinos para la salud. Es importante que los jóvenes _____ por qué es malo fumar.

8. **Hay** doce resortes en esta maquinaria. Es preciso que _____ doce resortes para que la maquinaria funcione.

Photo by Max Ehrsam and Kyle Szary

Es posible que el Museo de Antropología **sea** mi favorito.

5.3E ¿Indicativo o subjuntivo? Elige la forma que complete correctamente cada oración.

1. Ojalá que yo _____
   conseguir un buen trabajo.
   a. puedo
   b. pueda

2. Jessica está segura de que su hermano no
   _____ cuerdo.
   a. está
   b. esté

3. Es dudoso que Marcela
   _____ esta noche al
   concierto.
   a. viene
   b. venga

4. Es evidente que los Domínguez
   _____ hablar varios
   idiomas.
   a. saben
   b. sepan

5. Dudo mucho que la ingenuidad de tus
   padres _____ motivo
   de preocupación.
   a. es
   b. sea

6. Supongo que _____
   mucho sobre la cuestión de la que te
   hablé.
   a. sabes
   b. sepas

7. Pienso que los invitados
   _____ con regalos,
   pero no estoy seguro.
   a. vienen
   b. vengan

8. No es cierto que Juan y yo
   _____ en esta cama.
   a. dormimos
   b. durmamos

5.3F Oraciones incompletas. Usa tu imaginación para completar las siguientes oraciones. Usa el infinitivo o el subjuntivo, según corresponda.

1. Yo le pido a mi amiga que _____.

2. Los Gómez necesitan que tú _____.

3. Nosotros deseamos _____.

4. Mis compañeros me sugieren que _____.

5. El policía nos manda que _____.

6. Yo necesito _____.

7. La dentista siempre me aconseja que _____.

8. El profesor te pide que _____.

9. Mis primos quieren _____.

10. Yo les recomiendo que _____.

LECTURA

5.3G Antes de leer. Las siguientes citas están tomadas de la lectura "Estas Navidades siniestras", de Gabriel García Márquez. Escoge la opción que más se acerque al significado original de cada cita.

1. "[...] nadie se fijaba en anacronismos: el paisaje de Belén era completado con un tren de cuerda [...]"
   a. A nadie le importaba la incongruencia histórica.
   b. Todos fingían ignorar que los trenes no se originaron en Belén.
   c. La gente creía que el paisaje de Belén estaba incompleto sin un tren de cuerda.

2. "La mistificación empezó con la costumbre de que los juguetes no los trajeran los Reyes Magos [...], sino el niño Dios".
   a. Las fiestas se volvieron místicas cuando el niño Dios comenzó a traer los juguetes.
   b. El engaño de estas fiestas empezó cuando los Reyes Magos dejaron de traer los juguetes.
   c. Los regalos se volvieron más místicos cuando el niño Dios comenzó a traerlos.

3. "[...] por pura lógica de adulto, pensé entonces que también los otros misterios católicos eran inventados por los padres [...] y me quedé en el limbo".
   a. De haber tenido la capacidad racional de un adulto, habría entendido que los misterios católicos eran inventados por los padres.
   b. Como creía que algunas de las historias del catolicismo eran verdaderas, se sentía confundido.
   c. Como concluyó que las historias del catolicismo eran mentiras, se quedó desconcertado.

4. "[...] me gustaría seguir creyendo [que a los niños los traen las cigüeñas] para pensar más en el amor y menos en la píldora".
   a. La realidad de los anticonceptivos lo hizo abandonar la creencia de que las cigüeñas traen niños.
   b. Quienes creen en el amor, creen que las cigüeñas reparten bebés.
   c. Como el autor sabe que las cigüeñas no traen bebés, su visión de las relaciones tiene ahora mucho que ver con los anticonceptivos.

5. "Este usurpador con nariz de cervecero no es otro que el buen san Nicolás, [...] que *no* tiene nada que ver con [...] la Nochebuena tropical de la América Latina".
   a. Este borracho es una copia de san Nicolás, a quien nadie en Latinoamérica recuerda durante la Nochebuena.
   b. Este ladrón con nariz roja es san Nicolás, que no tiene relación con la Nochebuena en Latinoamérica.
   c. Este canalla alcohólico no puede ser san Nicolás, a quien celebramos en Latinoamérica durante la Nochebuena.

6. "Una noche infernal en que los niños no pueden dormir con la casa llena de borrachos que se equivocan de puerta buscando dónde desaguar".
   a. Los borrachos abren la puerta de los cuartos de los niños pensando que es el baño.
   b. La casa se llena de borrachos que abren todas las puertas para no dejar que los niños duerman.
   c. Los niños pasan la noche despiertos porque son los únicos que saben dónde se guardan las cosas.

Nombre _____ Fecha _____

Estas Navidades siniestras

Gabriel García Márquez (Colombia)

Ya nadie se acuerda de Dios en Navidad. Hay tantos estruendos de cometas y fuegos de artificio, tantas guirnaldas[1] de focos de colores, tantos pavos inocentes degollados[2] y tantas angustias de dinero para quedar bien por encima de nuestros recursos reales que uno se pregunta si a alguien le queda un instante para darse cuenta de que semejante despelote[3] es para celebrar el cumpleaños de un niño que nació hace 2.000 años en una caballeriza[4] de miseria, a poca distancia de donde había nacido, unos mil años antes, el rey David. 954 millones de cristianos creen que ese niño era Dios encarnado, pero muchos lo celebran como si en realidad no lo creyeran. Lo celebran además muchos millones que no lo han creído nunca, pero les gusta la parranda[5], y muchos otros que estarían dispuestos a voltear el mundo al revés para que nadie lo siguiera creyendo. Sería interesante averiguar cuántos de ellos creen también en el fondo de su alma que la Navidad de ahora es una fiesta abominable, y no se atreven a decirlo por un prejuicio que ya no es religioso sino social.

Lo más grave de todo es el desastre cultural que estas Navidades pervertidas están causando en América Latina. Antes, cuando solo teníamos costumbres heredadas de España, los pesebres[6] domésticos eran prodigios de imaginación familiar. El niño Dios era más grande que el buey, las casitas encaramadas[7] en las colinas eran más grandes que la virgen, y nadie se fijaba en anacronismos: el paisaje de Belén era completado con un tren de cuerda[8], con un pato de peluche[9] más grande que un león que nadaba en el espejo de la sala, o con un agente de tránsito que dirigía un rebaño de corderos[10] en una esquina de Jerusalén. Encima de todo se ponía una estrella de papel dorado con una bombilla en el centro, y un rayo de seda amarilla que había de indicar a los Reyes Magos el camino de la salvación. El resultado era más bien feo, pero se parecía a nosotros, y desde luego era mejor que tantos cuadros primitivos mal copiados del aduanero Rousseau.

La mistificación empezó con la costumbre de que los juguetes no los trajeran los Reyes Magos —como sucede en España con toda razón—, sino el niño Dios. Los niños nos acostábamos más temprano para que los regalos llegaran pronto, y éramos felices oyendo las mentiras poéticas de los adultos. Sin embargo, yo no

---

1. tiras, adornos, 2. con el cuello cortado, 3. caos, 4. lugar donde se guardan los caballos, 5. fiesta, 6. establo, caballeriza, 7. elevadas, 8. **de...** mecánico, 9. felpa, juguete, 10. **rebaño...** grupo de ovejas

Gabriel García Márquez. "Estas Navidades siniestras", NOTAS DE PRENSA. Obra periodística 5 (1961–1984) © Gabriel García Márquez, 1999. Used with permission.

tenía más de cinco años cuando alguien en mi casa decidió que ya era tiempo de revelarme la verdad. Fue una desilusión no solo porque yo creía de veras que era el niño Dios quien traía los juguetes, sino también porque hubiera querido seguir creyéndolo. Además, por pura lógica de adulto, pensé entonces que también los otros misterios católicos eran inventados por los padres para entretener a los niños, y me quedé en el limbo. Aquel día —como decían los maestros jesuitas en la escuela primaria— perdí la inocencia, pues descubrí que tampoco a los niños los traían las cigüeñas[11] de París, que es algo que todavía me gustaría seguir creyendo para pensar más en el amor y menos en la píldora.

Todo aquello cambió en los últimos treinta años, mediante una operación comercial de proporciones mundiales que es al mismo tiempo una devastadora agresión cultural. El niño Dios fue destronado por el Santa Claus de los *gringos* y los ingleses, que es el mismo Papa Noél de los franceses, y a quienes todos conocemos demasiado. Nos llegó con todo: el trineo[12] tirado por un alce[13], y el abeto[14] cargado de juguetes bajo una fantástica tempestad de nieve. En realidad, este usurpador con nariz de cervecero no es otro que el buen san Nicolás, un santo al que yo quiero mucho porque es el de mi abuelo el coronel, pero que *no* tiene nada que ver con la Navidad, y mucho menos con la Nochebuena tropical de la América Latina. Según la leyenda nórdica, san Nicolás reconstruyó y revivió a varios escolares que un oso había descuartizado en la nieve, y por eso lo proclamaron el patrón de los niños. Pero su fiesta se celebra el 6 de diciembre y no el 25. La leyenda se volvió institucional en las provincias germánicas del Norte a fines del siglo XVIII, junto con el árbol de los juguetes, y hace poco más de cien años pasó a Gran Bretaña y Francia. Luego pasó a Estados Unidos, y estos nos lo mandaron para América Latina, con toda una cultura de contrabando: la nieve artificial, las candilejas[15] de colores, el pavo relleno, y estos quince días de consumismo frenético al que muy pocos nos atrevemos a escapar. Con todo, tal vez lo más siniestro de estas Navidades de consumo sea la estética miserable que trajeron consigo: esas tarjetas postales indigentes, esas ristras[16] de foquitos de colores, esas campanitas de vidrio, esas coronas de muérdago[17] colgadas en el umbral, esas canciones de retrasados mentales que son los villancicos[18] traducidos del inglés; y tantas otras estupideces gloriosas para las cuales ni siquiera valía la pena de haber inventado la electricidad.

___

11. ave que, según la leyenda, reparte bebés, 12. vehículo para la nieve, 13. mamífero grande, 14. árbol, 15. velas, 16. tiras, hilos, 17. planta bajo la cual, según ciertas tradiciones, las personas deben besarse, 18. canciones navideñas

Todo eso, en torno a la fiesta más espantosa del año. Una noche infernal en que los niños no pueden dormir con la casa llena de borrachos que se equivocan de puerta buscando dónde desaguar[19], o persiguiendo a la esposa de otro que acaso tuvo la buena suerte de quedarse dormido en la sala. Mentira: no es una noche de paz y de amor, sino todo lo contrario. Es la ocasión solemne de la gente que no se quiere. La oportunidad providencial de salir por fin de los compromisos aplazados por indeseables: la invitación al pobre ciego que nadie invita, a la prima Isabel que se quedó viuda hace quince años, a la abuela paralítica que nadie se atreve a mostrar. Es la alegría por decreto, el cariño por lástima, el momento de regalar porque nos regalan, o para que nos regalen, y de llorar en público sin dar explicaciones. Es la hora feliz de que los invitados se beban todo lo que sobró de la Navidad anterior: la crema de menta, el licor de chocolate, el vino de plátano. No es raro, como sucede a menudo, que la fiesta termine a tiros[20]. Ni es raro tampoco que los niños —viendo tantas cosas atroces— terminen por creer de veras que el niño Jesús no nació en Belén, sino en Estados Unidos.

_____
19. orinar, 20. con balas

5.3H Comprensión. Escoge la respuesta correcta a cada una de las siguientes preguntas.

1. ¿Quiénes, según el autor, celebran la Navidad?
   a. Católicos, protestantes y ateos
   b. Quienes creen que la Navidad le pertenece a Santa Claus y no al niño Dios
   c. Creyentes, gente que se olvida del motivo de la Navidad y gente que no cree que Jesús era Dios

2. ¿Cómo era la celebración cuando se seguían las costumbres españolas?
   a. Se construían pesebres fieles a la historia y la religión.
   b. Las escenas del pesebre eran producto de la imaginación.
   c. Los Reyes Magos dejaban los regalos el 25 de diciembre, no Santa Claus.

3. ¿Cuándo comenzaron los problemas, según el autor?
   Comenzaron cuando...
   a. empezó a decirse que el niño Dios traía los regalos.
   b. Santa Claus hizo aparición por primera vez.
   c. empezaron a decirle a los niños de cinco años que el niño Dios no existía.

4. ¿A qué le atribuye el autor los cambios en las últimas décadas?
   a. A la pérdida de fe de los cristianos.
   b. A la benevolencia ligeramente alcohólica de san Nicolás.
   c. A las intenciones lucrativas de los comerciantes.

5. ¿Cuáles son algunos de los elementos relacionados con la Navidad que, según el autor, provienen de los Estados Unidos?

   a. Santa Claus, la nieve artificial, las luces y los villancicos traducidos

   b. El pavo, los regalos, las tarjetas y el muérdago

   c. Las campanitas, el árbol, los pesebres y Santa Claus

6 ¿A quiénes suele invitarse la noche de Navidad?

   a. A las personas más queridas, aunque sean borrachas.

   b. A las personas que por lo general no deseamos ver.

   c. A los parientes ancianos y con defectos físicos o mentales.

5.31 Interpretación. ¿Estás de acuerdo con el autor del texto? ¿Cuáles son los aspectos positivos de la Navidad? ¿Cuáles son los aspectos negativos? Escribe un ensayo de aproximadamente 120 palabras para responder estas preguntas, según tus propias experiencias con la Navidad. Si no celebras la Navidad, puedes referirte a las costumbres navideñas que hayas observado, como los ornamentos públicos, los comentarios que hace la gente y que se hacen en las noticias, y la venta de productos navideños y de regalos en general.

_____

_____

_____

_____

_____

_____

_____

_____

_____

_____

Nosotros somos la naturaleza

6.1 Crecer con energía

VOCABULARIO EN CONTEXTO

6.1A Definiciones. Une los tipos de energía de la columna izquierda con la definición correcta de la columna de la derecha.

_____ 1. energía hidráulica

_____ 2. energía solar

_____ 3. energía eólica

_____ 4. energía geotérmica

_____ 5. energía nuclear

_____ 6. no renovable

_____ 7. renovable

a. Es la energía que se libera espontánea o artificialmente en las reacciones nucleares.

b. Es la energía generada por efecto de las corrientes de aire.

c. Es la energía que se obtiene de fuentes naturales inagotables, ya sea por la inmensa cantidad de energía que contienen o porque son capaces de regenerarse por medios naturales.

d. Es la energía que puede obtenerse mediante el aprovechamiento del calor del interior de la Tierra.

e. Se refiere a las fuentes que se encuentran en la naturaleza en una cantidad limitada y que, una vez consumidas en su totalidad, no pueden sustituirse.

f. Es la energía obtenida mediante la captación de la luz y el calor emitidos por el Sol.

g. Es la energía que se obtiene del aprovechamiento de la corriente del agua, saltos de agua o mareas.

6.1B Asuntos medioambientales. Completa las oraciones con las palabras de la lista. No repitas palabras.

abastecimiento	combustible	derrame	gas	placas
carbón	consumo	fuentes	impacto	residuo

1. Es innegable que la emisión de gases ha tenido un _____ ambiental irreversible.

2. El _____ de barro tóxico en Hungría provocó quemaduras graves en la piel de los ciudadanos.

3. Uno de los problemas más graves en el continente africano es la falta de _____ de agua potable.

4. Es importante encontrar _____ de energía alternativas para restaurar la salud de nuestro planeta.

5. Las _____ o paneles solares representan una de las alternativas más efectivas al consumo de energías no renovables.

6. Dada su baja densidad, es muy difícil almacenar y transportar el _____ natural.

7. Al hablar del _____ de energía es importante referirnos no solo a los vehículos que usamos, sino a los electrodomésticos.

8. El petróleo es un _____ natural líquido, constituido por una mezcla compleja de hidrocarburos.

6.1C Energía preferible. Escribe una descripción de unas 100 palabras para decir qué tipo(s) de energía (solar, hidráulica, nuclear, eólica, etcétera) te parece(n) más eficiente(s) y seguro(s). ¿Cuáles son los beneficios de esa(s) energía(s)? ¿Cuáles son los motivos por los que no se emplea más? ¿Hay algún tipo de energía que, en tu opinión, no deba usarse ya más? Explica con detalle tu punto de vista.

_____

_____

_____

_____

_____

_____

_____

_____

_____

_____

_____

GRAMÁTICA EN CONTEXTO

6.1D Datos personales. Completa las siguientes declaraciones con información de tu vida personal. Cuando yo tenía quince años...

1. lo que más me gustaba hacer era _____.

2. lo que más me molestaba era _____.

3. la persona a quien más quería era _____.

4. el amigo con quien más jugaba era _____.

5. las personas que peor me caían eran _____.

6. la película que más me gustaba era _____.

7. lo que yo planeaba hacer profesionalmente era _____.

8. lo que compraba cuando tenía dinero era _____.

Photo by Max Ehrsam and Kyle Szary

Lo que más me gustó de Buenos Aires
fue el Barrio de la Boca.

6.1E Pronombres relativos. Completa las siguientes oraciones con los pronombres relativos
correctos.

- que
- quien(es)
- el (la, los, las) cual(es)

- el (la, los, las) que
- lo cual, lo que
- cuyo(s)

1. La energía _____ me parece más eficiente es la solar.

2. Los ingenieros _____ trabajan en esta planta buscan fuentes de energía
alternativa.

3. _____ más me interesa de mis estudios es la posibilidad de mejorar el mundo.

4. Regina es _____ me explicó los peligros de la energía nuclear.

5. Ese es el país en _____ hubo un derrame de sustancias tóxicas.

6. El inspector _____ viaja a los países del tercer mundo es suizo.

7. La oficial _____ representó a este país en la ONU no tenía experiencia,
_____ sorprendió a los otros oficiales.

8. La razón por _____ no instalaron molinos de viento fue que no les
parecían estéticos.

9. Mi abuela decía: "_____ se esfuerza, triunfa".

10. Ese es el edificio _____ fuente de energía es renovable.

11. A _____ admiro es a Rigoberta Menchú.

12. El escritor, _____ libros han tenido éxito en el mundo, va a dar una
plática esta tarde en la biblioteca.

13. Mario Molina, _____ descubrió el hoyo en la capa de ozono, ganó un
Premio Nóbel en 1995.

14. Esa energía es _____ preferimos usar.

Nombre _____ Fecha _____

6.1F Sin repeticiones. Reescribe el siguiente párrafo eliminando todos los paréntesis. Escribe frases completas usando pronombres relativos cada vez que sea necesario para evitar repeticiones.

Mario Molina (es mexicano) se dedica a la investigación en el campo de la química. En su estudio, explica que la capa de ozono (estudió la capa de ozono durante años) (la capa de ozono tiene un agujero). Mario Molina (convirtió un baño de su casa en laboratorio durante sus estudios) (ganó el Premio Nóbel en su área en 1995). El Premio Nóbel en química (el ganador del Premio Nóbel en química más reciente se llama Richard F. Heck) (el Premio Nóbel en química es el más alto honor en ese campo). Mario Molina (en años recientes enseñó en el Instituto de Tecnología de Massachusetts) (Mario Molina es uno de los científicos más relevantes de nuestra era).

_____
_____
_____
_____
_____
_____
_____
_____
_____

ACENTUACIÓN Y ORTOGRAFÍA

USOS DE LA *J* Y LA *G*

Las reglas de ortografía que distinguen los usos de la letra *j* y la letra *g* son varias. Por lo demás, casi todas las reglas tienen excepciones. A continuación se presentan las reglas más útiles y comunes, junto con sus excepciones.

a. Uso de la *j*

1. Se escriben con *j* las palabras que terminan en *-aje* o *-eje*.

   vi**aje**   tatu**aje**   her**eje**   **eje**

   Excepción: protege

2. Se escriben con *j* las palabras que terminan en *-jero* o *-jera*.

   caj**ero**   cerra**jero**   mensa**jera**   conse**jera**

   Excepción: ligero

3. Se escriben con *j* las palabras que empiezan con *aje-* o *eje-*.

   ajeno   **aje**drez   **eje**mplo   **ejé**rcito

   Excepciones: agencia, agenda, agente, hegemonía

4. Se escriben con *j* las palabras que empiezan con *adj-* u *obj-*.

adjetivo   **adj**untar   **obj**etivo   **obj**eción

5. Se escriben con *j* las formas verbales de los verbos cuyo infinitivo termina en *-jar* o *-jear*.

ba**jar**   traba**jar**   homena**jear**   calle**jear**

6. Se escriben con *j* las palabras derivadas de otras palabras que presentan una *j* antes de una *a*, una *o*, o una *u*.

ca**ja**: cajero, cajita

co**jo**: cojear

ba**jo**: bajito

7. Se escriben con *j* las palabras terminadas en *-jería*.

cerra**jería**   mensa**jería**

Excepciones: Las formas del condicional simple de los verbos **coger, emerger, converger** y **proteger** (y sus derivados): acogería, cogería, escogería, etc.

8. Se escriben con *j* los sonidos /je/ y /ji/ de las formas de los verbos irregulares que no llevan ni *j* ni *g* en su infinitivo.

contra**je**ron   tradu**je**   tra**ji**ste   di**ji**mos

9. Las siguientes palabras del vocabulario común (y sus derivados) se escriben con *j*, pero no siguen las reglas anteriores.

conserje	jilguero	mejilla	perejil	tejido
jefe	jinete	monje	quejido	tijeras
jersey	jirafa	objeto	sujetar	vajilla

b. Uso de la *g*

1. Se escriben con *g* las palabras que comienzan con *geo-*.

geometría   **geo**térmico   **geo**grafía   **geó**logo

2. Se escriben con *g* las palabras que incluyen el grupo *-gen-* en cualquier posición de la palabra.

gendarme   **gén**esis   dili**gen**cia   intransi**gen**te

Excepciones: jengibre, ajeno, avejentar, berenjena, enajenar y las formas de los verbos que llevan *j* en el infinitivo (crujir, crujen; trabajar, trabajen, etc.).

3. Se escriben con *g* las formas de los verbos que terminan en *-ger*, *-gir* o *-igerar*.

prote**ger**   emer**ger**   corre**gir**   refri**gerar**

Excepciones: tejer y crujir (y sus derivados)

4. Se escriben con *g* las palabras que empiezan con *in-*.

ingenio   **ing**eniería   **ing**erir   **ing**estión

Excepciones: injerencia, injertar (y sus derivados)

5. Se escriben con *g* las palabras que comienzan con *gest-*.

gesto   **gest**ar   **gest**icular   **gest**ante

6. Se escriben con *g* las palabras terminadas en *-gia*, *-gio* o *-gía*.

hemorra**gia**   ma**gia**   pla**gio**   naufra**gio**   biolo**gía**

Excepciones: herejía, bujía, apoplejía, lejía

7. Se escriben con *g* las palabras terminadas en *-gión*, *-gional*, *-gionario* o *-gioso*.

reli**gión**   re**gional**   le**gionario**   presti**gioso**

8. Se escriben con *g* las palabras terminadas en *-ógico* u *-ógica*.

tecnol**ógico**   neurol**ógico**   arqueol**ógica**   hidrol**ógica**

Excepción: paradójico

9. Se escriben con *g* las palabras terminadas en *-algia*.

nost**algia**   neur**algia**   gastr**algia**

10. Se escriben con *g* las palabras que empiezan con *leg-*.

legible   **leg**ítimo   **leg**islativo   **leg**endaria

Excepciones: lejía, lejos (y sus derivados)

11. Se escriben con *g* los numerales.

octo**g**ésimo   vi**g**ésimo   nona**g**ésimo

12. Las siguientes palabras del vocabulario común (y sus derivados) se escriben con *g*, pero no siguen las reglas anteriores.

gitano   higiene   vegetal   vigilar

6.1G ¿J o g? Escoge la opción correcta, de acuerdo con las reglas de ortografía y sus excepciones.

1. Agustín era _endarme del e_ército mexicano.
   a. j, j
   b. g, g
   c. j, g
   d. g, j

2. Para quitarle el tatua_e, tuvieron que hacerle un in_erto de piel.
   a. j, j
   b. g, g
   c. j, g
   d. g, j

3. Cada vez que ve la foto, el ca_ero siente nostal_ia.
   a. j, j
   b. g, g
   c. j, g
   d. g, j

4. La novela cuenta la historia del naufra_io del le_endario del Capitán Mendoza.
   a. j, j
   b. g, g
   c. j, g
   d. g, j

5. Quieren homena_earlo por causa de su tri_ésimo aniversario.
   a. j, j
   b. g, g
   c. j, g
   d. g, j

6. Los mon_es capuchinos practican su reli_ión en aislamiento.
   a. j, j
   b. g, g
   c. j, g
   d. g, j

7. La conse_era es continuamente ob_eto de burla de los estudiantes.
   a. j, j
   b. g, g
   c. j, g
   d. g, j

8. De acuerdo con la Odisea, Penélope practicaba el te_ido para prote_erse de los pretendientes.
   a. j, j
   b. g, g
   c. j, g
   d. g, j

9. El ob_etivo de la in_eniería es el de la construcción de edificios sólidos.
   a. j, j
   b. g, g
   c. j, g
   d. g, j

10. Durante la Edad Media, la ma_ia era considerada una here_ía.
    a. j, j
    b. g, g
    c. j, g
    d. g, j

11. La _eóloga y el arquitecto contra_eron matrimonio.
    a. j, j
    b. g, g
    c. j, g
    d. g, j

12. Ante la presencia de los cazadores, la _irafa hace un _esto de horror.
    a. j, j
    b. g, g
    c. j, g
    d. g, j

13. La in_estión de ciertos medicamentos puede ser causa de hemorra_ias internas.
    a. j, j
    b. g, g
    c. j, g
    d. g, j

14. Di_iste que tra_era mi diccionario. ¿Para qué lo quieres?
    a. j, j
    b. g, g
    c. j, g
    d. g, j

15. Para cuidar la hi_iene, es importante que laves el pere_il.
    a. j, j
    b. g, g
    c. j, g
    d. g, j

16. Juan tradu_o al inglés un libro li_ero sobre la música contemporánea.
    a. j, j
    b. g, g
    c. j, g
    d. g, j

6.2 En el planeta azul

VOCABULARIO EN CONTEXTO

6.2A Asuntos medioambientales. Une cada término de la columna izquierda con el grupo semántico más lógico de la columna derecha.

_____ 1. biodiversidad

_____ 2. efecto invernadero

_____ 3. extinción

_____ 4. capa de ozono

_____ 5. reciclaje

_____ 6. deforestación

_____ 7. erosión

_____ 8. lluvia ácida

_____ 9. agua potable

a. tala, quema, madera, árboles

b. especies, vida, multiplicidad

c. desgaste, destrucción, superficie

d. gases, temperatura, radiación calorífica

e. aprovechar, plástico, renovar

f. hidrógeno, bebible, líquido

g. cesar, desaparecer, aniquilación

h. sulfúrico, fábricas, precipitación

i. atmósfera, radiación ultravioleta, ozonosfera

6.2B Grupos semánticos. Escribe tres o cuatro palabras relacionadas con cada uno de los siguientes términos sobre la ecología. Puedes usar los grupos semánticos de la actividad **6.2A** como modelo. De ser necesario, investiga los términos en Internet. Procura no repetir términos en toda la actividad.

1. medio ambiente: _____

2. basura: _____

3. bosque tropical: _____

4. calentamiento global: _____

5. cambio climático: _____

6. contaminación: _____

7. desertización: _____

8. emitir: _____

9. selva: _____

6.2C Peligro de extinción. Haz una investigación en Internet y escribe un ensayo de aproximadamente 100 palabras sobre una especie animal que esté en peligro de extinción. Usa las siguientes preguntas como guía: ¿Cómo se llama la especie? ¿De dónde es originaria o dónde habita? ¿Por qué está en peligro de extinción? Esta especie, ¿es depredadora o presa? ¿Existe actualmente un esfuerzo para protegerla? ¿Qué puedes hacer tú para protegerla?

_____

_____

_____

_____

_____

_____

_____

_____

_____

_____

GRAMÁTICA EN CONTEXTO

6.2D Cláusulas adjetivales. Escoge la opción que completa cada oración correctamente.

1. Busco a un estudiante que
   _____ ucraniano.
   Creo que se llama Maks.
   a. habla
   b. hable

2. No creo que _____
   pandas en este zoológico.
   a. hay
   b. haya

3. Necesitamos un biólogo que
   _____ activista del
   medio ambiente. ¿Conoces alguno?
   a. es
   b. sea

4. No hay nadie aquí que
   _____ cuáles especies
   marinas están en riesgo de extinción.
   a. sabe
   b. sepa

5. Tengo un hermano que
   _____ toda la basura
   que se encuentra en la calle.
   a. recicla
   b. recicle

6. ¿Conoces a alguien que
   _____ Héctor
   Rodríguez? Esta mañana preguntó por ti.
   a. se llama
   b. se llame

7. No, no conozco a nadie que
   _____ así.
   a. se llama
   b. se llame

8. ¿Hay alguien que
   _____ sacar la basura
   todos los días? Necesito un voluntario.
   a. puede
   b. pueda

6.2E ¿Indicativo o subjuntivo? Completa las siguientes oraciones con la forma correcta del indicativo o el subjuntivo, según corresponda.

1. Estamos buscando la fábrica que _____ (recicla) papel y plástico.

2. Lupe quiere encontrar a una persona a quien le _____ (importar) la ecología.

3. ¿Sabes de alguien que _____ (poder) ayudar a Lupe?

4. En esta ciudad no hay nadie que _____ (saber) cómo proteger las ballenas azules.

5. Sin embargo, en Islandia hay una organización que _____ (ofrecer) ayuda gratuita.

6. No sé qué _____ (decir) los cínicos; yo opino que podemos salvar el planeta.

7. Haz lo que yo te _____ (decir): separa la basura; es importante.

8. Conozco muchas especies que ya no _____ (estar) en peligro de extinción gracias a los esfuerzos de las organizaciones no gubernamentales.

Nombre _____ Fecha _____

6.2F Ocho deseos. Escribe una lista de ocho deseos con respecto a la ecología. Usa cláusulas adjetivales. Sigue el modelo.

MODELO Quiero que haya menos consumo de combustibles fósiles.

Quiero que...

1. _____.
2. _____.
3. _____.
4. _____.

5. _____.
6. _____.
7. _____.
8. _____.

A VER Y ESCUCHAR

6.2G Antes de ver. Las siguientes preguntas y respuestas son empleadas en el video correspondiente a la Lección 6. Antes de ver el video, une cada pregunta de la columna izquierda con la respuesta más lógica de la columna derecha. En algunos casos hay más de una respuesta por cada pregunta.

_____ 1. ¿Cómo son las playas de tu país?

_____ 2. ¿Prefieres bañarte en el mar o en la piscina?

_____ 3. ¿Crees que es peligroso tomar mucho sol?

_____ 4. ¿Qué trabajo te gustaría tener si tuvieras que trabajar en el verano?

a. "Parte de [la juventud] es estar en la playa y coger sol y quemarse".
b. "En unas playas en Venezuela que se llaman Los Roques".
c. "Las [...] del Pacífico son más calmadas. [...] Las del Caribe son bellísimas".
d. "Me encantaría vender helados".
e. "Te puedes quemar si eres muy blanco o no has recibido sol en mucho tiempo".
f. "Me fascina bañarme en el mar. [...] La playa es más dinámica".
g. "De guardacostas".
h. "Solamente tienes que coger las sillas y llevarlas donde la gente las quiere".
i. "Tienen una arena muy blanca; el agua es azul y muy cálida".
j. "En la piscina. No me gusta la sal de la playa; me ensucio los ojos".

6.2H Comprensión. Ve el video y contesta las siguientes oraciones con la opción correcta, según lo que dijeron las personas entrevistadas.

1. ¿Qué playas de su país prefiere Connie (Colombia) y por qué?

Prefiere...
a. las del Pacífico, porque son más variadas.
b. las del Caribe, porque hay más biodiversidad.
c. las del Atlántico, porque están más limpias.
d. las del Caribe, porque algunas son selváticas.

2. ¿Qué playas sugiere Andrea (Costa Rica) que uno visite en su país?
   a. Atardeceres y Tamarindo
   b. Manzanillo y Caribe
   c. Costa Rica y Manzanillo
   d. Manzanillo y Tamarindo

3. Gonzalo (Colombia) prefiere bañarse en el mar que en la piscina porque...
   a. normalmente hay menos gente.
   b. es más tranquilo.
   c. es más divertido.
   d. siempre hay muchas mujeres bonitas por la playa.

4. Según Ela (Puerto Rico), ¿qué ventajas tiene la piscina?
   a. Es más dinámica: tiene más gente, pero menos olas.
   b. No tiene ni arena ni sal.
   c. Es más técnica, pero más divertida.
   d. A veces uno puede encontrarse tucanes cerca de la piscina.

5. ¿Qué opina Andrew (Miami) acerca de los peligros de tomar el sol?
   a. El único peligro es el de que le salgan a uno pecas en la cara.
   b. No hay que creer mucho en ellos.
   c. Las consecuencias pueden verse años después, no inmediatamente.
   d. Solo hay peligro en los países tropicales.

6. ¿Qué animales se mencionan en el video?
   a. peces, culebras, tortugas y delfines
   b. peces, tucanes, delfines y tiburones
   c. palomas, peces, tortugas y tamarindos
   d. ballenas, tucanes, delfines y tiburones

6.21 Entrevista personal. Contesta ahora las mismas preguntas que los entrevistados (y unas preguntas más). Responde con oraciones completas. Para contestar la última pregunta, es posible que tengas que hacer una investigación en Internet.

1. ¿Hay playas en tu país? ¿Cómo son?

   _____

   _____

2. ¿Prefieres bañarte en el mar o en la piscina? ¿Por qué?

   _____

   _____

3. ¿Crees que es peligroso tomar mucho sol? ¿Por qué?

   _____

   _____

4. ¿Qué trabajo te gustaría tener si tuvieras que trabajar en el verano?

   _____

   _____

5. ¿Qué animales asocias con las playas y el mar?

_____

_____

6. ¿A qué se debe la erosión de las playas? ¿Cómo se puede disminuir la erosión?

_____

_____

_____

_____

6.3 La verdad está en los detalles

VOCABULARIO EN CONTEXTO

6.3A Cognados falsos. Escoge la opción que mejor defina los siguientes términos.

1. acomodar
   a. poner algo en un lugar conveniente o cómodo
   b. acceder a lo que otra persona desea
   c. poner de acuerdo, reconciliar

2. ignorar
   a. rehusarse a entender algo
   b. rechazar algo por carecer de fundamento
   c. desconocer algo o no tener noticia de ello

3. realizar
   a. entender vívidamente algo
   b. efectuar o ejecutar una acción
   c. darse cuenta de algo

4. aplicar
   a. poner algo en contacto con otra cosa
   b. solicitar algo
   c. hacer una petición

5. decepción
   a. engaño
   b. mentira
   c. desilusión

6. sentencia
   a. oración compuesta por un sujeto y un predicado
   b. dictamen o veredicto
   c. conjunto de cláusulas

7. quieto
   a. silencioso
   b. calmado
   c. en secreto

8. trasladar
   a. transferir de un sitio a otro
   b. traducir de un idioma a otro
   c. expresar en términos distintos

6.3B Significados exactos. Completa las oraciones con la palabra o término correcto. Haz los cambios necesarios.

a fin de cuentas
agradecer
apreciar
campamento
campo
collar
cuello
grande

largo
mantener
soportar
suceder
sujeto
tema
tener éxito
últimamente

1. No importa que Juan no tenga un diploma universitario. _____, lo importante es que él _____ en su trabajo.

2. La conferencia va a ser _____: va a durar tres horas o más. El _____, sin embargo, va a ser muy interesante: la literatura mexicana contemporánea.

3. Antes del divorcio, Juan _____ a su esposa económicamente, pero ahora ella trabaja en una compañía muy _____, que tiene franquicias en todo el mundo.

4. Como Teresa se aburre en el _____, siempre que sale de la ciudad _____ más la vida urbana.

5. Eduardo le regaló a su novia un _____ de oro, mismo que ella siempre lleva en el _____.

6.3C Grandes diferencias. Escribe una oración con cada una de las siguientes palabras. Si no conoces el significado exacto de alguna palabra, búscala en el diccionario.

aplicación: _____

solicitud: _____

constipado: _____

estreñido: _____

distinto: _____

particular: _____

arena: _____

estadio: _____

GRAMÁTICA EN CONTEXTO

6.3D Cláusulas adverbiales. Completa cada oración con una conjunción lógica de la lista. Usa cada conjunción solo una vez.

a fin de que	en caso de que
a menos que	para que
antes de que	porque
con tal de que	ya que

1. El estudiante prefiere trabajar en la biblioteca _____ en su residencia hay demasiado ruido.

2. Si no tienes suficiente harina, no vas a poder hacer el pastel. Compra más harina, _____ puedas terminarlo.

3. No sé si debo memorizar este vocabulario, pero voy a hacerlo _____ nos lo pregunten en el examen.

4. Debo estudiar los capítulos 6 y 7 del libro _____ sea la hora de dormir.

5. Yo desayuno avena todos los días _____ es buena para reducir el colesterol.

6. Ponle un poco de sal a los huevos _____ tengan mejor sabor.

7. Salgo con ustedes esta noche _____ venga Mauricio. No lo soporto.

8. Eduardo tiene mucho dinero; yo no tengo casi nada. Voy al cine esta noche _____ Eduardo pague mi boleto.

6.3E ¿Indicativo o subjuntivo? Completa las siguientes oraciones con la forma correcta del presente del indicativo o del subjuntivo de los verbos indicados, según corresponda.

1. Acampamos en la Cañada del Cobre sin que _____ (haber) ningún problema.

2. Todavía podemos salvar al Amazonas, con tal de que _____ (dejar: ellos) de talar árboles.

3. Es necesario que hagamos algo muy pronto, porque el deshielo en los polos _____ (ser) eminente.

4. Es importante que usemos el transporte público en vez de coches privados, a fin de que _____ (contaminar) el aire mucho menos.

5. Debemos establecer leyes ecológicas más firmes antes de que _____ (destruir: nosotros) el planeta.

6. Debemos también buscar energías alternativas, en caso de que el petróleo _____ (terminarse).

7. Es urgente que controlemos las emisiones de gases, ya que el hoyo en la capa de ozono _____ (ser) irreversible.

8. Vamos a educarnos acerca de la naturaleza para que todos _____ (vivir) mejor.

Vamos a escalar el Arenal **a menos que** haya actividad volcánica.

6.3F Oraciones con cláusulas adverbiales. Completa las siguientes oraciones con el indicativo o el subjuntivo, según corresponda, y tu opinión personal. Usa un verbo distinto para cada oración.

1. Hay que reciclar todos los envases para que _____

_____

2. Es necesario acostumbrarnos a caminar más, porque _____

_____

3. Cada vez va a haber más especies extintas a menos que _____

_____

4. Creo que la energía eólica es una buena solución, ya que _____

_____

5. Debemos educar a la población sobre los problemas ecológicos a fin de que _____

_____

6. Es urgente que empleemos energías alternativas antes de que _____

_____

LECTURA

6.3G Antes de leer. Las siguientes palabras están tomadas del poema "Oda al aire", de Pablo Neruda. Escoge la opción que mejor define el significado de cada palabra. Si no conoces el significado de alguna palabra, búscala en el diccionario.

1. suela
   a. parte trasera de la cabeza
   b. parte inferior del zapato
   c. muñeca de trapo

2. párpado
   a. membrana de piel que cubre el ojo
   b. hueso protuberante sobre cada mejilla
   c. órgano vital

3. mástil
   a. palo de las embarcaciones
   b. producto comestible
   c. médico

4. corola
   a. reptil
   b. mujer hermosa
   c. parte de una flor

5. cañería
   a. tubos por los que se distribuye el agua
   b. conjunto de ventanas
   c. herramienta para medir la velocidad del aire

6. tambalearse
   a. bailar sin ritmo
   b. moverse sin equilibrio
   c. presumir

7. concuñado
   a. el hermano del esposo con relación al hermano de la esposa
   b. el hermano de la esposa con relación al esposo
   c. el primo de la esposa o el esposo

8. fiarse
   a. asegurarse de algo
   b. limpiarse el sudor
   c. poner confianza en algo o alguien

Oda al aire

Pablo Neruda (Chile)

Andando en un camino
encontré al aire,
lo saludé y le dije
con respeto:
"Me alegro
de que por una vez
dejes tu transparencia,
así hablaremos".
El incansable
bailó, movió las hojas,
sacudió con su risa
el polvo de mis suelas[1],
y levantando toda
su azul arboladura,
su esqueleto de vidrio,
sus párpados[2] de brisa,
inmóvil como un mástil[3]
se mantuvo escuchándome.
Yo le besé su capa
de rey del cielo,
me envolví en su bandera
de seda celestial
y le dije:
monarca o camarada,
hilo, corola[4] o ave,
no sé quién eres, pero
una cosa te pido,
no te vendas.
El agua se vendió
y de las cañerías[5]
en el desierto
he visto
terminarse las gotas
y el mundo pobre, el pueblo
caminar con su sed
tambaleando[6] en la arena.
Vi la luz de la noche
racionada,
la gran luz en la casa

---

1. la parte inferior de los zapatos, 2. membranas de piel que cubren los ojos, 3. palo de una embarcación, 4. parte de una flor, 5. tubos por los que se distribuye el agua, 6. moviéndose sin equilibrio

Pablo Neruda. "Oda al aire", ODAS ELEMENTALES. © Fundación Pablo Neruda, 2011. Used with permission.

de los ricos.
Todo es aurora en los
nuevos jardines suspendidos.
Todo es oscuridad
en la terrible
sombra del callejón.
De allí la noche,
madre madrastra,
sale
con un puñal en medio
de sus ojos de búho,
y un grito, un crimen,
se levantan y apagan
tragados por la sombra.
No, aire,
no te vendas,
que no te canalicen,
que no te entuben,
que no te encajen
ni te compriman,
que no te hagan tabletas,
que no te metan en una botella,
cuidado!
llámame
cuando me necesites,
yo soy el poeta hijo
de pobres, padre, tío,
primo, hermano carnal
y concuñado[7]
de los pobres, de todos,
de mi patria y las otras,
de los pobres que viven junto al río,
y de los que en la altura
de la vertical cordillera
pican piedra,
clavan tablas,
cosen ropa,
cortan leña,
muelen tierra,
y por eso
yo quiero que respiren,
tú eres lo único que tienen,
por eso eres
transparente,
para que vean

---

7. hermano de una de las personas unidas en matrimonio con respecto a los hermanos de la otra

lo que vendrá mañana,
por eso existes,
aire,
déjate respirar,
no te encadenes,
no te fíes[8] de nadie
que venga en automóvil
a examinarte,
déjalos,
ríete de ellos,
vuélales el sombrero,
no aceptes
sus proposiciones,
vamos juntos
bailando por el mundo,
derribando las flores
del manzano,
entrando en las ventanas,
silbando juntos,
silbando
melodías
de ayer y de mañana,
ya vendrá un día
en que libertaremos
la luz y el agua,
la tierra, el hombre,
y todo para todos
será, como tú eres.
Por eso, ahora,
cuidado!
y ven conmigo,
nos queda mucho
que bailar y cantar,
vamos
a lo largo del mar,
a lo alto de los montes,
vamos
donde esté floreciendo
la nueva primavera
y en un golpe de viento
y canto
repartamos las flores,
el aroma, los frutos,
el aire
de mañana.

_____
8. te... pongas tu confianza

6.3H Comprensión. Escoge la respuesta correcta a cada una de las siguientes preguntas.

1. El narrador del poema relaciona al aire con el cielo, la monarquía y las flores. ¿Con qué palabras lo relaciona, respectivamente?
   a. transparencia, arboladura, hilo
   b. celestial, rey, corola
   c. capa, monarca, ave

2. ¿Quiénes, según el narrador, se vendieron?
   a. el agua y la noche
   b. el aire y las flores
   c. la luz y el agua

3. ¿Qué sucedió como consecuencia de que el agua se vendiera?
   a. hubo escasez de agua en donde viven los pobres
   b. se formaron los desiertos
   c. subió el costo del agua y la electricidad

4. ¿Qué ocurre en los callejones oscuros?
   a. se esconden los ladrones
   b. se muere la luz de la aurora
   c. se cometen crímenes

5. ¿De qué dice el narrador que es pariente?
   a. de los poetas del mundo
   b. de los elementos naturales
   c. de los pobres y los trabajadores

6. ¿Por qué es importante para el narrador que el aire no se venda?
   a. Porque es lo único que tienen los pobres.
   b. Porque es lo único que todavía es gratis.
   c. Porque es el elemento natural más alegre de todos.

6.3I Interpretación. Contesta las siguientes preguntas de acuerdo con tu interpretación del poema.

1. ¿Qué hace el viento cuando el narrador le pide que hablen?

   _____

   _____

2. ¿Por qué llama el narrador al aire "monarca o camarada"? ¿Qué diferencia hay entre estos términos?

   _____

   _____

3. ¿Quiénes se beneficiaron y quienes se vieron perjudicados por la venta del agua y la luz?

   _____

   _____

4. ¿Por qué dice el narrador que el aire es transparente?

   _____

   _____

5. ¿A quiénes quiere libertar el narrador con la ayuda del aire? ¿Para qué?

   _____

   _____

Nombre _____ Fecha _____

LECCIÓN
7

¡A MOVER EL CUERPO!

7.1 Las clases de baile

VOCABULARIO EN CONTEXTO

7.1A El baile y su origen. Une cada término relacionado con el baile de la columna izquierda con la definición más lógica de la columna derecha.

_____ 1. conga
_____ 2. merengue
_____ 3. cencerro
_____ 4. pasodoble
_____ 5. compás
_____ 6. salsa
_____ 7. tango
_____ 8. palpitante

a. El nombre de este tipo de baile se refiere al movimiento que ejecutan los pies al caminar, pero duplicado.

b. Así se le denomina a un tipo de baile que lleva el mismo nombre que un dulce hecho con claras de huevo y azúcar.

c. Este baile comparte el nombre con una mezcla de sustancias comestibles que a veces resulta en un condimento picante.

d. Baile rioplatense muy apasionado que durante sus orígenes fue condenado por la Iglesia y prohibido por la policía.

e. Es la medida que se utiliza en la música y que marca el ritmo entre los sonidos.

f. Es un tipo de baile africano cuyo nombre probablemente provenga del adjetivo "congoleño"; es decir, "Natural del Congo".

g. Se refiere a la música que tiene un ritmo parecido al de un corazón.

h. Campana pequeña que suele atarse al pescuezo de las vacas y que también puede usarse como instrumento musical.

7.1B Intruso. Encuentra en cada uno de los siguientes grupos de palabras el término que no corresponde al grupo semántico. Si no conoces alguna palabra, búscala en el diccionario.

1. habanera, conga, foxtrot, danzón
2. pausado, acelerado, palpitante, apasionado
3. compás, ritmo, metro, pregón
4. baile, aplauso, zapateo, taconeo
5. cencerro, bongó, maracas, violonchelo
6. mórbido, vivaz, alegre, sacudido
7. festín, sarao, sepelio, bacanal
8. argentino, jolgorio, tango, pasión

Lección 7   LAS CLASES DE BAILE   **131**

© 2012 Cengage Learning. All Rights Reserved. May not be scanned, copied or duplicated, or posted to a publicly accessible website, in whole or in part.

7.1C Una lección de baile. Haz una investigación en Internet sobre un baile caribeño que te guste o que te llame la atención y escribe un reporte de 100 palabras. Habla un poco sobre la historia del baile que elegiste. ¿Dónde se originó? ¿Dónde se baila actualmente? ¿Cómo es la música que acompaña al baile? ¿Qué instrumentos musicales se relacionan con este baile? Puedes elegir uno de los siguientes bailes o investigar otro baile caribeño que te interese.

chachachá	guaracha	merengue
cumbia	habanera	rumba
danzón	mambo	salsa

_____

_____

_____

_____

_____

_____

_____

_____

_____

_____

GRAMÁTICA EN CONTEXTO

7.1D El participio como adjetivo. Completa las siguientes oraciones con el participio de los verbos indicados.

1. Este baile no parece _____ (aprender), sino _____ (descubrir).

2. Los tangos _____ (componer) por Carlos Gardel son los mejores.

3. Algunos instrumentos musicales de percusión _____ (hacer) en Cuba tienen origen africano.

4. El chachachá es un baile alegre y _____ (divertir).

5. Estoy seguro de que los mambos de Pérez Prado son los más _____ (escuchar) de todo el mundo.

6. Una vez _____ (abrir) las puertas, el salón de baile se puebla de entusiastas.

7. Mi baile favorito es el merengue. Me gusta porque es rítmico y _____ (mover).

8. _____ (cansar), las muchachas se sientan tras haber bailado salsa durante horas.

9. Dicen que hay que bailar como si el corazón estuviera _____ (poner) en los pies.

10. La canción "Sin clave no hay son" está _____ (interpretar) por Celia Cruz, la cantante cubana.

7.1E Más usos del participio. Completa el siguiente párrafo con el participio de los verbos indicados.

Los tangos fueron 1. _____ (bailar) clandestinamente en los
barrios 2. _____ (marginar) de Buenos Aires. La música fue
3. _____ (condenar) por la Iglesia; el baile 4. _____
(apasionar) fue 5. _____ (prohibir) por la policía. Quizá por este motivo
el tango haya 6. _____ (adquirir) matices tan nostálgicos. Más de un
siglo ha 7. _____ (pasar) desde que los primeros tangos fueron
8. _____ (disfrutar) en las zonas más _____ 9. (esconder)
de Buenos Aires. Sin embargo, el tango no ha 10. _____ (morir). Por el
contrario, tanto la música como el baile son 11. _____ (disfrutar) por gente
de todas las edades y de todo el mundo.

Nunca **he visto** un lugar más colorido que Xochimilco.

7.1F El presente perfecto. Completa las siguientes oraciones usando el presente perfecto del indicativo, las claves dadas e información verdadera sobre tu vida. Sigue el modelo.

MODELO nunca / visitar → Nunca he visitado Cuba.

1. siempre / gustar _____

_____

2. nunca / bailar _____

_____

3. escuchar / desde niño/a _____

_____

4. aprender / mucho (poco) / sobre _____

_____

5. hoy / bebido _____
   _____

6. esta semana / escribir _____
   _____

7. hoy / hacer _____
   _____

8. leer / para la clase de español _____
   _____

ACENTUACIÓN Y ORTOGRAFÍA

USOS DE LA *LL* Y LA *Y*

Las reglas de ortografía que distinguen los usos del dígrafo *ll* y la letra *y* son varias. A continuación se presentan las reglas más útiles y comunes, junto con sus excepciones.

a. Uso de la *ll*

1. Se escriben con *ll* los verbos cuyo infinitivo acaban en *-illar*, *-ellar*, *-ullar* y *-ullir*.

   pi**llar**   atrop**ellar**   apab**ullar**   escab**ullir**

2. Cuando un verbo lleva *ll*, todas las formas de la conjugación y de sus derivados también se escriben con *ll*.

   llenar: lleno, relleno, llenando
   llorar: llanto, llorado, lloradera
   bri**ll**ar: brillo, brillante, abrillantador

3. Se escriben con *ll* las palabras que terminan en *-illo* o *-illa*.

   cast**illo**   amar**illa**   perr**illo**   port**illa**

4. Se escriben con *ll* las palabras que comienzan con *fa-*, *fo-* o *fu-*.

   fallar   **fall**ecer   **foll**eto   **foll**aje   **full**ero

b. Uso de la *y*

1. Se escriben con *y* las palabras que tienen la sílaba *-yec-*.

   pro**yec**to   tra**yec**to   ab**yec**to   in**yec**ción

2. Se escriben con *y* las conjugaciones de los verbos que no llevan ni *ll* ni *y* en el infinitivo.

   cayó   huyeron   creyera   creyó

3. Se escriben con *y* las palabras que al final llevan el sonido de la *i*, cuando sobre esta vocal no recae el acento.

   rey   estoy   Uruguay   jockey

   Excepción: bonsái

4. Se escribe *y* después de los prefijos *ad-*, *dis-* y *sub-*.

   adyacente   **disy**untiva   **suby**ugante

5. Se escriben con *y* las voces que comienzan con *yer-*.

   yerto   **yer**bajo   **yer**boso

6. Se escriben con *y* los plurales de los nombres que terminan en *y*, añadiendo, para ello, *-es* al singular.

   rey: re**yes**

   ley: le**yes**

   buey: bue**yes**

   Excepciones: jersey: jerséis

7.1G ¿*Ll* o *y*? Escoge la opción correcta, de acuerdo con las reglas de ortografía y sus excepciones.

1. Los enemigos enviaron un pro_ectil, pero fa_aron.
   a. ll, ll
   b. y, y
   c. ll, y
   d. y, ll

2. Ante la piedra tan bri_ante, el explorador cre_ó haber encontrado oro.
   a. ll, ll
   b. y, y
   c. ll, y
   d. y, ll

3. ¿Cuál es el país ad_acente a Paragua_?
   a. ll, ll
   b. y, y
   c. ll, y
   d. y, ll

4. Atrope_aron a Joaquín. Iba en su bicicleta amari_a.
   a. ll, ll
   b. y, y
   c. ll, y
   d. y, ll

5. El médico in_ecta al re_ con la vacuna antigripal.
   a. ll, ll
   b. y, y
   c. ll, y
   d. y, ll

6. En vez de calmarlo, el arru_o hizo que el bebé _orara.
   a. ll, ll
   b. y, y
   c. ll, y
   d. y, ll

7. No lo pi_aron: lo encontraron _erto en un parque.
   a. ll, ll
   b. y, y
   c. ll, y
   d. y, ll

8. Publicaron un fo_eto que explica las virtudes campesinas de los bue_es.
   a. ll, ll
   b. y, y
   c. ll, y
   d. y, ll

7.2 Con espíritu deportivo

VOCABULARIO EN CONTEXTO

7.2A Los deportes. Une cada deporte de la columna izquierda con la explicación más lógica de la columna derecha.

_____ 1. lucha libre

_____ 2. pesca

_____ 3. tenis

_____ 4. golf

_____ 5. buceo

_____ 6. ciclismo

_____ 7. equitación

_____ 8. vólibol

a. Para practicar este deporte es necesario montarse a un animal grande y domesticado que tiene la habilidad de saltar obstáculos y correr a gran velocidad.

b. Quienes practican este deporte lo hacen sobre un cuerpo de agua, como un lago, un río o el mar. Consiste en atrapar animales acuáticos.

c. Las personas que practican este deporte deben moverse a una gran velocidad con la ayuda de un vehículo de dos ruedas.

d. Los contrincantes de este deporte, que pueden ser dos individuos o dos parejas, usan una raqueta para golpear una pelota, que debe pasar al campo del equipo contrario por arriba de una red.

e. Este deporte consiste en la exploración subacuática de la flora y fauna.

f. A lo largo de un campo muy amplio, las personas que practican este deporte deben golpear una pelota muy dura con un bastón de metal, para hacerla caer en dieciocho hoyos consecutivos.

g. Este deporte teatral consiste en la batalla cuerpo a cuerpo entre dos atletas musculosos que se enfrentan entre sí en un área cuadrilátera.

h. El campo rectangular está dividido en dos por una red que los contrincantes deben librar con una pelota, la cual, según las reglas del deporte, nunca debe tocar el piso.

7.2B Un partido de béisbol. Escoge la definición correcta para cada uno de los siguientes términos relacionados con el béisbol.

1. deslizarse
   a. Consiste en dejar caer el cuerpo en posición casi horizontal para alcanzar la meta más rápidamente.
   b. Consiste en fingir que uno va a lanzar una pelota a un miembro del mismo equipo para confundir a un jugador contrincante.

2. volarse la cerca
   a. Consiste en correr a la base siguiente antes de que los miembros del equipo contrario tengan tiempo de reaccionar.
   b. Consiste en golpear la pelota con fuerza y destreza, de forma tal que esta rebasa los límites del campo de juego.

3. hacer golpes ilegales
   a. Consiste en incitar dolor o violencia en los jugadores del equipo contrario cuando el árbitro está atendiendo otro aspecto del juego.
   b. Consiste en golpear la pelota de forma tal que esta sale del campo por el lado derecho o el lado izquierdo del jugador.

4. hacer un cuadrangular
   a. Consiste en golpear la pelota acertadamente, de manera que esta permanece dentro de los márgenes del cuadrángulo.
   b. Consiste en golpear la pelota con la fuerza suficiente para poder recorrer las cuatro bases del campo de juego.

5. hacer un batazo
   a. Consiste en golpear la pelota legalmente con el bate.
   b. Consiste en golpear la pelota con tanta fuerza que el bate se rompe.

6. lanzar la pelota
   a. Consiste en arrojar la pelota de una base a otra para provocar la eliminación de un contrincante.
   b. Consiste en arrojar la pelota en dirección aproximada del contrincante para que este intente pegarle con el bate.

7.2C Un ensayo sobre el béisbol. Escoge uno de los siguientes temas para escribir un ensayo de aproximadamente 100 palabras sobre el béisbol.

- Las reglas del béisbol
- El mejor jugador / La mejora jugadora de béisbol de todos los tiempos
- Béisbol: el deporte más apasionante
- Comparación entre el béisbol y mi deporte favorito

_____
_____
_____
_____
_____
_____
_____
_____
_____
_____

GRAMÁTICA EN CONTEXTO

7.2D ¿Por o para? Completa las siguientes oraciones con las preposiciones **por** y **para**, según corresponda.

1. Hoy visité el Museo de Antropología. Mañana salgo _____ Teotihuacan.

2. La batería nueva es _____ el teléfono celular.

3. Todas las mañanas salgo a correr _____ el parque. Me fascina correr entre los árboles.

4. No trabajo _____ gusto: detesto mi trabajo, pero necesito el dinero.

5. _____ mí, el futbol es mucho más interesante que el béisbol.

6. ¿Te gusta mi chamarra nueva? La compré _____ quinientos pesos en esa tienda.

7. ¿Vienes a visitarme en abril? Ya _____ entonces no va a hacer mucho frío.

8. _____ ser extranjero, hablas español estupendamente.

9. Vivimos en los Estados Unidos _____ más de quince años, pero ahora vivimos en México.

10. Todo lo que hago, lo hago _____ ti.

11. La República Dominicana fue gobernada _____ Trujillo durante muchos años.

12. Intento hacer ejercicio seis días _____ semana _____ mantenerme en forma.

7.2E Expresiones con *por*. Completa las oraciones con una de las siguientes expresiones con **por**. No uses las expresiones más de una vez.

por ahora	por la mañana	por supuesto
por cierto	por mucho que	por último
por consiguiente	por otra parte	
por fin	por poco	

1. Temprano, _____, Juan lee las noticias sobre los deportes en el periódico y bebe un café. Después se va al trabajo.

2. Por una parte, "Sammy" Sosa es el mejor jugador de béisbol de todos los tiempos. _____, Alfonso Soriano también es un jugador excelente.

3. El béisbol no me gusta para nada. _____ me esfuerzo en disfrutarlo, siempre termino aburriéndome.

4. Si los jugadores vienen de la República Dominicana, puedes dar _____ que van a ser magníficos.

5. Ya sé que estás cansado de oírme hablar sobre el béisbol. Déjame decirte, _____, quiénes son los mejores bateadores del momento.

6. ¿Que si yo soy un buen jugador? ¡_____! ¡Soy un jugador excelente!

7. El beisbolista tuvo un accidente automovilístico anoche y se fracturó el brazo derecho. _____ pierde el brazo completo.

8. Los beisbolistas son muy supersticiosos. Antes de empezar el partido, Alfonso Soriano besa un amuleto que lleva en la bolsa. _____, cree que su equipo va a ganar el partido.

9. Nadie sabía dónde estaba el jugador. El público esperaba ansioso en las gradas. Después de varios minutos, el héroe _____ salió al campo.

10. Hace un mes me lastimé el hombro jugando béisbol y todavía no me recupero completamente. Creo que lo mejor es que no juegue _____.

7.2F Oraciones. Escribe oraciones con seis de las expresiones con **por** enlistadas en la actividad **7.2E**. También puedes usar las siguientes expresiones, no incluidas en la actividad anterior.

por eso   por lo menos   por lo tanto

1. _____
   _____
2. _____
   _____
3. _____
   _____
4. _____
   _____
5. _____
   _____
6. _____
   _____

A VER Y ESCUCHAR

7.2G Antes de ver. Las siguientes preguntas y respuestas son empleadas en el video correspondiente a la Lección 7. Antes de ver el video, une cada pregunta de la columna izquierda con la respuesta más lógica de la columna derecha. En algunos casos hay más de una respuesta por cada pregunta.

_____ 1. ¿Cuál es la importancia del café para tu país?

_____ 2. ¿Cómo prefieres tomar el café?

_____ 3. ¿Sabes preparar el chocolate?

_____ 4. ¿Tomas tila o manzanilla?

_____ 5. ¿Café, chocolate, té o bebidas energéticas?

a. "Cuando tengo algún malestar de estómago".
b. "Lo que nosotros llamamos 'tinto', que es un café negro, sin azúcar, sin leche, solo..."
c. "Es una parte importante de nuestra economía y es una parte cultural vital para nosotros".
d. "El mejor es el café; segundo lugar, el té".
e. "Es el tiempo en que más nos divertimos en familia y con amigos".
f. "Es solo mezclar chocolate, leche y algo de azúcar... y ya está".
g. "No me gustan estas bebidas aromáticas".
h. "Recién hecho, molido fino, sin azúcar y fuerte".
i. "[Lo] mete en una olla de agua hirviendo y lo deja ahí por un rato; lo mezcla y ya estuvo".

7.2H Comprensión. Ve el video y contesta las siguientes oraciones con la opción correcta, según lo que dijeron las personas entrevistadas.

1. ¿Con qué aspectos relaciona Connie (Colombia) al café?
   a. Con la economía, la cultura y el orgullo nacional colombianos
   b. Con la leche, el azúcar y la repostería de su país
   c. Con la variedad, la exportación y la familia en Colombia
   d. Con las tradiciones, la calidad y la historia de Colombia

2. Según Connie, ¿cómo es la mejor manera de tomar café?
   a. No tan corto como un espresso y no tan largo como un americano
   b. Después del almuerzo, pero antes de las cinco de la tarde
   c. Recién hecho, sin azúcar, negro, fuerte
   d. Con una conversación y con buena compañía

3. Dice Andrea (Costa Rica) que le fascina el café "tico". ¿A qué se refiere?
   Se refiere al café...
   a. molido finamente.
   b. recién hecho.
   c. costarricense.
   d. que no le quita el sueño.

4. Andrea toma tila o manzanilla...
   a. en las noches frías.
   b. cuando le duele el estómago o sufre de insomnio.
   c. cuando tiene ganas de un producto aromático.
   d. en la cafetería de la universidad.

5. ¿Qué dos efectos menciona Connie cuando le preguntan qué prefiere beber?
   a. insomnio y felicidad
   b. estimulación y relajación
   c. detonación y mal olor
   d. problemas del corazón y estimulación

6. ¿En qué ocasiones bebe Gonzalo (Colombia) café, chocolate, té y bebidas energéticas (respectivamente)?
   a. en la universidad, en las noches frías, en la tarde y en las fiestas
   b. en las mañanas, en las noches, cuando está enfermo y en las fiestas
   c. con la familia, en el invierno, después de comer y cuando tiene sueño
   d. en todo momento, siempre y cuando haya café colombiano

7.2I Entrevista personal. Contesta ahora las siguientes preguntas relacionadas con las bebidas que se mencionan en el video. Para contestar algunas de las preguntas, es posible que tengas que hacer una investigación en Internet.

1. En tu cultura o familia, ¿existe la tradición de tomar café, chocolate, té u otra bebida similar? Explica la importancia que tiene esta tradición para ti o tu cultura o familia.

   _____
   _____
   _____

2. ¿Cuál de las bebidas mencionadas prefieres tomar? ¿Por qué? ¿En qué ocasiones prefieres tomar esa bebida?

_____

_____

_____

3. Explica con detalle qué pasos seguiste la última vez que preparaste café o chocolate.

_____

_____

_____

4. ¿Cuál es el origen histórico del chocolate? ¿De qué palabra indígena proviene el nombre del chocolate?

_____

_____

_____

5. ¿Qué países de Hispanoamérica son los principales exportadores de café?

_____

_____

7.3 En busca de la palabra exacta

VOCABULARIO EN CONTEXTO

7.3A Amplía tu vocabulario. La siguiente es una lista de adjetivos de uso elevado en español. Junto a cada adjetivo está su significado. Después de leer todos los adjetivos, úsalos para completar las oraciones, de acuerdo con los contextos. Intenta memorizar todos los adjetivos para que puedas usarlos en el futuro.

abyecto/a	despreciable
apócrifo/a	imaginario/a, fantasioso/a
consuetudinario/a	usual, acostumbrado/a
cretino/a	tonto/a
falaz	engañoso/a, mentiroso/a
inefable	que no se puede explicar con palabras
mustio/a	melancólico/a, triste
petulante	presuntuoso/a, presumido/a
prolijo/a	corto/a, conciso/a
rutilante	que brilla como el oro

1. El estudiante de literatura de primer año es un _____: cree saberlo todo.

2. Tu conclusión es definitivamente _____. Estás equivocada.

3. La literatura _____ contemporánea incluye historias sobre gnomos y dragones.

4. No es necesario que escribas un ensayo largo y redundante. Prefiero que tu ensayo sea

_____.

5. El poema "Primero sueño" de Sor Juana Inés de la Cruz es sublime. Aunque algunos críticos han escrito ensayos sobre el poema, a mí me parece _____.

6. Catalina es una mujer muy _____. Hoy está particularmente retraída: está preocupada por la salud de su padre.

7. Carlos es incapaz de hacer nada desinteresadamente. Nunca he conocido a una persona más

_____.

8. Tomás no solo es ignorante, sino que presume de serlo. Es un verdadero

_____.

9. Marta no es una persona particularmente inteligente, pero la idea que tuvo esta mañana es verdaderamente _____.

10. No es necesario que siga tus consejos para preparar paella; prefiero seguir mi método

_____.

7.3B Más adjetivos. A continuación hay una lista de seis adjetivos más. Para continuar ampliando tu vocabulario, busca en un diccionario los significados de cada uno de los seis adjetivos y escríbelos a continuación.

deferente _____   **marchito** _____

furibundo _____   **profuso** _____

indolente _____   **testarudo** _____

7.3C Adjetivos en contexto. Ahora escoge al menos seis de los adjetivos anteriores (puedes elegir algunos de la actividad **7.3A** y otros de la actividad **7.3B**) y escribe seis oraciones originales con ellos.

1. _____

_____

2. _____

_____

3. _____

_____

4. _____

_____

5. _____

_____

6. _____

_____

GRAMÁTICA EN CONTEXTO

7.3D El *se* impersonal. Reescribe las siguientes oraciones usando el **se** impersonal. Sigue el modelo.

MODELO El dependiente de esa tienda habla español.

→ Se habla español en esa tienda.

1. Los comerciantes venden naranjas en el mercado.

_____

2. Los gerentes de este restaurante prohíben fumar.

_____

3. La embajada de los Estados Unidos ofrece clases de inglés.

_____

4. La policía busca al ladrón de bancos.

_____

5. En este restaurante los meseros sirven café con leche.

_____

6. Los negociantes importan café de Colombia.

_____

Se vende de todo en Chapultepec.

7.3E La voz pasiva. Cambia las siguientes oraciones a la voz pasiva. Sigue el modelo.

MODELO El presidente cambió las tradiciones consuetudinarias.

→ Las tradiciones consuetudinarias fueron cambiadas por el presidente.

1. El político cretino hizo comentarios insensibles e imprudentes.

_____

2. El candidato abyecto del otro partido rompió varias promesas durante su campaña.

_____

3. Los ciudadanos oyeron el discurso falaz con mucha atención.

_____

4. El candidato petulante dijo muchas mentiras irresponsables.

_____

5. Las mentiras hirieron la esperanza marchita del pueblo.

_____

6. Los ciudadanos furibundos anhelaron tiempos mejores.

_____

7.3F La voz activa. Las siguientes oraciones están escritas usando el **se** impersonal. Cámbialas a la voz activa, incluyendo el sujeto proporcionado. Sigue el modelo.

MODELO Se anotaron jonrones en este partido de béisbol. (beisbolistas)

→ Los beisbolistas anotaron jonrones en este partido de béisbol.

1. Se rompieron las raquetas después del partido de tenis. (jugadores)

_____

2. Se dieron golpes en el cuadrilátero. (luchador)

_____

3. Se vieron delfines, tiburones y peces durante la clase de buceo. (buzos)

_____

4. Se hicieron piruetas y ejercicios de acrobacia. (gimnasta)

_____

5. Se corrieron los cuarenta y dos kilómetros a una velocidad récord. (maratonista)

_____

6. Se saltaron obstáculos y se ganaron trofeos. (jinete)

_____

LECTURA

7.3G Antes de leer. Las siguientes palabras están tomadas del poema "Milonga", de Oliverio Girondo. Escoge la opción que mejor define el significado de cada palabra. Si es necesario, busca las palabras en el diccionario.

1. milonga
   a. comida hecha a base de intestinos
   b. baile argentino de tono nostálgico
   c. fiesta popular

2. balde
   a. cubo que se utiliza para contener agua
   b. instrumento musical
   c. instructor de danza

3. trasuntar
   a. copiar
   b. cansar
   c. sobar

4. *cocotte*
   a. perro pequeño
   b. dulce argentino
   c. prostituta

5. bandoneón
   a. salón de baile
   b. grupo musical
   c. instrumento parecido al acordeón

6. esperezo
   a. bostezo
   b. contracción dolorosa
   c. estiramiento de los miembros

7. baboso
   a. con mucha saliva espesa
   b. con buen sentido del humor
   c. con patriotismo

8. imán
   a. mineral magnético
   b. postre argentino
   c. caballero

9. pezón
   a. moneda
   b. bebida alcohólica
   c. parte central y prominente de los pechos

10. pubis
    a. parte inferior del abdomen
    b. delicadeza
    c. enfermedad

11. jeta
    a. boca de labios abultados
    b. dulce de leche
    c. mano abierta

12. hinchar
    a. golpear
    b. aumentar el volumen de algo
    c. infectar con intención

13. soez
    a. romántico
    b. grosero
    c. elemental

14. anca
    a. nalga
    b. zapato
    c. falda

15. corcovo
    a. estornudo
    b. salto que dan algunos animales
    c. café con canela

16. trompadas
    a. movimientos de baile violentos
    b. sonidos estruendosos
    c. golpes con los puños

Milonga

Oliverio Girondo (Argentina)

Sobre las mesas, botellas decapitadas de "champagne" con corbatas blancas de payaso, baldes de níquel que trasuntan enflaquecidos brazos y espaldas de "cocottes".

El bandoneón canta con esperezos de gusano baboso, contradice el pelo rojo de la alfombra, imanta los pezones, los pubis y la punta de los zapatos.

Machos que se quiebran[1] en un corte ritual, la cabeza hundida entre los hombros, la jeta hinchada de palabras soeces.

Hembras con las ancas nerviosas, un poquitito de espuma en las axilas, y los ojos demasiado aceitados.

De pronto se oye un fracaso de cristales. Las mesas dan un corcovo y pegan cuatro patadas en el aire. Un enorme espejo se derrumba con las columnas y la gente que tenía dentro; mientras entre un oleaje[2] de brazos y de espaldas estallan[3] las trompadas, como una rueda de cohetes de bengala[4].

Junto con el vigilante, entra la aurora vestida de violeta.

_____

1. doblan, 2. sucesión de olas, 3. explotan, 4. **cohetes...** fuegos artificiales

Poema "Milonga" del libro _Veinte poemas para ser leídos en el tranvía_ del autor Oliverio Girondo. Used with permission.

7.3H Comprensión. Escoge la respuesta correcta a cada una de las siguientes preguntas.

1. ¿Qué se describe en la primera estrofa (el primer párrafo)?
   a. Las botellas de champán se parecen a las mujeres que bailan sobre las mesas.
   b. Los recipientes que contienen las botellas abiertas son como las espaldas de las prostitutas.
   c. Las prostitutas, tras beber champán en exceso, llevan corbatas de payaso.

2. ¿Qué se describe en la segunda estrofa?
   a. La lentitud erótica de la música contrasta con la violencia del color de la alfombra.
   b. Las parejas de baile se excitan sexualmente, ignorando los estertores del instrumento.
   c. El rojo de la alfombra provoca que los cuerpos quieran unirse unos con otros.

3. ¿Qué se describe en la tercera estrofa?
   a. Señores preparados para la batalla, listos para insultar a su contrincante.
   b. Hombres que, al bailar, abultan los labios y dicen palabras sexuales.
   c. Jóvenes que ocultan la cabeza rápidamente para esquivar insultos.

4. ¿Qué se describe en la cuarta estrofa?
   a. Mujeres con demasiado maquillaje en los ojos y un poco de sudor.
   b. Señoritas tímidas que han llorado demasiado.
   c. Muchachas que provocan a los hombres con sus axilas.

5. ¿Qué se describe en la quinta estrofa?
   a. La música se acelera y las parejas comienzan a bailar más rápido.
   b. Las parejas no pueden controlar la excitación y tienen relaciones sexuales.
   c. Empieza de pronto una riña y la gente comienza a darse de golpes.

6. ¿Qué se describe en la última estrofa?
   a. La llegada de un hombre y de una mujer muy elegante.
   b. La llegada del policía y del amanecer.
   c. La llegada del dueño y de dos mujeres más.

7.3I Metáforas. Explica el significado de las siguientes metáforas.

1. "botellas decapitadas"

   _____

2. "El bandoneón canta con esperezos de gusano baboso".

   _____

3. "[El bandoneón] imanta los pezones, los pubis y la punta de los zapatos".

   _____

4. "la jeta hinchada de palabras soeces"

   _____

5. "un fracaso de cristales"

   _____

6. "la aurora vestida de violeta"

   _____

7.3J Interpretación. Resume en tus propias palabras la trama (los eventos) del poema.

_____

_____

_____

_____

_____

_____

_____

_____

_____

_____

_____

_____

_____

_____

_____

LECCIÓN
8

MINORÍAS, MAYORÍAS Y ACCIÓN POLÍTICA

8.1 Dignidad intrínseca

VOCABULARIO EN CONTEXTO

8.1A Los derechos humanos. Une cada uno de los siguientes términos relacionados con los derechos humanos con su definición.

_____ 1. derechos humanos

_____ 2. analfabetismo

_____ 3. democracia

_____ 4. personas desaparecidas

_____ 5. asesinato político

_____ 6. libertad

_____ 7. igualdad de oportunidades

_____ 8. amenazar

a. Condición política, social y económica que le garantiza a todos los ciudadanos de un pueblo las mismas posibilidades de éxito socioeconómico.

b. Forma de gobierno que consiste en la elección popular de gobernantes temporales por medio del voto, cuya práctica es un derecho y una responsabilidad de todos los ciudadanos.

c. Se refiere a la incapacidad de leer y escribir en cualquier idioma.

d. Muerte que se le da a una persona con aspiraciones políticas o con un cargo político por causa de sus intereses, su activismo o su ideología.

e. Individuos que, generalmente por ser activistas políticos, son víctimas del secuestro por parte de un gobierno tiránico.

f. Concepto ideológico y político que identifica el derecho al comportamiento de un individuo con base en su responsabilidad personal y libre albedrío.

g. Garantías mínimas inherentes a todos los seres humanos, sin importar la nacionalidad, el lugar de residencia, el sexo, la nacionalidad, el origen étnico, el color de la piel, la religión, el idioma o cualquier otro estatus del individuo.

h. Intento de influir en la conducta de una persona mediante el abuso de palabra o fuerza.

8.1B Intruso. Encuentra en cada uno de los siguientes grupos de palabras el término que no corresponde al grupo semántico.

1. libertad, igualdad, fraternidad, amenaza

2. origen étnico, derecho civil, orientación sexual, nacionalidad

3. esclavitud, reunión y asociación, religión, prensa

4. democracia, voto, dictadura, poder del pueblo

5. corrupción, sufragio, tiranía, abuso de poder

6. secuestro, justicia, tribunal, legalidad

7. oportunidades, analfabetismo, derechos, igualdad

8. asesinato, amenaza, corrupción, garantía

8.1C Definiciones. Escribe una definición de los siguientes términos relacionados con los derechos humanos. Puedes consultar un diccionario o investigar en Internet, pero escribe las definiciones en tus propias palabras, según entiendas los términos.

1. sufragio: _____

_____

2. discriminación: _____

_____

3. segregación: _____

_____

4. tolerancia: _____

_____

5. prejuicio: _____

_____

6. inclusión _____

_____

GRAMÁTICA EN CONTEXTO

8.1D El futuro. Completa las siguientes oraciones con la forma correcta del futuro de los verbos indicados.

1. _____ (venir) una persona de la Comisión de Derechos Humanos a dar una plática.

2. En las elecciones de noviembre _____ (poner: yo) mi voto en una urna para votar por la reelección del presidente.

3. Muy pronto _____ (salir) un reporte de la Organización de Naciones Unidas sobre los países que abusan los derechos humanos de sus ciudadanos.

4. Algún día _____ (tener: nosotros) tolerancia completa en todo el país.

5. Nunca _____ (haber) en los países más desfavorecidos respeto por los derechos humanos sin la presión de los países del primer mundo.

6. Cuando derroquen a ese tirano _____ (volver) los ciudadanos exiliados al país.

7. Los presos políticos _____ (recibir) libertad y el país _____ (ser) más democrático.

8. Los ciudadanos _____ (querer) participar más en la política, porque _____ (tener) confianza en el sistema político.

8.1E Sustitutos del tiempo futuro. Las siguientes oraciones están escritas con formas verbales que sustituyen al tiempo futuro. Reescribe las oraciones usando el tiempo futuro.

1. La activista va a proponer un programa de difusión de la tolerancia.

   _____

2. El dictador va a imponer un toque de queda para mantener un mayor control de los ciudadanos.

   _____

3. Rigoberta Menchú viene a visitar nuestra universidad la próxima semana.

   _____

4. El presidente de la Comisión sale para Chiapas mañana.

   _____

5. El Programa de Protección de Derechos va a prevenir el abuso por parte de los gobernantes.

   _____

6. El abuso de las minorías va a aumentar a menos que se establezcan leyes justas.

   _____

El Museo del Prado **tendrá** veinticinco salas más a partir del próximo año.

Nombre _____ Fecha _____

8.1F Planes para el futuro. Completa las oraciones con información verdadera para ti usando el tiempo futuro. No repitas verbos.

1. Este fin de semana _____

_____

2. En las próximas vacaciones _____

_____

3. Cuando termine mi curso de español _____

_____

4. Después de graduarme _____

_____

5. A mis cincuenta años _____

_____

6. A mis setenta años _____

_____

ACENTUACIÓN Y ORTOGRAFÍA

USOS DE LA *S*, LA *C* Y LA *Z*

Las reglas de ortografía que distinguen los usos de la letra *s*, la letra *c* y la letra *z* son varias. Por cierto, algunas reglas tienen excepciones. A continuación se presentan las reglas más útiles y comunes, junto con sus excepciones.

a. Uso de la *s*

1. Se escriben con *s* las terminaciones de los superlativos: *-ísimo, -ísima.*

   buen**ísimo**   content**ísimo**   trist**ísima**   bell**ísima**

2. Se escriben con *s* las terminaciones de los adjetivos terminados en *-oso, -osa.*

   cariñ**oso**   rencor**oso**   caprich**osa**   bondad**osa**

3. Se escriben con *s* las terminaciones *-ésimo* y *-ésima* en los numerales.

   trig**ésimo**   vig**ésima**

   Excepción: décimo (y sus derivados)

4. Se escriben con *s* los adjetivos terminados en *-sivo* o *-siva.*

   compren**sivo**   inten**sivo**   pa**siva**   agre**siva**

   Excepciones: nocivo, lascivo

5. Se escribe *s* delante de las letras *b, d, f, g, l, m* y *q.*

   re**s**balar   e**s**drújula   re**s**friar   e**s**grima

   e**s**lavo   pa**s**mar   e**s**quema

   Excepciones: exquisito, exfoliar

152 Cuaderno para los hispanohablantes

© 2012 Cengage Learning. All Rights Reserved. May not be scanned, copied or duplicated, or posted to a publicly accessible website, in whole or in part.

6. Se escriben con *s* las palabras terminadas en *-sión* cuando derivan de un sustantivo o un adjetivo terminado en *-so*, *-sor*, *-sorio*, *-sivo* o *-sible*.

ten**so**: ten**sión**

agre**sor**: agre**sión**

ilu**sorio**: ilu**sión**

deci**sivo**: deci**sión**

compren**sible**: compren**sión**

b. Uso de la *c*

Se escriben con *c* las palabras terminadas en *-ción* cuando derivan de alguna palabra que contenga las sílabas *-dor* o *-tor*.

modifica**dor**: modifica**ción**

locu**tor**: locu**ción**

c. Uso de la *z*

1. Se escriben con *-zc-* la primera persona del presente indicativo y el presente de subjuntivo de los verbos irregulares acabados en *-acer*, *-ecer*, *-ocer* y *-ucir*.

   amane**zc**o   embelle**zc**o   cono**zc**a   dedu**zc**a

   Excepciones: hacer y cocer (y sus derivados)

2. Se escriben con *z* final las palabras cuyo plural termina en *-ces*.

   nue**z**: nue**ces**

   lápi**z**: lápi**ces**

   lombri**z**: lombri**ces**

3. Se escriben con *z* los adjetivos acabados en *-izo* o *-iza* que son derivados de un verbo.

   olvidar: olvida**dizo**

   mover: move**diza**

4. Se escriben con *z* los adjetivos y sustantivos terminados con el sufijo *-az*.

   ten**az**   viv**az**   mord**az**

5. Se escriben con *z* los sustantivos de origen verbal terminados en *-anza*.

   andar: and**anza**

   vengar: veng**anza**

   esperar: esper**anza**

6. Se escriben con *z* los diminutivos terminados en *-zuelo* o *-zuela*.

   hombre**zuelo**

   ladron**zuela**

8.1G ¿S, c o z? Escoge la opción correcta, de acuerdo con las reglas de ortografía y sus excepciones.

1. Los espectadores pa_mados vieron el momento deci_ivo: el último tiro a la portería.
   a. s, s
   b. z, c
   c. s, c
   d. z, s

2. Me parece incompren_ible: todos los días amane_co con dolor de cuello.
   a. s, s
   b. c, z
   c. s, z
   d. c, s

3. Este método me parece inefica_. Todos los métodos, de hecho, me parecen inefica_es.
   a. s, s
   b. z, s
   c. s, z
   d. z, c

4. Es la nonagé_ima vez que te lo digo: no seas tan perdidi_o.
   a. s, s
   b. s, z
   c. c, s
   d. c, z

5. Aunque Eduardo sabe que estos dulces son no_ivos para la salud, dice que son riquí_imos.
   a. s, s
   b. s, c
   c. c, c
   d. c, s

6. Ella vive con la esperan_a y la ilu_ión de volver a ver a su familia.
   a. z, z
   b. z, s
   c. s, s
   d. s, c

7. El médico me recomendó un tratamiento inten_ivo para que me cure del re_friado.
   a. c, s
   b. c, z
   c. s, s
   d. s, z

8. El cocinero es un hombre_uelo sin educación, pero sus platos son deli_iosos.
   a. s, s
   b. s, c
   c. z, c
   d. z, s

8.2 El campo de los servidores públicos

VOCABULARIO EN CONTEXTO

8.2A Asuntos políticos. Une cada uno de los siguientes asuntos políticos con su definición.

_____ 1. pena de muerte

_____ 2. control de armas de fuego

_____ 3. suicidio asistido

_____ 4. narcotráfico

_____ 5. prohibición del tabaco

_____ 6. sanidad pública

_____ 7. aborto

_____ 8. matrimonio homosexual

a. Es la ciencia que procura prevenir la enfermedad, prolongar la vida y promover la salud de los ciudadanos mediante esfuerzos organizados y difusión de información.

b. Es la unión legal o socialmente reconocida entre dos personas del mismo sexo biológico.

c. Consiste en la compra y venta de estupefacientes ilegales en grandes cantidades.

d. Son las leyes que se promulgan para evitar que la población civil tenga acceso a cierto tipo (o a cualquier tipo) de pistolas.

e. Es el máximo castigo que algunos tribunales suelen imponerle a un criminal, generalmente por haber cometido traición u homicidio.

f. Ley promulgada por el gobierno que procura evitar la venta y el consumo de cigarros por causa del daño que estos causan a la población.

g. Consiste en ayudar a una persona de escasa fuerza y que presuntamente se encuentra cerca de la muerte, ya sea por enfermedad o por edad avanzada, a quitarse la vida.

h. Consiste en la terminación intencional del embarazo tras la concepción.

8.2B Definiciones. Escoge la opción que mejor responda las siguientes preguntas. De ser necesario, haz una investigación en Internet.

1. "La mujer debe tener el derecho a decidir sobre las cuestiones relacionadas con su propio cuerpo". ¿Quién diría esto probablemente?
   a. un político liberal
   b. un político conservador
   c. un político soberano

2. "El derecho a portar armas de fuego debe ser pleno; el gobierno no debe limitarlo". ¿Quién crees que opinaría de esta manera?
   a. un político izquierdista
   b. un político derechista
   c. un político socialista

3. Cuando una persona quiere tomar un puesto político, ¿qué es lo que debe hacer?

   a. postularse

   b. propugnarse

   c. promulgarse

4. ¿Cómo se llaman los políticos que son miembros del Congreso?

   a. presidentes y vicepresidentes

   b. representantes y alcaldes

   c. alcaldesas y gobernadores

   d. diputados y senadores

5. ¿Cuáles son los tres poderes en que está dividido el gobierno de los Estados Unidos?

   a. presidencial, ejecutivo y legislativo

   b. legislativo, ejecutivo y policiaco

   c. judicial, ejecutivo y legislativo

   d. electoral, mayoral y democrático

6. ¿Quién es, en los Estados Unidos, el/la líder del poder ejecutivo?

   a. el/la líder de la Cámara de Diputados

   b. el secretario / la secretaria de Defensa

   c. el/la presidente del país

   d. el/la vicepresidente del país

7. ¿Qué derechos, entre otros, se mencionan en la primera enmienda de la Constitución de los Estados Unidos?

   a. la libertad de prensa y el aborto

   b. la libertad de religión y el derecho a portar armas de fuego

   c. la libertad de expresión y la libertad de prensa

   d. la pena de muerte y la sanidad pública

8. ¿Cuál es el sistema económico de los Estados Unidos?

   a. el sistema de libre comercio de Norteamérica

   b. el socialismo moderado

   c. el mercado conservador

   d. el capitalismo

9. ¿Cuál es el sistema de gobierno de los Estados Unidos?

   a. la democracia representativa

   b. la monarquía constitucional

   c. el comunismo

   d. el mercado de votos

8.2C La política y tú. Contesta las siguientes oraciones con información verdadera para ti.

1. ¿Cuál es tu afiliación política? ¿Por qué tienes esa afiliación? Si no tienes afiliación política, explica por qué no la tienes.

   _____

   _____

2. ¿Te consideras una persona liberal o una persona conservadora? ¿Por qué?

   _____

   _____

3. ¿Votaste en las elecciones presidenciales más recientes? ¿Ganó el candidato de tu preferencia? Si no votaste, explica por qué no lo hiciste y salta a la pregunta 5.

_____

_____

4. ¿Siempre votas por los candidatos del mismo partido político o depende de cada candidato? Explica por qué.

_____

_____

5. ¿Crees que es importante la participación de todos los ciudadanos en la política del país? Explica tu respuesta.

_____

_____

6. De los asuntos políticos enlistados en la actividad 8.2A, ¿cuál te parece el más importante y cuál el menos importante? Explica tu respuesta.

_____

_____

_____

_____

GRAMÁTICA EN CONTEXTO

8.2D El condicional. Completa las siguientes oraciones con la forma correcta del condicional de los verbos indicados.

1. Si yo tuviera dieciocho años, _____ (votar) por el candidato independiente.

2. Si el candidato tuviera más tiempo, _____ (venir) a dar una plática.

3. Si no hubiera reelección, el presidente _____ (salir) de la Casa Blanca en enero.

4. Si yo fuera presidente, _____ (querer) que no hubiera tanta división entre los partidos políticos.

5. Si yo fuera candidato a un puesto político, les _____ (decir) la verdad a los ciudadanos.

6. Si yo fuera el alcalde de la ciudad, _____ (haber) calles más seguras y más limpias.

7. Si yo tuviera oportunidad, _____ (hablar) con el presidente para darle consejos muy buenos.

8. Si todos no pudieran votar por sus candidatos, no _____ (vivir: nosotros) en una democracia.

Nombre _____ Fecha _____

8.2E Peticiones amables. Cambia los siguientes mandatos por peticiones más amables usando el condicional. Sigue el modelo.

MODELO Tráigame un refresco.

→ ¿Podría traerme un refresco?

1. Díganos dónde hay una estación de metro.

_____

2. Recógenos a las seis de la mañana.

_____

3. Déme un chocolate.

_____

4. Dime la verdad.

_____

5. Llámame esta noche.

_____

6. Lléveme al Zócalo a toda velocidad.

_____

8.2F ¿Qué harías? Completa las siguientes oraciones usando el condicional y tu imaginación. Usa al menos un verbo distinto para cada oración. Sigue el modelo.

MODELO Si yo fuera millonario, haría un viaje por todo el mundo.

1. Si yo fuera millonario, _____

_____

2. Si yo tuviera ocho años, _____

_____

3. Si pudiera hablar seis idiomas, _____

_____

4. Si pudiera vivir en cualquier parte del mundo, _____

_____

5. Si yo fuera político/a, _____

_____

6. Si no hablara nada de español, _____

_____

A VER Y ESCUCHAR

8.2G Antes de ver. Las siguientes preguntas y respuestas son empleadas en el video correspondiente a la Lección 8. Antes de ver el video, une cada pregunta de la columna izquierda con la respuesta más lógica de la columna derecha. En algunos casos hay más de una respuesta por cada pregunta.

_____ 1. ¿Qué significa la palabra *terrorismo*?

_____ 2. ¿Dónde estabas cuando ocurrió el atentado del 11 de septiembre de 2001?

_____ 3. ¿Cómo reaccionaste al evento del 11 de septiembre?

_____ 4. ¿Cómo te afectó ese ataque terrorista?

_____ 5. ¿Qué ocurrió en la estación de trenes Atocha?

a. "Estábamos en la biblioteca de la escuela cuando sucedió. Yo no me enteré hasta más tarde".

b. "Un acto extremo de una organización [...] que no está de acuerdo con las reglas de la sociedad".

c. "Fue un atentado terrorista contra unos trenes de cercanías [...]. Murieron doscientas y pico personas".

d. "Era maestro de matemáticas [...]. La forma en que me enteré fue que el psicólogo de la escuela tocó a mi salón".

e. "Donando dinero... di sangre en la Cruz Roja... pero yo pienso que mi trabajo principal fue ayudar a los niños".

f. "Mi primera reacción fue de incredulidad. [...] Estados Unidos [...] no había sido tocado por el terrorismo".

g. "Un acto que está fuera de todo sentido de moralidad del ser humano".

h. "Me afectó bastante el pensar que tal vez este no era un mundo donde yo quería tener una familia".

8.2H Comprensión. Ve el video y contesta las siguientes oraciones con la opción correcta, según lo que dijeron las personas entrevistadas.

1. Para Maddie (Puerto Rico), ¿qué significa la palabra *terrorismo*?
   Es un acto...
   a. amoral que confirma la maldad que hay en el mundo.
   b. fuera de lo normal con el que un grupo específico demuestra un desacuerdo.
   c. que nunca se debería de cometer, porque nunca tiene los resultados deseados.
   d. amoral que nos cambia nuestro punto de vista con respecto al mundo.

2. ¿Qué recuerda Juan Pedro (España/México) del día en que ocurrió el atentado del 11 de septiembre?
   a. Era maestro de matemáticas en Nueva York, cerca de las Torres Gemelas.
   b. Era maestro en Boston. Durante una clase, fue interrumpido para recibir la noticia.
   c. Era un psicólogo de niños en una escuela de Boston.
   d. Estaba en la biblioteca de la escuela, trabajando con los niños, como cualquier otro día.

3. ¿Que hizo Maddie después del atentado del 11 de septiembre?
   a. Donó sangre, donó dinero y ayudó con el rescate de los damnificados.
   b. Contribuyó con la Cruz Roja, donó dinero y ayudó a los niños de la escuela.
   c. Hizo trabajo voluntario en la Cruz Roja, donde había muchos niños heridos.
   d. Adoptó a niños sobrevivientes del atentado.

4. ¿Cómo le afectó a Maddie el atentado del 11 de septiembre?
    a. Pensó durante mucho tiempo que el mundo era un lugar inestable.
    b. Pensó que podría haber otro ataque terrorista en cualquier momento.
    c. No le afectó directamente, pero pasó meses ayudando con el rescate de niños heridos.
    d. Durante mucho tiempo pensó que no era este un mundo en el que quería crear una familia.

5. ¿Qué efectos dice Juan Pedro que tuvo el atentado del 11 de septiembre?
    a. Depresión colectiva por el impacto inicial.
    b. Mucha tristeza personal por causa de su primo, quien murió durante el atentado.
    c. La explosión de dos guerras y los trámites de seguridad en el aeropuerto.
    d. Reflexión acerca de la familia y la crianza de los niños en un mundo tan inestable.

6. ¿Qué dice Juan Pedro que ocurrió el 11 de marzo de 2004?
    a. Dos trenes de cercanías chocaron contra sí y murieron más de doscientas personas.
    b. Murió un primo suyo durante un atentado terrorista.
    c. Hubo una explosión de bombas y murieron muchas personas.
    d. Tuvo que buscar el cadáver de su primo tras el atentado terrorista.

8.21 Entrevista personal. Contesta ahora las siguientes preguntas con tu información y opinión.

1. En tu opinión, ¿qué es el terrorismo?

_____

_____

_____

2. ¿Dónde estabas cuando ocurrió el atentado del 11 de septiembre de 2001?

_____

3. ¿Cómo reaccionaste al evento del 11 de septiembre?

_____

_____

4. ¿Cómo te afectó ese ataque terrorista?

_____

_____

_____

5. En tu opinión, ¿qué relación tiene el terrorismo con los derechos humanos y con la política nacional y/o internacional?

_____

_____

_____

8.3 La importancia de la distinción

VOCABULARIO EN CONTEXTO

8.3A Cognados falsos. Escoge la opción que mejor defina los siguientes términos.

1. asumir
   a. hacerse cargo de algo
   b. creer que algo es verdadero
   c. aceptar las deudas de otra persona

2. colegio
   a. universidad
   b. instituto de enseñanza para niños y jóvenes
   c. facultad académica

3. escuela
   a. facultad académica
   b. instituto de enseñanza para niños
   c. grupo de académicos

4. grado
   a. unidad de temperatura
   b. calificación
   c. jerarquía militar

5. inhabitable
   a. que se puede habitar
   b. que no se puede habitar
   c. que solo puede habitarse esporádicamente

6. papel
   a. hoja delgada
   b. investigación escrita
   c. ensayo académico

7. raza
   a. competencia
   b. competición
   c. linaje de una persona

8. sensible
   a. que responde con ecuanimidad
   b. racional
   c. que siente física y moralmente

8.3B Significados exactos. Completa las oraciones con la palabra o término correcto. Haz los cambios necesarios.

alfombra	decepción	ganga
bizarro	emocionante	pandilla
carpeta	emotivo	revolver
complexión	engaño	revólver
cutis	extraño	

1. Ramiro confunde a la gente, porque es un hombre de _____ gruesa, pero increíblemente _____: llora por todo.

2. El problema de las _____, es decir, de los grupos de jóvenes criminales, fue discutido anoche en la junta. Aquí tengo todos los documentos sobre la junta reunidos en esta _____.

3. Cuando llegó la policía, los agentes encontraron un _____ sobre la _____ del piso de la sala. Con esa arma asesinaron al señor López.

4. Juan es un hombre _____, es decir, no le tiene miedo a nada. Su vida, llena de aventuras, es verdaderamente _____.

5. El criminal recurre al _____ para robarle dinero a sus víctimas: les hace creer que está recaudando dinero para los pobres. Reconozco al criminal porque tiene un _____ muy malo, afectado por el acné.

Nombre _____ Fecha _____

8.3C Grandes diferencias. Escribe una oración con cada una de las siguientes palabras. Si no conoces el significado exacto de alguna palabra, búscala en el diccionario.

equivocado: _____

equívoco: _____

nudo: _____

desnudo: _____

advertencia: _____

anuncio: _____

apología: _____

disculpa: _____

GRAMÁTICA EN CONTEXTO

8.3D El imperfecto de subjuntivo. Completa las siguientes oraciones con las formas correctas del imperfecto de subjuntivo de los verbos indicados.

1. Era importante que todos los estudiantes _____ (poner) atención.

2. Roberto quería que sus hijos _____ (saber) la verdad: las hadas no existen.

3. Sus hijos le pidieron que les _____ (prometer) un regalo de cumpleaños.

4. Carmen me pidió que _____ (ir) con ella al cine a ver la película de horror.

5. Aunque Alberto te _____ (dar) dinero, tú no lo aceptarías.

6. Era innecesario que el profesor les _____ (insistir) todos los días: "Memoricen el vocabulario".

7. Si Lourdes _____ (venir) por mí, desde luego que iría a la fiesta.

8. Si ustedes nos _____ (decir) sus secretos, no los divulgaríamos.

8.3E Oraciones incompletas. Usa tu imaginación para completar las siguientes oraciones usando el imperfecto de subjuntivo.

1. Matías se alegró de que sus padres _____.

2. El doctor me dijo que _____.

3. Marcela les pidió a sus hermanos que _____.

4. Yo quería que Rodolfo _____.

5. Mis amigos querían que nosotros _____.

6. Creo que ayer tú no _____.

Si tuviera el día libre, lo **pasaría** en el parque de El Retiro.

8.3F Situaciones hipotéticas. Completa las siguientes oraciones hipotéticas con la forma correcta del condicional o del imperfecto de subjuntivo, según corresponda.

1. Si ganara más dinero, _____.

2. Aunque Rafael viniera a visitarme, _____.

3. Aprendería otro idioma si _____.

4. Conseguiría otro empleo si _____.

5. Si yo fuera el presidente, _____.

6. Si pudiera comprar _____.

LECTURA

8.3G Antes de leer. Las siguientes citas están tomadas de la lectura "Quien dice verdad", de Eraclio Zepeda. Todas las citas son parte del diálogo de los personajes, con su lenguaje particular. Escribe abajo de cada cita el significado de las palabras que están en **negrita**. Para algunas palabras vas a tener que cambiar la ortografía ligeramente. Para otras palabras va a ser necesario que te guíes por el contexto. Otras palabras más las puedes encontrar en el diccionario. Sigue el modelo.

MODELO "**Vos** lo mataste, Sebastián. Estabas loco de la furia pero vos **juiste** quien lo **cerrajó**".

_____*tú*_____   _____*fuiste*_____   _____*mató*_____

1. "Y **aluego** cuando quedó quieto lo soltaste y el **finado** Lorenzo se **jué** rodando por la cañada".

   _____   _____   _____

2. "Pero como es su modo, o era, porque ya es **dijunto**, no hizo caso de razones y **nomás** se empezó a **carcajiar** allá en San Ramón".

   _____   _____   _____

3. "**Tené** cuidado Lorenzo. [...] Te dejé salir, pero no **volvás**. Te lo estoy **alvirtiendo** Lorenzo".

   _____   _____   _____

4. "Ni estoy **ciscado**. Lo maté porque había que acabar lo que es malo, lo que es ponzoña, lo que **jiede**".

   _____   _____   _____

5. "La sangre dice que te quedés, pero los **policillas** y los **ladinos** no saben de esto. No saben la lengua ni el corazón. **Peláte**".

   _____   _____   _____

6. "Entonces **echáles** mentira. **Decí** que vos no **juíste**".

   _____   _____   _____

7. "Es mi castigo. **Ansina** está bueno. Mi corazón es limpio y si **juyo** se **apesta**".

   _____   _____   _____

8. "**Entuavía podés**, Sebastián. [...] **Agarrá** camino".

   _____   _____   _____

Quien dice verdad

Eraclio Zepeda (México)

—*Quien dice verdá tiene la boca fresca como si masticara hojitas de hierbabuena, y tiene los dientes limpios, blancos, porque no hay lodo en su corazón* —decía el viejo tata Juan.

Sebastián Pérez Tul nunca dijo palabra que no encerrara verdad. Lo que hablaba era lo cierto y así había sucedido algún día en algún lugar.

—*Los que tienen valor pueden ver de noche y llevar la frente erguida[1]. Quien es valiente conserva las manos limpias: sabe recoger su gusto y su pena. Sabe aceptar el castigo. Quien es miedoso huye de su huella[2] y sufre y grita y la luna no puede limpiarle los ojos. Quien no acepta su falta no tiene paz, y parece que todas las piedras le sangraran el paso porque no hay sabor en su cuerpo ni paz en su corazón* —decía el viejo tata Juan.

Sebastián Pérez Tul nunca evadió el castigo que limpia la falta. Nunca corrió caminos para engañar a la verdad. Nunca tembló ante las penas y vivía en paz con su corazón.

—*Quien no recuerda vive en el fondo de un pozo[3] y sus acciones pasadas se ponen agrias porque no sienten al viento ni al sol. Los que olvidan no pueden reír y el llanto vive en sus ojos porque no pueden recordar la luz* —decía el viejo tata Juan.

Sebastián Pérez vivía con sus recuerdos y estos caminaban a su lado y en su compañía saltaban de alegría y también se ponían a sufrir y a lamentarse. Sebastián Pérez Tul no olvidó nunca lo que sus manos acariciaron o sus pies destruyeron.

—*Aquel que hiere debe ser herido, y aquel que cura debe ser curado, y el que es matador debe ser matado, y el que perdona debe de ser olvidado en sus faltas. Pero aquel que hace daño y huye, no tiene amor en su espalda, y hay espinas[4] en sus párpados y el sueño le causa dolor y ya no puede volver a cantar* —decía el viejo tata Juan. Sebastián Pérez Tul estaba de acuerdo en todo y no dudó que ahora él debía de cumplir. Nunca pensó en negar que él, con sus manos, había matado al ladino[5] Lorenzo Castillo, comerciante en aguardientes[6].

—*Vos lo mataste, Sebastián. Estabas loco de la furia pero vos juiste quien lo cerrajó[7].*

---

1. levantada, 2. marca que se deja en el piso al caminar, 3. hoyo profundo, 4. partes agudas de algunas plantas, como las rosas, 5. mestizo, no indígena, 6. bebida alcohólica, 7. mató

Eraclio Zepeda, "Quien dice verdad," *Benzulul* (Fondo de Cultura Económica, México, 1996), pp. 105–114. D.R. © (1984) FONDO DE CULTURA ECONÓMICA. Carretera Picacho-Ajusco 227, C.P. 14738, México, D.F. Used with permission.

—Juí yo.

—Vos lo seguiste, Sebastián y le gritaste y él se detuvo.

—Le grité y se detuvo. Ese jué su mal: se detuvo.

—Vos lo alcanzaste y le hiciste reclamo...

—Le reclamé pué.

—Y vos le agarraste del pelo y lo porraseaste[8] y le empezaste a pegar...

—Le empecé a pegar. Pero yo ya no miraba nada y solo quería acabarlo.

—Y aluego cuando quedó quieto lo soltaste y el finado[9] Lorenzo se jué rodando por la cañada.

—Sí pué. Se puso blando y empezó a rodar. Sí pué.

—Vos juíste Sebastián. Pero él se lo anduvo buscando. Si ya lo había hecho el daño, pa qué volvió.

—Pa qué volvió. Esa jué la cosa.

Sebastián Pérez Tul estaba sentado en la entrada de su jacal[10] con los codos apoyados sobre sus gruesas y macizas rodillas, y la cabeza, llena de preocupaciones y sustos, en medio de sus manos. Estaba con el miedo secándole la lengua. Su hermano, el Fermín Pérez Jo, le hablaba y le quería quitar las ganas de arrepentirse.

—Vos se lo alvertiste en San Ramón, a la salida de Ciudad Real. Bien que se lo alvertiste. Todos lo oímos clarito.

—Pa que no me anduviera con cosas jué que se lo dije. Pa que supiera de dónde salía el camino. Pa que no le tomaran las cosas desprevenido. Yo se lo dije. Y todos lo oyeron...

—Pero como es su modo, o era, porque ya es dijunto[11], no hizo caso de razones y nomás se empezó a carcajiar[12] allá en San Ramón.

—Eso jué lo que me dio más rabia, Fermín; eso jué lo que me nubló la vista: se quedó riyendo sin hacer caso de palabras.

—Sí Sebastián, pero vos se lo anticipaste.

—No hice traición...

—No Sebastián; vos se lo anticipaste. En San Ramón se lo anticipaste.

San Ramón solo tiene una larga calle. Por allí corre el viento que viene de los cerros para irse a meter a Ciudad Real. Es solo una calle pero hay rencor y hay lodo, y hay maldad. San Ramón es el primer anuncio de ladinos que se encuentra cuando se llega a Ciudad Real; y es la última oportunidad para llenarse la boca de amargos cuando se sale de Ciudad Real. Es el último sitio. Hasta allí es que llegan

_____
8. golpeaste, 9. muerto, 10. casa muy pobre, 11. difunto, muerto, 12. carcajear, reír fuertemente

los comerciantes, los curas, los abogados, los burdeles, el viejo señorío, en suma, de Ciudad Real. Hasta allí es que llegan. Hasta allí es que se quedan.

—En San Ramón jué que se lo dije. Allí jué.

San Ramón tiene nombre de Santo, pero esto no es de primera intención. No es su nombre de origen, porque antes el gobierno le puso Ramón Larraiznar, pero ahora le nombran San Ramón. Los ladinos le hicieron el cambio porque cuando no hay protección de un santo, los pecados brillan en la oscuridad, y el diablo sigue los reflejos y se guía por los brillos hasta donde están las almas de aquellos que perdieron la pureza.

—Allá jué que me lo encontré de primeras. De nuevo como quien dice. Allá se lo hice ver su mal. Su daño que había dejado; y le hice su anticipo. Se lo anticipé[13] al Lorenzo.

En San Ramón vivía el Lorenzo Castillo, ladino, gordo, comerciante en aguardientes. Allá fue que se lo encontró Sebastián.

—Tené cuidado Lorenzo. No asomés por allá. Te dejé salir, pero no volvás. Te lo estoy alvirtiendo Lorenzo. No volvás.

—Calláte indio.

—Te dejé dormir en mi casa. Te di posada. Te dejé vender trago[14] en mi puerta. Pero cuando todos estábamos borrachos vos te pusiste a robar y aluego pepenaste[15] a mi hija y la dañaste y aluego te empezaste a burlar. No vayás a regresar. Te lo estoy anticipando...

—¡Indio mierda! Andarás engazado[16] por la borrachera. Que me voy a meter con tu hija. Ni conozco a la puta esa; pero si es india ha de estar toda apestosa[17] —y el Lorenzo enseñó su boca sucia y sus dientes negros en medio de una carcajada.

—Te lo dije tres veces. No asomés por allá.

—¿Me estás amenazando? ¿Desde cuándo los indios me hablan de igual a igual? Ese es que quiero que me digás. Anda, vamos al carajo, no sea que te vaya a meter a la cárcel por injurias[18] y amenazas ¿verdad licenciado? —y el viejo vestido de negro que estaba al lado de Lorenzo, con la cabeza afirmó y juntos se estuvieron riendo hasta que el Sebastián se perdió de vista.

Así fue como Sebastián Pérez Tul se lo advirtió. Quedó avisado. Se lo dijo las veces que deben de ser; ni una menos ni una más. Así fue como se lo anticipó.

—Pero él ni caso hizo, y te vino a hacer burla, Sebastián. Hasta tu casa te vino a buscar, Sebastián, y te insultó y se volvió a reír de tu hija, y dijo que estaba más galana[19].

---

13. advertí, 14. bebida, 15. agarraste, 16. confundido, 17. que huele muy mal, 18. insultos, 19. guapa

—Y ya estaba sobreaviso[20]. No jué traición.

—No jué traición, Sebastián. Jué a la buena.

Lorenzo Castillo llegó a este paraje[21], con sus garrafones[22] de aguardiente sobre las tres mulas viejas en que realizaba el comercio. Venía cayéndose de borracho desde San Juan Chamula; allá había hecho una buena venta y del gusto había estado bebiendo hasta que se sintió mareado y pensó en regresar. Iba para Ciudad Real, pero desde que vio el caserío de este lugar se le metió en la cabeza la idea de venir a burlarse del Sebastián. A la casa de este se dirigió, llegando, y le llamó a gritos, y le insultó y se puso a decir a todos lo de su hija.

—¡A mí los indios me la juegan!

—Vos lo mataste, Sebastián...

—Yo lo maté.

— Él tuvo la culpa. No te arrepintás. No tengás triste tu corazón.

—No me da remordimiento. Ni estoy ciscado[23]. Lo maté porque había que acabar lo que es malo, lo que es ponzoña[24], lo que jiede [25].

—Pero te debés juyir[26], Sebastián. Ayer que llevamos al dijunto dijeron que ahora te iban a agarrar.

—No me juyo.

—Peláte Sebastián. La sangre dice que te quedés, pero los policillas y los ladinos no saben de esto. No saben la lengua ni el corazón. Peláte.

—No.

—Entonces echáles mentira. Decí que vos no juíste. Nosotros lo vamos a decir también, porque ellos no hacen aprecio del corazón.

—No lo voy a negar. Yo juí.

—¡Sebastián! Juyíte. Ahí vienen ya los policillas[27] —gritó la Rosa López Chalchele.

—Yo lo maté. Es la verdad. La palabra es limpia. Yo juí.

—Sebastián peláte. Te van a llevar. A la cárcel te van a llevar.

—Es mi pago. Lo maté. Yo lo maté.

Los vecinos iban llegando. Hicieron una rueda ante la puerta del Sebastián. Le aconsejaban que se fuera. Que pusiera los pies en una vereda y se perdiera por un tiempo.

—¡Juyíte! Te podés juyir.

—Es mi castigo. Ansina[28] está bueno. Mi corazón es limpio y si juyo se apesta.

_____
20. advertido, 21. lugar, 22. botellas grandes, 23. asustado, 24. sustancia tóxica, 25. hiede, huele mal, 26. huir, escapar, 27. policías, 28. Así

Nombre _____ Fecha _____

—El que es ladino ya no se acuerda de la verdá, y cuando la encuentra solo se burla.

—Vos no tuviste la culpa Sebastián. Él se lo buscó.

—Vos se lo habías anticipado. Juyíte.

—No.

Los policías de la montada se recortaron sobre la loma. A un lado de la cruz del cerro se destacaban los grandes caballos que hacían saltar las piedras a su paso. Eran cinco.

—Entuavía[29] podés, Sebastián.

—Agarrá camino, Sebastián.

—Juyíte. Vos no tenés pecado.

—Jué el Lorenzo el que se lo buscó.

—Yo juí. No me voy. No me juigo.

Los caballos de los policías bajaron al llano. Se abrieron en una larga línea que abarcaba el pequeño valle.

—Todavía podés, Sebastián. Juyíte.

—Tenés mujer. Juyíte.

—Si te agarran te amuelan[30], Sebastián.

—Tenés hijos, Sebastián. Juyíte.

—No puedo. Estoy debiendo. No es bueno jugar al castigo.

Los policías desenfundaron sus armas. Un brillo frío brincó de los cañones de las carabinas. Ya están entrando al caserío.

—Corréte Sebastián. No te han visto. Al poco podés volver. Se van a olvidar.

—No.

—Sebastián. El Lorenzo era ladino. Vos sos indio. Corréte.

—No. Ansina es como debe ser. Debo quedarme.

Los perros empezaron a ladrar. Los policías estaban entrando a las calles del poblado. Ya se les veían las caras. Clarito oyeron cuando el sargento ordenó cortar cartucho; el ruido seco y ronco de los cerrojos de las carabinas[31] les llegó a la cara. Los perros seguían ladrando y uno de los policías le dio un latigazo[32] al que estaba más cercano. Todo esto lo vieron desde la casa del Sebastián.

—Escondéte. Podés todavía.

—No.

—Escondéte. Te van a fregar[33].

—Es el castigo.

_____
29. Todavía, 30. lastiman, 31. pistolas grandes, 32. golpe con una cuerda, 33. lastimar

—Son ladinos los policillas, Sebastián.

—Es el castigo.

—Castigo de otro es que saben, Sebastián.

Los policías se detuvieron a diez metros de los indígenas que los observaban temerosamente.

—Sebastián Pérez Tul: reo[34] de asesinato, —gritó el sargento de policía.

Todos permanecieron callados. Clavaron la vista al suelo.

—¿Quién conoce a este desgraciado[35]? —volvió a gritar.

Sebastián se levantó de su puerta. Se dirigió a los policías. Todos se le quedaron viendo. Algunos cerraron los puños para no detenerlo.

—¿Quién sabe dónde putas está el asesino? —preguntó a gritos el sargento. Todos los ojos se clavaron en el Sebastián que se iba yendo a donde estaban los policías.

—Aquí estoy, gobierno...

—¿Quién sos vos?

—Sebastián Pérez Tul.

—¿Por qué no te pelaste?

—Porque no.

—¿Querés ir a la cárcel?

—Sí.

—¿No tenés dinero pa que te defienda un licenciado en Ciudad Real?

—No.

—Bueno. Volteáte pa que te amarren.

El Sebastián se dio la vuelta. Quedó de espaldas a los policías y con los ojos quería despedirse de su casa, de su mujer, de sus hijos, de su gente, de sus montañas.

El Sebastián estaba tranquilo. Nunca conoció su boca más palabra que la de la verdad, y nunca hubo miedo en sus ojos, y siempre tuvo la frente erguida. Nunca hubo temor en sus piernas ante el castigo.

—Ahora —dijo el sargento.

El Sebastián Pérez Tul no supo cómo fue la cosa. La gente oyó un disparo[36] y vieron que aquel caía de rodillas.

—Pa qué perdemos tiempo con éste —dijeron los policías y se alejaron al galope[37].

34. persona que debe ser castigada, 35. despreciable, 36. tiro con un arma de fuego, 37. al... con los caballos corriendo

—Sebastián, Sebastián, te lo estamos diciendo. Sebastián.

Alguien se arrodilló[38] para levantarlo. Le pasó la mano detrás de la nuca y sintió que por los dedos le corría la sangre del Sebastián. Tenía la cabeza destrozada.

—Te lo dijimos. Te hubieras juyido, Sebastián.

Entre varios vecinos levantaron el cuerpo.

—Quien dice verdá tiene la boca fresca como si masticara hojitas de hierbabuena... —Así empezó a decir el viejo tata Juan, pero la voz se le quebró y los ojos se le llenaron de lágrimas.

---

38. ponerse de rodillas

8.3H Comprensión. Escoge la respuesta correcta a cada una de las siguientes preguntas.

1. ¿Cuáles son las enseñanzas del viejo tata Juan?
   a. Hay que decir la verdad, tener los dientes limpios y nunca huir del castigo.
   b. No hay que decir mentiras, hay que ser valiente y hay que aceptar el castigo.
   c. Hay que llevar la frente erguida, ser valiente y matar borrachos.

2. Sebastián Pérez Tul mató a Lorenzo Castillo porque...
   a. los ladinos son todos injustos con los indígenas.
   b. vendió bebidas alcohólicas en su casa.
   c. violó a su hija y luego volvió para burlarse.

3. ¿Cómo mató Sebastián a Lorenzo Castillo?
   a. Le disparó con una carabina de los ladinos.
   b. Lo golpeó hasta matarlo.
   c. Lo empujó a una cañada.

4. ¿Qué quieren los amigos y parientes de Sebastián que Sebastián haga?
   a. Quieren que se escape de los ladinos que vienen a buscarlo.
   b. Quieren que vaya a San Ramón a entregarse a la policía.
   c. Quieren que sea valiente, como sugiere el viejo tata Juan.

5. ¿Por qué le sugiere la gente a Sebastián que huya?
   a. La policía puede lastimar a su mujer y a toda su familia si no huye.
   b. Las personas que vienen a buscarlo no tienen el mismo concepto de justicia que los indígenas.
   c. Es ilegal matar a ladinos.

6. ¿Por qué matan los policías a Sebastián Pérez Tul?
   a. Los indígenas no deben matar a los ladinos.
   b. Creyeron que Sebastián iba a escaparse.
   c. Sebastián es indígena y no tiene dinero para pagar un abogado.

Nombre _____ Fecha _____

8.31 Interpretación. Contesta las siguientes preguntas sobre el cuento.

    1. Describe en tus propias palabras cuál es la filosofía del viejo tata Juan.

_____

_____

_____

_____

    2. Describe en orden cronológico lo que ocurrió entre Lorenzo Castillo y Sebastián Pérez Tul.

_____

_____

    3. ¿Qué piensan los personajes indígenas acerca de los ladinos?

_____

_____

    4. ¿Qué piensan los personajes ladinos acerca de los indígenas? ¿Cómo se refieren a ellos?

_____

_____

    5. ¿Cómo es la justicia de los personajes indígenas y cómo es la justicia de los personajes ladinos?

_____

_____

_____

    6. En tu opinión, ¿qué derechos humanos entran en juego en el cuento de Zepeda?

_____

_____

_____

_____

EL MUNDO ES UN MERCADO

9.1 Cómo llegar de un punto a otro

VOCABULARIO EN CONTEXTO

9.1A El transporte. Une cada término relacionado con el transporte con su definición más lógica.

_____ 1. aterrizar

_____ 2. barco de vela

_____ 3. boleto de ida y vuelta

_____ 4. buque de carga

_____ 5. despegar

_____ 6. equipaje de mano

_____ 7. transbordador

_____ 8. volar con escalas

a. Acto de viajar en un avión con paradas intermedias entre el punto de partida y el destino.

b. Documento que da derecho a un pasajero de viajar a un destino y de volver al punto de partida.

c. Conjunto de cosas que se llevan en los viajes y que pueden llevarse en la misma cabina del avión en que viajan los pasajeros.

d. Acto de tocar tierra cuando se está dentro de un avión.

e. Embarcación destinada al transporte de productos.

f. Acto de separación del suelo que hace un avión para iniciar el vuelo.

g. Embarcación destinada sobre todo al transporte de pasajeros.

h. Barco relativamente pequeño propulsado por el viento y una tela grande elevada.

9.1B Intruso. Encuentra en cada uno de los siguientes grupos de palabras el término que no corresponde al grupo semántico.

1. ida, primera clase, vuelta, avión

2. volar, aterrizar, escalar, despegar

3. camioneta, avión, tren, vehículo todo terreno

4. despegue, sin escalas, directo, internacional

5. buque, embarcación, camión, velero

6. pasajeros, de ida y vuelta, carga, equipaje

7. sobreviviente, accidente, avionazo, billete

8. asistente de vuelo, piloto, equipaje, pasajero

9.1C Definiciones. Escribe una definición para cada uno de los siguientes términos. Si no conoces algún término, búscalo en el diccionario.

1. la clase turista: _____

2. la estación: _____

3. facturar el equipaje: _____

4. control de seguridad: _____

5. la demora: _____

6. la sala de espera: _____

7. la confirmación: _____

8. boleto no reembolsable: _____

GRAMÁTICA EN CONTEXTO

9.1D Cláusulas nominales. Completa las oraciones con el imperfecto del subjuntivo o el infinitivo, según corresponda.

1. Juana quería que su esposo _____ (preparar) la cena.

2. Rubén, en cambio, quería _____ (leer) el periódico.

3. Nos gustaría que el gobernador _____ (venir) a visitarnos.

4. Al gobernador le gustaría _____ (obtener) nuestros votos.

5. El profesor recomendaba que sus estudiantes _____ (traer) el libro todos los días.

6. Los estudiantes recomendaban _____ (traer) un diccionario a la clase, porque no entendían todo el vocabulario.

7. La asistente de vuelo sugería _____ (abrocharse) los cinturones.

8. También sugirió que nosotros _____ (poner) el equipaje abajo del asiento.

9.1E Cláusulas adjetivales. Completa las oraciones con la conjugación correcta de los verbos indicados.

1. Las autoridades buscaban a un hombre que _____ (llevar) una chaqueta roja.

2. Iba a poner un anuncio en el periódico. Necesitaba a alguien que _____ (poder) escribir cincuenta palabras por minuto.

3. Durante el viaje conocimos a un señor que _____ (trabajar) en el circo.

4. El jefe buscaba a un empleado que _____ (saber) utilizar todos los programas de la computadora, pero ese empleado había renunciado seis meses antes.

5. Los ciudadanos pedían un candidato que _____ (poner) fin a la burocracia, pero todos los candidatos los decepcionaron.

6. Mi padre quería un hijo que _____ (tener) intereses científicos, pero mis hermanos y yo somos todos artistas.

7. La compañía necesitaba un director que _____ (entender) la importancia del comercio internacional, pero no encontraron ningún candidato bueno.

8. Teresa quería tomar un tren que _____ (llegar) a Tegucigalpa a las nueve de la noche. Lo tomaba todas las semanas.

Photo by Max Ehrsam and Kyle Szary

Buscábamos a un guía que **nos mostrara** el Palacio Real.

ACENTUACIÓN Y ORTOGRAFÍA

▬ EL FONEMA /rr/

A continuación se presentan las reglas que distinguen los usos de la letra *r* y del dígrafo *rr* en representación del fonema /rr/.

a. Uso de la *r* en representación del fonema /rr/.

1. Se usa la letra *r* en representación del fonema /rr/ al principio de la palabra.

    Raúl   **r**emo   **r**isa   **R**oberto   **r**umiante

2. Se usa la letra *r* en representación del fonema /rr/ cuando este ocurre después de una consonante perteneciente a la sílaba anterior, normalmente *l*, *n* o *s*.

    al/**r**ededor   en/**r**edo   Is/**r**ael

b. Uso del dígrafo *rr* en representación del fonema /rr/.

Se usa el dígrafo *rr* en representación del fonema /rr/ cuando este ocurre entre dos vocales.

    cat**arro**   p**erro**   fe**rro**ca**rril**   cig**arro**   co**rre**o

9.1F ¿R o rr? Escoge la opción correcta, de acuerdo con las reglas de ortografía.

1. Mi hermano cree que viajar en avión es muy ca_o; prefiere viajar en ca_o.
   a. r, r
   b. rr, rr
   c. r, rr
   d. rr, r

2. En el cuadro, los genitales de Adán y Eva están cubiertos con hojas de pa_a pa_a evitar la desnudez.
   a. r, r
   b. rr, rr
   c. r, rr
   d. rr, r

3. Claro que conozco la película *El pe_o andaluz,* pe_o no recuerdo el nombre del director.
   a. r, r
   b. rr, rr
   c. r, rr
   d. rr, r

4. La pe_a del vecino tiró toda la fruta al suelo. ¡Mira, allá están las pe_as!
   a. r, r
   b. rr, rr
   c. r, rr
   d. rr, r

5. Con_ado dice que sus padres llegarán al_ededor de las cinco.
   a. r, r
   b. rr, rr
   c. r, rr
   d. rr, r

6. El hombre hon_ado _ecupera la dignidad a pesar de las vicisitudes.
   a. r, r
   b. rr, rr
   c. r, rr
   d. rr, r

7. La gran pa_adoja del susu_o: cuando hablas en voz baja, más gente te oye.
   a. r, r
   b. rr, rr
   c. r, rr
   d. rr, r

8. ¿No es te_ible lo que le sucedió al ejército is_aelí?
   a. r, r
   b. rr, rr
   c. r, rr
   d. rr, r

9.2 El mercado internacional

VOCABULARIO EN CONTEXTO

9.2A Los negocios internacionales. Lee cada una de las siguientes definiciones y escoge el término definido al que se refieran.

1. Relación entre lo producido y los medios empleados (por ejemplo, la mano de obra, los materiales o la energía).
   a. competencia
   b. productividad
   c. ganancia

2. Número negativo que resulta de la comparación entre el dinero que se tiene y el capital invertido en una empresa.
   a. beneficio
   b. tarifa
   c. déficit

Nombre _____ Fecha _____

3. Conjunto de mercancías que se venden a otro país.
   a. importación
   b. exportación
   c. implosión

4. Productos que se compran para ser usados directamente por las personas que los compran.
   a. bienes de consumo
   b. productos no reciclables
   c. mercancía consumista

5. Gasto que se hace de un dinero con la intención de recibir una cantidad mayor.
   a. superávit
   b. déficit
   c. inversión

6. Valor comparativo de las monedas de diferentes países.
   a. dólar
   b. tipo de cambio
   c. tarifa

7. Término que se usa para referirse a toda nación que no es la propia.
   a. extranjero
   b. binacional
   c. territorio aduanal

8. Lugar en donde se negocian acciones, futuros, participación en sociedades, etcétera.
   a. bolsa de valores
   b. mercado comercial
   c. intercambio mercantil

9.2B Un paso más en los negocios. ¿Cuál es el significado de los siguientes términos relacionados con los negocios?

1. el capital
   a. conjunto de bienes que alguien tiene
   b. población principal de un país o un estado

2. estado financiero
   a. reporte de dinero
   b. lugar donde se intercambian acciones y valores

3. deuda
   a. persona que se dedica a los negocios
   b. obligación que alguien tiene de pagar una cantidad específica de dinero

4. endosar
   a. reconocer la recepción de un documento mediante una firma
   b. ceder a favor de alguien el valor de un cheque

5. arrendatario
   a. lugar destinado al encuentro de personas de negocios
   b. persona o empresa que alquila un espacio o un servicio

6. valorar
   a. señalar el precio de algo
   b. exagerar en beneficio propio un tipo de cambio

9.2C Definiciones. Define los siguientes términos relacionados con los negocios. Si no conoces algún término, búscalo en el diccionario.

1. bono: _____

2. certificado de origen: _____

3. fecha de vencimiento: _____

4. ingreso neto: _____

5. gasto de operación: _____

Nombre _____ Fecha _____

GRAMÁTICA EN CONTEXTO

9.2D Cláusulas adverbiales. Completa las oraciones con las cláusulas adverbiales de la siguiente lista. Pon atención al contexto y al tiempo en el que están conjugados los verbos para saber qué cláusula adverbial debes usar. No repitas cláusulas.

a menos que   para que   puesto que
antes de que   porque   sin que

1. Íbamos a vender nuestros productos más caros _____ obtuviéramos ganancias. Si los vendíamos baratos, no habríamos ganado dinero.

2. La empresa perdió dinero _____ el tipo de cambio no la favorecía.

3. Iban a importar un nuevo producto _____ las tarifas aduaneras fueran demasiado elevadas. Si las tarifas eran elevadas, no iban a importar nada.

4. Debían aumentar la productividad de esa empresa _____ terminara ese año fiscal. Era importante terminar el año con una productividad elevada.

5. Todos se sorprendieron cuando el precio de las acciones bajó súbitamente, _____ todos pensaban que estas acciones tenían un precio muy estable.

6. Mantuvieron la empresa abierta _____ el gobierno tuviera que darles préstamos. La sacaron adelante sin la intervención del gobierno.

9.2E ¿Subjuntivo o indicativo? Completa las siguientes oraciones con la forma correcta de los verbos indicados. Pon atención a las cláusulas adjetivas para saber si debes usar el subjuntivo o el indicativo.

1. Firmaron un nuevo tratado a fin de que las próximas negociaciones _____ (ser) más justas.

2. Las aduanas admiten la importación de cualquier tipo de producto con tal de que los importadores _____ (pagar) las tarifas requeridas.

3. La competencia provocó una pérdida en las ganancias, ya que _____ (vender) la mercancía a precios más accesibles.

4. El negocio fue considerado un éxito, puesto que _____ (beneficiar) a todos los participantes.

5. Debían de tener todos los documentos y archivos en orden, en caso de que _____ (venir) un inspector de aduanas.

6. La productividad iba a aumentar, a menos que los empleados _____ (quedarse) sin materia prima.

9.2F Cláusulas variables. Las siguientes cláusulas pueden estar en el indicativo o el subjuntivo, dependiendo del contexto. Lee las oraciones con cuidado para determinar el contexto y el modo en el que debes conjugar los verbos.

1. Cuando Marta iba a Perú, siempre _____ (visitar) Machu Picchu.

2. Cuando Marta _____ (volver) de Perú, siempre me traía un regalo estupendo.

3. Le decía a Rafael que me _____ (llamar) después de estudiar.

4. En cuanto Rafael _____ (cerrar) el libro, nos íbamos al cine.

5. Miguel solía ir al gimnasio hasta que _____ (lastimarse) un tendón.

6. Miguel no podía ir al gimnasio hasta que _____ (recuperarse) completamente.

7. Yo llamaba a mis padres en cuanto _____ (poder).

8. Yo les pedía a mis padres que me enviaran dinero en cuanto _____ (poder).

A VER Y ESCUCHAR

9.2G Antes de ver. Las siguientes preguntas y respuestas son empleadas en el video correspondiente a la Lección 9. Antes de ver el video, une cada pregunta de la columna izquierda con la respuesta más lógica de la columna derecha. En algunos casos hay más de una respuesta por cada pregunta.

_____ 1. ¿En qué profesiones es importante saber inglés y español?

_____ 2. ¿Hay más posibilidades de éxito para quienes saben inglés y español?

_____ 3. ¿Por qué es importante que una enfermera sea bilingüe?

_____ 4. ¿A tus amigos les interesa aprender el español?

_____ 5. ¿Qué opinas de las clases en línea?

_____ 6. ¿Cómo se aprende mejor el español?

a. "Al saber el idioma español, es la intermediaria entre un paciente y un doctor".

b. "En cualquier profesión donde uno trata con el público [...]: médicos, trabajadores sociales, trabajadores de gobierno".

c. "Son de bastante ayuda para la gente que no tiene la flexibilidad de ir a la escuela físicamente".

d. "Los que tienen dos idiomas siempre tienen una ventaja competitiva".

e. "Hay muchas oportunidades que se abren cuando uno habla dos idiomas".

f. "Les interesa para [...] viajar, conocer gente nueva".

g. "A través de la música. [...] Es una manera de acercarse a la cultura".

h. "Personalmente, prefiero las clases cara a cara con un profesor".

i. "Quienes hablan dos idiomas tienen más oportunidades de trabajo y de éxito en la vida. [...] Dos idiomas indican dos oportunidades".

j. "El hablar español puede salvar una vida".

k. "Lo más importante es tener muchas oportunidades para escucharlo".

l. "Las relacionadas con la enseñanza, con el lenguaje [...]: traducción, corrección de textos o escribir textos".

9.2H Comprensión. Ve el video y contesta las siguientes oraciones con la opción correcta, según lo que dijeron las personas entrevistadas.

1. Según Carlos (Argentina), ¿en qué profesiones es importante saber inglés y español?

   Son importantes en las profesiones...
   a. que tengan que ver con libros.
   b. que tengan que ver con el servicio social y el trabajo con el gobierno.
   c. relacionadas con la pedagogía.
   d. relacionadas con la corrección de textos.

2. ¿Por qué cree Lily (México) que es bueno hablar dos idiomas?
   a. Las personas bilingües tienen más posibilidades de éxito en la vida.
   b. Los idiomas equivalen a barreras que deben romperse para mejorar la comunicación entre las diversas culturas.
   c. Hay más posibilidades de obtener un trabajo de impacto global.
   d. El éxito está garantizado, sobre todo cuando el segundo idioma es el español.

3. Según Lily es importante ser una enfermera bilingüe porque...
   a. se pueden evitar errores graves, como cirugías innecesarias.
   b. es importante que la enfermera pueda consolar al paciente en su propio idioma.
   c. con dos idiomas la enfermera puede salvar una vida.
   d. las enfermeras bilingües tienen acceso a oportunidades de trabajo más lucrativas.

4. ¿Cuáles son algunos de los motivos por los que a los amigos de Maddie (Puerto Rico) les interesa el español?
   a. para el trabajo, para el futuro de sus hijos y para viajar y conocer gente nueva
   b. como forma de enriquecimiento monetario y personal
   c. porque el español está de moda y va a ser un idioma tan importante en Estados Unidos como el inglés
   d. para entender la música latina y tener mejor acceso a la cultura

5. ¿Cuáles son las ventajas que Lily menciona con respecto a las clases en línea?
   a. distanciamiento e inmediatez
   b. costo y efectividad
   c. flexibilidad y costo
   d. oportunidades y acceso a ayuda inmediata

6. En la opinión de Maddie, ¿qué métodos son productivos para aprender español?
   a. la enseñanza de la música y la memorización de las conjugaciones verbales
   b. la memorización de canciones latinas y el acercamiento a la cultura
   c. las clases cara a cara con el profesor y las listas de vocabulario
   d. la música latina y las múltiples oportunidades de escuchar la lengua

9.21 **Entrevista.** Algunas de las siguientes preguntas fueron hechas en el video. Contéstalas ahora con tus propias opiniones. Si quieres, puedes decir si estás de acuerdo o no con las personas entrevistadas.

1. ¿En qué profesiones es importante saber inglés y español?

_____

_____

2. En tu opinión, ¿hay más posibilidades de éxito para quienes saben inglés y español?

_____

_____

3. ¿A tus amigos les interesa aprender el español? ¿Por qué?

_____

_____

4. ¿Cómo se aprende mejor el español? ¿Qué métodos te parecen más efectivos y cuáles te parecen menos efectivos?

_____

_____

5. ¿Qué ventajas crees que vayas a tener en tu vida por ser bilingüe?

_____

_____

9.3 La inversión en las palabras

VOCABULARIO EN CONTEXTO

9.3A **Amplía tu vocabulario.** La siguiente es una lista de sustantivos de uso elevado en español. Junto a cada sustantivo está su significado. Después de leer todos los sustantivos, úsalos para completar las oraciones, de acuerdo con los contextos. Intenta memorizar todos los sustantivos para que puedas usarlos en el futuro.

abrigaño (*m.*)	lugar defendido de los vientos
bicuento (*m.*)	billón (un millón de millones)
cartapel (*m.*)	carta o papel que contiene cosas inútiles o triviales
dicterio (*m.*)	dicho común que se usa para insultar
husmo (*m.*)	olor que despiden las cosas que están a punto de podrirse
intuito (*m.*)	vistazo, mirada superficial
maca (*f.*)	daño o defecto ligero
oreo (*m.*)	soplo de aire ligero que da contra algo
rehílo (*m.*)	temblor de algo que se mueve ligeramente
sopapo (*m.*)	golpe en la cara con la mano abierta

1. Antes de volver la cara, María siente el _____ de una respiración en la nuca.

2. Martín dejó la carne afuera del refrigerador. Puedo oler el _____ en toda la casa.

3. El déficit total de esas compañías es de un _____.

4. Enfurecido por el insulto, César le dio un _____ doloroso al desconocido.

5. Compré unos pañuelos en el almacén de liquidaciones. Están mal hechos: todos tienen _____.

6. En esta clase no soportamos comentarios racistas, misóginos y homófobos. Tampoco quiero escuchar un solo _____.

7. Los niños se refugiaron en un _____ para protegerse del mal clima.

8. El biólogo observó el _____ de la telaraña con mucha atención. Apenas se movía.

9. No se preparó para el examen; apenas dio un _____ al libro de texto.

10. Carlos me envió una supuesta carta de disculpa, pero no era más que un _____.

9.3B Más sustantivos. A continuación hay una lista de seis sustantivos más. Para continuar ampliando tu vocabulario, busca en un diccionario los significados de cada uno de los seis sustantivos y escríbelos a continuación.

acervo _____

etopeya _____

fanfarrón _____

marasmo _____

perista _____

proteo _____

9.3C Sustantivos en contexto. Ahora escoge al menos seis de los sustantivos anteriores (puedes elegir algunos de la actividad **9.3A** y otros de la actividad **9.3B**) y escribe seis oraciones originales con ellos.

1. _____

2. _____

3. _____

4. _____

5. _____

6. _____

GRAMÁTICA EN CONTEXTO

9.3D El presente perfecto de subjuntivo. Completa los siguientes diálogos con el presente perfecto de subjuntivo de los verbos en **negrita**.

1. —¿Crees que Máximo me **vio**?

   —No, no creo que te _____.

2. —¿Crees que **murió** alguien en el accidente?

   —Sí, es probable que _____ algunas personas.

3. —¿Crees que Jean-Claude **vivió** en Francia?

   —Sí, es posible que _____ en París.

4. —¿Crees que los niños **pusieron** la carta en el correo?

   —No, no creo que la _____ en el correo.

5. —¿Crees que **ofendimos** al anfitrión?

   —No, no creo que nosotros _____ al anfitrión.

6. —¿Crees que **abra** el supermercado hoy?

   —Sí, es probable que _____ a las seis de la mañana.

7. —¿Crees que Felipe nos **dijo** la verdad?

   —No, no creo que nos _____ la verdad.

8. —¿Crees que **hicimos** nuestro mayor esfuerzo?

   —No, no creo que nosotros _____ nuestro mayor esfuerzo.

Photo by Max Ehrsam and Kyle Szary

Es increíble que **hayan descubierto** vestigios del Templo Mayor justo al lado de la Catedral.

9.3E Oraciones incompletas. Usa tu imaginación para completar las siguientes oraciones con el presente perfecto del subjuntivo.

1. José duda que su amigo _____.

2. El policía quiere que nosotros _____.

Nombre _____ Fecha _____

3. Ojalá que Pablo _____.

4. En mi clase no hay nadie que _____.

5. Mis padres esperan que yo _____.

6. Me alegro de que mis hermanos _____.

7. Yo no creo que mi novio/a _____.

8. Yo siento que ustedes _____.

LECTURA

9.3F Antes de leer. Las siguientes citas están tomadas de la lectura "Míster Taylor", de Augusto Monterroso. Escoge la opción que más se acerque al significado original de cada cita.

1. "[Mr. Taylor] había pulido su espíritu hasta el extremo de no tener un centavo".
   a. Había perdido todo, hasta el espíritu.
   b. Se había limpiado espiritualmente al punto que ya era pobre.
   c. Le había costado todo su dinero pulir su espíritu.

2. "Un largo estremecimiento recorrió la sensitiva espalda de Mr. Taylor. Pero [...] arrostró el peligro y siguió su camino silbando como si nada hubiera visto".
   a. Sintió miedo, pero enfrentó el peligro, fingió ignorancia y continuó caminando.
   b. Sintió dolor de espalda, pero lo esquivó silbando, como si nada hubiera sucedido.
   c. Aunque le tembló la espalda, no supo que había estado en peligro y siguió su camino.

3. "[...] interrumpido tan solo por el zumbar de las moscas acaloradas que revoloteaban en torno haciéndose obscenamente el amor".
   a. Como moscas, las personas hacían el amor junto a él, impúdicamente.
   b. Solo el ruido de las moscas copulando interrumpía su pensamiento.
   c. Escuchaba obscenamente a las moscas y se las imaginaba haciéndose el amor.

4. "Mr. Taylor, hombre rudo y barbado pero de refinada sensibilidad artística, tuvo el presentimiento de que el hermano de su madre estaba haciendo negocio con ellas".
   a. Su sensibilidad artística lo ayudó a determinar que su tío estaba negociando.
   b. A pesar de su aspecto, le causó sentimiento que su tío estuviera haciendo negocios.
   c. Creyó que el hermano de su madre estaba negociando con su barba y su sensibilidad.

5. "Los juristas se consultaron unos a otros y elevaron a la categoría de delito, penado con la horca o el fusilamiento, según su gravedad, hasta la falta más nimia".
   a. Las personas que hacen las leyes decidieron que las transgresiones más leves eran causa de muerte.
   b. Las personas que hacen las leyes decidieron que la pena de muerte no era una falta tan grave.
   c. Los juristas catalogaron las formas de matar a los delincuentes según su gravedad.

6. "La maleza, de nuevo, se apoderó de las dos [veredas], haciendo difícil y espinoso el delicado paso de las damas".
   a. La gente mala tomó poder de los caminos por donde iban las damas delicadas.
   b. Las plantas se apoderaron de las veredas, las espinas y el paseo de las damas.
   c. Los arbustos y otras plantas con espinas cubrieron los caminos y dificultaron el tránsito de las damas delicadas.

Míster Taylor

Augusto Monterroso (Guatemala)

—Menos rara, aunque sin duda más ejemplar —dijo entonces el otro—, es la historia de Mr. Percy Taylor, cazador[1] de cabezas en la selva amazónica.

Se sabe que en 1937 salió de Boston, Massachusetts, en donde había pulido[2] su espíritu hasta el extremo de no tener un centavo. En 1944 aparece por primera vez en América del Sur, en la región del Amazonas, conviviendo con los indígenas de una tribu cuyo nombre no hace falta recordar.

Por sus ojeras[3] y su aspecto famélico[4] pronto llegó a ser conocido allí como "el gringo pobre", y los niños de la escuela hasta lo señalaban con el dedo y le tiraban piedras cuando pasaba con su barba brillante bajo el dorado sol tropical. Pero esto no afligía[5] la humilde condición de Mr. Taylor porque había leído en el primer tomo de las *Obras completas* de William G. Knight que si no se siente envidia de los ricos la pobreza no deshonra.

En pocas semanas los naturales se acostumbraron a él y a su ropa extravagante. Además, como tenía los ojos azules y un vago[6] acento extranjero, el Presidente y el Ministro de Relaciones Exteriores lo trataban con singular respeto, temerosos de provocar incidentes internacionales.

Tan pobre y mísero[7] estaba, que cierto día se internó en la selva en busca de hierbas para alimentarse. Había caminado cosa de varios metros sin atreverse a volver el rostro[8], cuando por pura casualidad vio a través de la maleza[9] dos ojos indígenas que lo observaban decididamente. Un largo estremecimiento[10] recorrió la sensitiva espalda de Mr. Taylor. Pero Mr. Taylor, intrépido, arrostró[11] el peligro y siguió su camino silbando como si nada hubiera visto.

De un salto (que no hay para qué llamar felino) el nativo se le puso enfrente y exclamó:

—*Buy head? Money, money.*

A pesar de que el inglés no podía ser peor, Mr. Taylor, algo indispuesto, sacó en claro que el indígena le ofrecía en venta una cabeza de hombre, curiosamente reducida, que traía en la mano.

Es innecesario decir que Mr. Taylor no estaba en capacidad de comprarla; pero como aparentó no comprender, el indio se sintió terriblemente disminuido por no hablar bien el inglés, y se la regaló pidiéndole disculpas.

---

1. buscador, 2. limpiado, 3. manchas bajo los ojos, 4. flaco, con mucha hambre, 5. molestaba, 6. ligero, 7. infeliz, 8. cara, 9. espesura de plantas, 10. temblor, 11. enfrentó

Augusto Monterroso, "Mister Taylor," from *Obras completas (y otros cuentos)* Ediciones ERA (January 1, 2007), pp. 9–19. Used with permission.

Grande fue el regocijo[12] con que Mr. Taylor regresó a su choza. Esa noche, acostado boca arriba sobre la precaria estera[13] de palma que le servía de lecho[14], interrumpido tan solo por el zumbar de las moscas acaloradas que revoloteaban[15] en torno haciéndose obscenamente el amor, Mr. Taylor contempló con deleite durante un buen rato su curiosa adquisición. El mayor goce estético lo extraía de contar, uno por uno, los pelos de la barba y el bigote, y de ver de frente el par de ojillos entre irónicos que parecían sonreírle agradecidos por aquella deferencia.

Hombre de vasta[16] cultura, Mr. Taylor solía entregarse a la contemplación; pero esta vez en seguida se aburrió de sus reflexiones filosóficas y dispuso obsequiar la cabeza a un tío suyo, Mr. Rolston, residente en Nueva York, quien desde la más tierna infancia había revelado una fuerte inclinación por las manifestaciones culturales de los pueblos hispanoamericanos.

Pocos días después el tío de Mr. Taylor le pidió —previa indagación sobre el estado de su importante salud— que por favor lo complaciera con cinco más. Mr. Taylor accedió[17] gustoso al capricho de Mr. Rolston y —no se sabe de qué modo— a vuelta de correo "tenía mucho agrado en satisfacer sus deseos". Muy reconocido, Mr. Rolston le solicitó otras diez. Mr. Taylor se sintió "halagadísimo[18] de poder servirlo". Pero cuando pasado un mes aquél le rogó el envío de veinte, Mr. Taylor, hombre rudo y barbado pero de refinada sensibilidad artística, tuvo el presentimiento de que el hermano de su madre estaba haciendo negocio con ellas.

Bueno, si lo quieren saber, así era. Con toda franqueza, Mr. Rolston se lo dio a entender en una inspirada carta cuyos términos resueltamente comerciales hicieron vibrar como nunca las cuerdas del sensible espíritu de Mr. Taylor.

De inmediato concertaron una sociedad en la que Mr. Taylor se comprometía a obtener y remitir[19] cabezas humanas reducidas en escala industrial, en tanto que Mr. Rolston las vendería lo mejor que pudiera en su país.

Los primeros días hubo algunas molestas dificultades con ciertos tipos del lugar. Pero Mr. Taylor, que en Boston había logrado las mejores notas con un ensayo sobre Joseph Henry Silliman, se reveló como político y obtuvo de las autoridades no solo el permiso necesario para exportar, sino, además, una concesión exclusiva por noventa y nueve años. Escaso trabajo le costó convencer al guerrero Ejecutivo y a los brujos Legislativos de que aquel paso patriótico enriquecería en corto tiempo a la comunidad, y de que luego luego estarían todos los sedientos aborígenes en posibilidad de beber (cada vez que hicieran una pausa en la recolección de cabezas) de beber un refresco bien frío, cuya fórmula mágica él mismo proporcionaría.

___

12. la felicidad, 13. **precaria...** frágil alfombra de palma, 14. cama, 15. volaban, 16. amplia, 17. aceptó, 18. muy feliz, 19. enviar

Cuando los miembros de la Cámara, después de un breve pero luminoso[20] esfuerzo intelectual, se dieron cuenta de tales ventajas, sintieron hervir su amor a la patria y en tres días promulgaron[21] un decreto exigiendo al pueblo que acelerara la producción de cabezas reducidas.

Contados meses más tarde, en el país de Mr. Taylor las cabezas alcanzaron aquella popularidad que todos recordamos. Al principio eran privilegio de las familias mas pudientes[22]; pero la democracia es la democracia y, nadie lo va a negar, en cuestión de semanas pudieron adquirirlas hasta los mismos maestros de escuela.

Un hogar sin su correspondiente cabeza teníase por un hogar fracasado. Pronto vinieron los coleccionistas y, con ellos, las contradicciones: poseer diecisiete cabezas llegó a ser considerado de mal gusto; pero era distinguido tener once. Se vulgarizaron tanto que los verdaderos elegantes fueron perdiendo interés y ya solo por excepción adquirían alguna, si presentaba cualquier particularidad que la salvara de lo vulgar. Una, muy rara, con bigotes prusianos, que perteneciera en vida a un general bastante condecorado, fue obsequiada al Instituto Danfeller, el que a su vez donó, como de rayo, tres y medio millones de dólares para impulsar el desenvolvimiento de aquella manifestación cultural, tan excitante, de los pueblos hispanoamericanos.

Mientras tanto, la tribu había progresado en tal forma que ya contaba con una veredita[23] alrededor del Palacio Legislativo. Por esa alegre veredita paseaban los domingos y el Día de la Independencia los miembros del Congreso, carraspeando[24], luciendo sus plumas, muy serios riéndose, en las bicicletas que les había obsequiado la Compañía.

Pero, ¿qué quieren? No todos los tiempos son buenos. Cuando menos lo esperaban se presentó la primera escasez de cabezas.

Entonces comenzó lo más alegre de la fiesta.

Las meras defunciones[25] resultaron ya insuficientes. El Ministro de Salud Pública se sintió sincero, y una noche caliginosa[26], con la luz apagada, después de acariciarle un ratito el pecho como por no dejar, le confesó a su mujer que se consideraba incapaz de elevar la mortalidad a un nivel grato[27] a los intereses de la Compañía, a lo que ella le contestó que no se preocupara, que ya vería cómo todo iba a salir bien, y que mejor se durmieran.

Para compensar esa deficiencia administrativa fue indispensable tomar medidas heroicas y se estableció la pena de muerte[28] en forma rigurosa.

---

20. brillante, 21. publicaron, 22. ricas, 23. un caminito, 24. tosiendo, 25. **las...** las muertes por sí solas, 26. nebulosa, 27. aceptable, 28. **pena...** castigo capital

Los juristas se consultaron unos a otros y elevaron a la categoría de delito[29], penado con la horca o el fusilamiento, según su gravedad, hasta la falta más nimia[30].

Incluso las simples equivocaciones pasaron a ser hechos delictuosos[31]. Ejemplo: si en una conversación banal[32], alguien, por puro descuido, decía "Hace mucho calor", y posteriormente podía comprobársele, termómetro en mano, que en realidad el calor no era para tanto se le cobraba un pequeño impuesto y era pasado ahí mismo por las armas[33], correspondiendo la cabeza a la Compañía y, justo es decirlo, el tronco y las extremidades a los dolientes.

La legislación sobre las enfermedades ganó inmediata resonancia y fue muy comentada por el Cuerpo Diplomático y por las Cancillerías de potencias amigas.

De acuerdo con esa memorable legislación, a los enfermos graves se les concedían veinticuatro horas para poner en orden sus papeles y morirse; pero si en este tiempo tenían suerte y lograban contagiar a la familia, obtenían tantos plazos de un mes como parientes fueran contaminados. Las víctimas de enfermedades leves y los simplemente indispuestos[34] merecían el desprecio de la patria y, en la calle, cualquiera podía escupirles el rostro. Por primera vez en la historia fue reconocida la importancia de los médicos (hubo varios candidatos al premio Nobel) que no curaban a nadie. Fallecer[35] se convirtió en ejemplo del más exaltado patriotismo, no solo en el orden nacional, sino en el más glorioso, en el continental.

Con el empuje que alcanzaron otras industrias subsidiarias (la de ataúdes[36], en primer término, que floreció con la asistencia técnica de la Compañía) el país entró, como se dice, en un periodo de gran auge[37] económico. Este impulso fue particularmente comprobable en una nueva veredita florida, por la que paseaban, envueltas en la melancolía de las doradas tardes de otoño, las señoras de los diputados, cuyas lindas cabecitas decían que sí, que sí, que todo estaba bien, cuando algún periodista solícito[38], desde el otro lado, las saludaba sonriente sacándose el sombrero.

Al margen recordaré que uno de estos periodistas, quien en cierta ocasión emitió un lluvioso estornudo que no pudo justificar, fue acusado de extremista y llevado al paredón de fusilamiento[39]. Solo después de su abnegado[40] fin los académicos de la lengua reconocieron que ese periodista era una de las más grandes cabezas del país; pero una vez reducida quedó tan bien que ni siquiera se notaba la diferencia.

---

29. crimen, 30. ligera, 31. criminales, 32. superficial, 33. **pasado...** matado, 34. ligeramente enfermos, 35. Morir, 36. cajas donde se ponen los muertos, 37. prosperidad, 38. cuidadoso, 39. **paredón...** pared en la que se dispara a los criminales, 40. sacrificado

¿Y Mr. Taylor? Para ese tiempo ya había sido designado consejero particular del Presidente Constitucional. Ahora, y como ejemplo de lo que puede el esfuerzo individual, contaba los miles por miles; mas esto no le quitaba el sueño porque había leído en el último tomo de las *Obras completas* de William G. Knight que ser millonario no deshonra si no se desprecia a los pobres.

Creo que con ésta será la segunda vez que diga que no todos los tiempos son buenos.

Dada la prosperidad del negocio llegó un momento en que del vecindario solo iban quedando ya las autoridades y sus señoras y los periodistas y sus señoras. Sin mucho esfuerzo, el cerebro de Mr. Taylor discurrió que el único remedio posible era fomentar la guerra con las tribus vecinas. ¿Por qué no? El progreso.

Con la ayuda de unos cañoncitos[41], la primera tribu fue limpiamente descabezada en escasos tres meses.

Mr. Taylor saboreó la gloria de extender sus dominios. Luego vino la segunda; después la tercera y la cuarta y la quinta. El progreso se extendió con tanta rapidez que llegó la hora en que, por más esfuerzos que realizaron los técnicos, no fue posible encontrar tribus vecinas a quienes hacer la guerra.

Fue el principio del fin.

Las vereditas empezaron a languidecer[42]. Solo de vez en cuando se veía transitar por ellas a alguna señora, a algún poeta laureado con su libro bajo el brazo. La maleza, de nuevo, se apoderó de las dos, haciendo difícil y espinoso el delicado paso de las damas. Con las cabezas, escasearon las bicicletas y casi desaparecieron del todo los alegres saludos optimistas.

El fabricante de ataúdes estaba más triste y fúnebre[43] que nunca. Y todos sentían como si acabaran de recordar de un grato sueño, de ese sueño formidable en que tú te encuentras una bolsa repleta de monedas de oro y la pones debajo de la almohada y sigues durmiendo y al día siguiente muy temprano, al despertar, la buscas y te hallas[44] con el vacío.

Sin embargo, penosamente, el negocio seguía sosteniéndose. Pero ya se dormía con dificultad, por el temor a amanecer exportado.

En la patria de Mr. Taylor, por supuesto, la demanda era cada vez mayor. Diariamente aparecían nuevos inventos, pero en el fondo nadie creía en ellos y todos exigían las cabecitas hispanoamericanas.

_____

41. armas de fuego, 42. perder la vida, 43. juego de palabras: fúnebre significa "triste" y también "relativo a los muertos", 44. encuentras

Fue para la última crisis. Mr. Rolston, desesperado, pedía y pedía más cabezas. A pesar de que las acciones de la Compañía sufrieron un brusco descenso, Mr. Rolston estaba convencido de que su sobrino haría algo que lo sacara de aquella situación.

Los embarques, antes diarios, disminuyeron a uno por mes, ya con cualquier cosa, con cabezas de niño, de señoras, de diputados.

De repente cesaron[45] del todo.

Un viernes áspero y gris, de vuelta de la Bolsa, aturdido[46] aún por la gritería y por el lamentable espectáculo de pánico que daban sus amigos, Mr. Rolston se decidió a saltar por la ventana (en vez de usar el revólver, cuyo ruido lo hubiera llenado de terror) cuando al abrir un paquete del correo se encontró con la cabecita de Mr. Taylor, que le sonreía desde lejos, desde el fiero Amazonas, con una sonrisa falsa de niño que parecía decir: "Perdón, perdón, no lo vuelvo a hacer".

_____
45. terminaron, 46. alterado

9.3G Comprensión. Escoge la respuesta correcta a cada una de las siguientes preguntas.

1. ¿Por qué le regala el indígena la primera cabeza a Mr. Taylor?

   Le da la cabeza...
   a. porque Mr. Taylor no tiene dinero para pagarla.
   b. por vergüenza de no poder comunicarse en el idioma de Mr. Taylor.
   c. porque cree que Mr. Taylor le va a pagar con dólares.

2. ¿Cómo sabía Mr. Taylor que la cabeza iba a gustarle a Mr. Rolston?
   a. A Mr. Rolston siempre le habían gustado los productos culturales de Hispanoamérica.
   b. Mr. Rolston siempre había tenido un buen ojo para los productos mercantiles.
   c. Mr. Rolston tenía la costumbre de vender todo.

3. ¿Cómo obtiene Mr. Taylor una concesión exclusiva para exportar cabezas?
   a. Les promete a las autoridades dos vereditas.
   b. Les promete a las autoridades la fórmula de un refresco.
   c. Promete pagarles con dólares.

4. Según el narrador, ¿cómo se demuestra que hay democracia en el país de Mr. Taylor?
   a. Todas las personas tienen el derecho de importar productos de Hispanoamérica.
   b. La gente rica les regala sus cabezas a la gente pobre.
   c. Hasta los maestros de escuela tienen suficiente dinero para comprar cabezas.

5. ¿Qué sucede cuando las defunciones no son suficientes para cubrir la demanda de cabezas?
   a. Se condena a pena capital a las personas que cometen crímenes menores.
   b. Se propicia el homicidio para que haya más muertos.
   c. Se crean enfermedades para contagiar a familias enteras.

6. ¿Qué pasa cuando se terminan las cabezas de la tribu?
   a. Comienzan a venderse las cabezas de los criminales y los enfermos.
   b. Comienzan a venderse solo las cabezas con particularidades.
   c. Comienzan a venderse las cabezas de otras tribus vecinas.

9.3H Interpretación. Contesta las siguientes preguntas usando tus propias palabras.

1. ¿Cómo se puede ver la prosperidad económica en la tribu?

_____

_____

_____

2. El narrador dice en dos ocasiones que "no todos los tiempos son buenos". ¿A qué circunstancias del comercio de cabezas se refiere en cada ocasión?

_____

_____

_____

3. Explica en tus propias palabras la legislación sobre las enfermedades.

_____

_____

_____

4. En tu opinión, ¿qué le sucede a Mr. Taylor al final del cuento?

_____

_____

_____

5. El cuento describe un intercambio comercial entre los Estados Unidos y una tribu del Amazonas. ¿Crees que es una alegoría del comercio real entre los Estados Unidos y los países de Hispanoamérica? Explica tu respuesta.

_____

_____

_____

6. ¿Qué opinión crees que tiene el autor del capitalismo y el comercio internacional? Explica tu respuesta.

_____

_____

_____

_____

Mi arte, mi tierra

10.1 La inventiva infinita

VOCABULARIO EN CONTEXTO

10.1A Las artesanías. Une cada término relacionado con la artesanía con su definición.

_____ 1. alfarería

_____ 2. cerámica

_____ 3. cestería

_____ 4. impresión

_____ 5. litografía

_____ 6. platería

_____ 7. soplado de vidrio

_____ 8. tallado

a. Arte de crear objetos labrados de plata.

b. Arte de fabricar recipientes tejidos con mimbre.

c. Arte de marcar en un papel u otro material caracteres o dibujos.

d. Arte de fabricar vasijas de barro cocido.

e. Arte de grabar en un material duro para reproducir lo grabado mediante la impresión.

f. Arte de fabricar objetos, sobre todo de barro o porcelana.

g. Arte de dar forma a un material, sobre todo la madera.

h. Arte de fabricar objetos mediante la creación de burbujas en vidrio fundido.

10.1B Otras artesanías. Escoge la opción que mejor defina las siguientes artesanías. Si no conoces algunos de los términos, puedes buscarlos en el diccionario o hacer una investigación en Internet.

1. bisutería

    a. Arte de crear joyería con materiales no preciosos.

    b. Arte de fabricar recipientes en forma de úteros.

2. cantería

    a. Arte de imitar con la voz canciones que no tienen letra.

    b. Arte de labrar piedras para las construcciones.

3. ebanistería

    a. Arte de trabajar con maderas finas, como el ébano.

    b. Arte de fabricar muebles para baños.

4. glíptica

    a. Arte de grabar en piedras duras.

    b. Arte de tallar gárgolas en piedra.

5. hilandería

    a. Arte de crear hilos a partir de fibras naturales.

    b. Arte de unir trozos de tela con hilos para crear mantas.

6. orfebrería

    a. Arte de crear reproducciones planetarias a escalas mínimas.

    b. Arte de labrar metales preciosos, como el oro y la plata.

7. taxidermia

    a. Arte de disecar animales para dar la apariencia de que están vivos.

    b. Arte de crear ropa con materiales que imitan la piel.

8. tapicería

    a. Arte de crear escenas similares a las de un cuadro, pero con hilos.

    b. Arte de adherir papel ornamental a las paredes.

10.1C Las artesanías de Hispanoamérica. Haz una investigación en Internet sobre alguna de las siguientes artesanías tradicionales de Hispanoamérica. Si prefieres, puedes investigar otro tipo de artesanía de Hispanoamérica no mencionada en la lista. ¿Dónde se originó esta artesanía? ¿Dónde se vende o se exhibe? ¿Cómo se realiza? ¿Te gusta este tipo de artesanía? ¿Se parece a la artesanía de otros lugares o es única? Escribe un reporte de aproximadamente 100 palabras.

- el barro negro de Oaxaca, México
- las artesanías de madera de Costa Rica
- los textiles de Guatemala
- las hamacas de San Jacinto, Colombia
- la cestería de Honduras

GRAMÁTICA EN CONTEXTO

10.1D Secuencia de tiempos verbales. Elige la conjugación verbal que complete la oración correctamente.

1. La bisutería _____ muy popular en años recientes, ya que no todas las personas tienen la posibilidad de comprar joyería hecha con metales preciosos.
   a. es
   b. ha sido
   c. será

2. El arte de la encuadernación _____ con los códices egipcios, los cuales eran unidos con correas.
   a. se originó
   b. se originaba
   c. se había originado

3. Algunos creen que la técnica del papel maché empezó a usarse en Italia, pero hay evidencias de que el papel maché ya se _____ en China y Persia desde mucho tiempo antes.
   a. había empleado
   b. hubo empleado
   c. habría empleado

4. Los orfebres de Taxco _____ con la plata extraída de las minas locales desde hace muchos años.
   a. habían trabajado
   b. trabajaron
   c. han trabajado

5. Originalmente, la cerrajería, que consiste en fabricar, mantener y desarmar cerrojos, _____ considerada una artesanía.
   a. fue
   b. es
   c. era

6. Poco a poco, con los años, algunas de las tradiciones artesanales _____; por ejemplo, la guarnicionería, que consistía en hacer productos para las caballerías.
   a. han desaparecido
   b. habrían desaparecido
   c. desaparecían

7. Algunos piensan que la encuadernación también _____, ya que cada vez más la gente prefiere leer documentos electrónicos que libros impresos.
   a. desapareció
   b. desaparecerá
   c. estaba desapareciendo

8. Yo creo que, para cuando la encuadernación desaparezca, yo ya _____.
   a. voy a morir
   b. moriré
   c. habré muerto

Nombre _____ Fecha _____

10.1E Breve historia del barro negro. Completa las siguientes oraciones con la forma correcta de los verbos indicados, de manera que las oraciones tengan sentido lógico.

1. El barro negro de Oaxaca _____ (ser), en el presente, un tipo de cerámica que _____ (distinguirse) por su color y brillo.

2. El barro negro _____ (comenzar) a producirse hace muchos siglos. Se sabe que las culturas mixteca y zapoteca _____ (ser) las primeras en producir artefactos de barro negro.

3. En sus orígenes, el barro negro no _____ (brillar), sino que _____ (tener) un terminado mate.

4. Hasta mediados del siglo XX, los artesanos del barro negro no _____ (encontrar: tiempo perfecto) la manera de darle brillo al barro, pero en la década de 1950 una mujer llamada doña Rosa Real _____ (descubrir) una manera de _____ (cocer) y _____ (pulir) el barro para darle un terminado brillante.

5. Los mixtecas y los zapotecas _____ (continuar: tiempo perfecto) la tradición del barro negro hasta nuestros días. Hoy en día se _____ (vender) todo tipo de artesanías en los mercados de Oaxaca.

6. Algunos de los artefactos de barro negro que se _____ (crear) hoy en día _____ (incluir): vasijas, máscaras, lámparas y figuras de animales.

7. Otro artefacto muy famoso es el "chango mezcalero", que _____ (servir) para guardar mezcal, una bebida alcohólica. Aunque los indígenas prehispánicos _____ (beber) mezcal, el "chango mezcalero" no se _____ (inventar) sino hasta el siglo pasado.

8. Gracias a su popularidad, _____ (poder: nosotros) decir que la artesanía del barro negro seguramente se _____ (seguir) produciendo en el futuro.

10.1F Oraciones incompletas. Completa las siguientes oraciones de manera lógica usando únicamente tiempos verbales en el indicativo.

1. Dime por qué _____

2. Mis primos me contaron que _____

3. Los artesanos son personas que _____

4. Cuando ocurrió el atentado del 11 de septiembre, yo _____
_____

5. Yo creo que, en el futuro, los problemas de drogadicción _____
_____

6. Antes de tomar este curso de español, yo _____
_____

7. Explíquenos quiénes _____

8. Cuando llegamos al mercado de artesanías, todos _____
_____

EL IDIOMA ESPAÑOL

■■■ PREGUNTAS MÁS FRECUENTES

A continuación se ofrecen respuestas a algunas de las preguntas más frecuentes con respecto al idioma español.

a. ¿Se dice *"el* agua?" o *"la* agua"?

El sustantivo **agua** es femenino. Sin embargo, comienza con /a/ tónica (en otras palabras, la primera sílaba de la palabra es tónica). Para evitar cacofonías, **agua** (y otras palabras semejantes) se usan con el artículo masculino: **el agua.** Esta regla solo opera cuando no hay palabras interpuestas entre el artículo y el sustantivo: se dice, por ejemplo, **la sabrosa agua.**

La regla es más flexible con los indefinidos. Si bien es más común decir **un agua** o **algún agua,** no es incorrecto decir **una agua** o **alguna agua.**

Sin embargo, cuando **agua** va precedida de un adjetivo demostrativo o un adjetivo determinativo, deben usarse las formas femeninas de estos adjetivos: **esta agua, aquella agua, poca agua, otra agua, mucha agua,** etcétera.

Otras palabras comunes que siguen esta regla: **águila, alma, área, arma, hacha.**

b. ¿Se dice *"el* azúcar" o *"la* azúcar"?

El sustantivo **azúcar** puede usarse con ambos géneros: **el azúcar** o **la azúcar.** Cuando este sustantivo va acompañado de un adjetivo especificativo, también pueden usarse ambos géneros (aunque el femenino es más común): **azúcar morena, azúcar perfumado.** Finalmente, este sustantivo admite el uso de un adjetivo femenino incluso cuando se usa el artículo masculino: **el azúcar morena.**

c. ¿Se dice "la mayoría de las personas *exigía"* o "la mayoría de las personas *exigían"*?

Es correcto usar el verbo tanto en el singular [de forma tal que concuerde con el sustantivo cuantificador (mayoría, minoría, mitad, resto, etcétera)] como en el plural (de forma tal que concuerde con el sustantivo).

La **minoría** de los ciudadanos **votaba** en las elecciones.

La mitad de los **estudiantes asistían** a los cursos.

Sin embargo, si el verbo incluye un atributo o un complemento predicativo, el verbo debe ir en el plural, ya que el atributo o complemento predicativo debe concordar con el sustantivo.

La mayor parte de sus **alumnos eran listos.**

La mitad de sus **perros estaban hambrientos.**

d. "El compañero de clase" y "la compañera de clase": ¿es necesario aclarar?

Cuando se hace referencia a grupos de personas mixtos (es decir, de hombres y mujeres) es innecesario aclarar con desdoblamientos. Es preferible recurrir a la economía del lenguaje y usar solo la forma masculina.

Los estudiantes entregaron la tarea a tiempo.

Solo es necesario especificar cuando la oposición de los sexos es de relevancia en el contexto.

Los estudiantes y las estudiantes de esta universidad son equivalentes en número.

e. ¿Se dice "Estados Unidos" o "*los* Estados Unidos"?

Hay muchos nombres de países que pueden ir acompañados de un artículo: **(los) Estados Unidos, (el) Perú, (la) India, (la) Argentina, (el) Canadá,** etcétera. El uso del artículo es opcional y la preferencia de uso varía de acuerdo con el nombre y la región en que se utiliza.

Sin embargo, hay nombres de países que no admiten el uso de un artículo: **México, Chile, Colombia, Cuba,** etcétera.

Finalmente, en el caso de ciertos nombres de países y ciudades, el artículo debe ser empleado: **El Salvador, La Habana, El Cairo, El Reino Unido, La República Dominicana, La República Checa.** En estos casos, el artículo, por ser parte del nombre, debe de escribirse con mayúscula. Asimismo, no forma contracciones con las preposiciones **de** y **al.**

Viajo **a El Salvador** mañana.

El paquete viene **de El Reino Unido.**

f. ¿Cuál es el plural de "DVD"?

En español, las siglas no alteran su forma en el plural: **los DVD, las PC.** Sin embargo, el plural debe usarse con las palabras que las modifican: **los DVD rotos, muchos CD comprados.**

g. ¿Es opcional acentuar las mayúsculas?

En contra de la creencia popular, la acentuación de las letras mayúsculas no es opcional, sino obligatoria: **Ángel, Él, Álvaro.** Incluso cuando la palabra completa está escrita con mayúsculas, el acento debe ser empleado: **ATENCIÓN.**

h. ¿Cuántas letras hay en el abecedario español?

Hay veintisiete letras en el abecedario español: **a, b, c, d, e, f, g, h, i, j, k, l, m, n, ñ, o, p, q, r, s, t, u, v, w, x, y, z.** A partir de 2010, los dígrafos **ch** y **ll** dejaron de ser considerados letras del abecedario.

10.1G Corrección del idioma. Elige la opción que complete las oraciones correctamente.

1. El despacho de diseñadores compró computadoras Mac para sustituir las _____, que, en su opinión, eran menos eficientes.

   a. PC   b. PCs   c. PC's

2. La gran mayoría de los alumnos _____ inteligentes.

   a. es   b. son   c. (ambas opciones son correctas)

3. Diego y Mónica no han parado de discutir. _____ opina que Almodóvar es un genio, pero ella está en desacuerdo.

   a. Él   b. El   c. (ambas opciones son correctas)

4. Para hacer estas galletas necesitas una taza y media de azúcar _____.

   a. refinado   b. refinada   c. (ambas opciones son correctas)

5. El abecedario español tiene una letra más que el abecedario inglés: la _____.

   a. ch   b. ll   c. ñ

6. Tomás visitó las ruinas de Tikal en _____.

   a. Guatemala   b. la Guatemala   c. (ambas opciones son correctas)

7. ¿Qué opción es preferible?
   a. Los ciudadanos y las ciudadanas eligieron democráticamente al candidato.
   b. Los ciudadanos eligieron democráticamente al candidato.
   c. (ambos usos son equivalentes)

8. La mitad de mis amigos _____ en la fiesta.
   a. está   b. están   c. (ambas opciones son correctas)

10.2 Las texturas del mundo

VOCABULARIO EN CONTEXTO

10.2A Intruso. Encuentra en cada uno de los siguientes grupos de palabras relacionadas con la geografía el término que no corresponde al grupo semántico.

1. pantano, manantial, arroyo, meseta

2. valle, altiplano, cordillera, acantilado

3. occidental, norteño, oriental, hemisferio

4. dique, llano, desembocadura, río

5. arroyo, altiplano, valle, meseta

6. falla, quiebra, marisma, terremoto

7. montaña, humedal, cordillera, monte

8. arroyo, riachuelo, lago, canal

10.2B Biomas. Lee las siguientes definiciones de biomas (también llamados paisajes bioclimáticos) y elige para cada una el término definido. Si no conoces los nombres de los biomas, puedes consultar un diccionario o hacer una investigación en Internet.

1. Llanura extensa, normalmente calurosa, con muy poca vegetación.
   a. sabana   b. bosque   c. tundra

2. Extensión de tierra en que crecen hierbas y matorrales cuyo clima es por lo general templado.
   a. selva   b. estepa   c. pradera

3. Extensión de tierra sin árboles cuyo subsuelo es helado.
   a. tundra   b. marisma   c. chaparral

4. Lugar muy caliente, con escasos animales, donde el suelo es continuamente víctima de la erosión.
   a. desierto   b. taiga   c. selva

5. Extensión con grandes árboles y plantas trepadoras de clima muy caluroso y húmedo.
   a. selva   b. sabana   c. desierto

6. Sitio muy fértil, poblado de árboles, normalmente con cuatro estaciones muy definidas.
   a. selva   b. tundra   c. bosque

10.2C La geografía y sus definiciones. Define con tus propias palabras los siguientes términos elementales relacionados con la geografía.

1. río: _____

2. península: _____

3. archipiélago: _____

4. acantilado: _____

5. meseta: _____

6. delta: _____

GRAMÁTICA EN CONTEXTO

10.2D Secuencia de tiempos verbales. Elige la conjugación verbal que complete la oración correctamente.

1. Los geólogos esperan que el maremoto no _____ las ciudades en la costa.
   a. destruye   b. destruya   c. destruirá

2. El guía ha pedido que _____ cuidado con los animales del desierto.
   a. hayas tenido   b. tengas   c. has tenido

3. Será imposible que _____ los pantanos: son muy peligrosos.
   a. visitamos   b. visitaremos   c. visitemos

4. Para el año 2020, habrá sido necesario que _____ las selvas tropicales.
   a. habremos protegido   b. hayamos protegido   c. habríamos protegido

5. Era necesario que _____ todos los nombres de los biomas.
   a. conocíamos   b. conociéramos   c. hayamos conocido

6. Los turistas deseaban encontrar un guía que les _____ la fauna local.
   a. mostraba   b. mostrara   c. mostrará

7. Sería bueno que la gente _____ de talar árboles en la selva.
   a. dejara   b. dejaría   c. dejarán

8. Me habría gustado el viaje si no _____ tantos insectos.
   a. había habido   b. habría habido   c. hubiera habido

Es sorprendente que **hayan construido** casas tan bonitas en el delta del río Paraná.

10.2E Un poco más sobre geografía. Completa las siguientes oraciones con la forma correcta de los verbos indicados, de manera que las oraciones tengan sentido lógico.

1. Es probable que los bosques de coníferas _____ (ser) mis favoritos.

2. Ojalá que _____ (poder) cultivarse plantas en el desierto, pero no se puede.

3. Es una lástima que tantas especies animales _____ (morir) antes de que pudiéramos salvarlas.

4. Deseaba visitar un lugar en la selva que no _____ (estar) invadido por taladores de árboles.

5. Al no verte por ningún lado, todos temimos que te _____ (caer) por el acantilado.

6. Era importante que todos los estudiantes _____ (entender) las diferencias entre los biomas.

7. La gente espera que los problemas se _____ (resolver) solos, pero todos debemos contribuir a la solución.

8. Es posible que las marismas _____ (tener) una fauna diversa, pero lo dudo mucho.

10.2F Oraciones incompletas. Completa las siguientes oraciones de manera lógica usando únicamente tiempos verbales en el subjuntivo.

1. Me molestó mucho que _____.

2. Era importante que _____.

3. Es normal que las sabanas _____.

4. Te habría perdonado si tú _____.

5. ¿Sabes de alguien que _____?

6. La gente espera que _____.

A VER Y ESCUCHAR

10.2G Antes de ver. Las siguientes preguntas y respuestas son empleadas en el video correspondiente a la Lección 10. Antes de ver el video, une cada pregunta de la columna izquierda con la respuesta más lógica de la columna derecha. En algunos casos hay más de una respuesta por cada pregunta.

_____ 1. ¿Qué piensas de la muerte?

_____ 2. ¿Cómo [son los] velatorios en tu país?

_____ 3. ¿Qué se celebra el Día de los Muertos?

_____ 4. ¿Qué otras costumbres existen para celebrar el Día de los Muertos?

_____ 5. ¿Qué le dirías a alguien que le tiene miedo a la muerte?

a. "Son tristes. Son trágicos. Son deprimentes".

b. "La muerte me resulta triste".

c. "[...] invitar a los muertos ese día [...] a venir al mundo con nosotros".

d. "Que no le tengan miedo. Que disfruten su vida mientras la tengan".

e. "La persona que falleció viene de regreso a visitarnos".

f. "No le tengo miedo porque [...] sabemos que va a llegar".

g. "[Usamos las flores] para ir a decorar las tumbas de las personas que ya no están con nosotros".

h. "[...] que se acostumbre que algún día va a morir".

10.2H Comprensión. Ve el video y contesta las siguientes oraciones con la opción correcta, según lo que dijeron las personas entrevistadas.

1. ¿Que dice Juan Carlos (Venezuela) sobre sus experiencias con la muerte?
   a. Debido a la muerte de sus hermanos, ahora intenta vivir en el presente.
   b. Le tiene mucho miedo porque ya perdió a un hermano y a una hermana.
   c. Recientemente descubrió que la muerte es inevitable para todos.
   d. Pasa mucho tiempo reflexionando acerca de la muerte, aunque le da miedo y tristeza.

2. Lily (México) dice con respecto a la muerte que...
   a. es probable que todos vayamos a morir tarde o temprano.
   b. la muerte de sus papás ha hecho que le tenga miedo a la muerte.
   c. no le tiene miedo a morir, pero sí teme perder a un ser querido.
   d. no le tiene miedo a la muerte y jamás piensa en ella.

3. ¿Qué opina Winnie (Guatemala) acerca de que pueda haber alegría en la muerte?

   Opina que...
   a. siempre hay que alegrarse porque el muerto ha pasado a un mejor lugar.
   b. no le parece extraño que algunas personas se alegren, aunque ella no se alegraría.
   c. no entiende cómo la gente se puede alegrar.
   d. conviene celebrar al muerto con una fiesta, para celebrar su vida.

4. Según Juan Carlos, ¿cómo son los velatorios en su país?

   a. Dice que intentan celebrar la vida del fallecido lo mejor que pueden.

   b. Dice que desafortunadamente la gente está muy triste y llora.

   c. Dice que son deprimentes porque se piensa que tendrían que haber celebrado la vida del fallecido antes de su muerte.

   d. Dice que son trágicos porque le recuerdan a la gente que algún día van a morir.

5. Según Lily, ¿qué se celebra el Día de los Muertos?

   a. Se celebra la invitación que los vivos le hacen a los muertos para que salgan de sus tumbas.

   b. Se recuerda ese día la vida que tuvieron nuestros seres queridos antes de morirse.

   c. Que los seres queridos vienen a visitarnos y a estar con nosotros ese día.

   d. Se celebra el vuelo de los barriletes de más de siete metros de altura y la decoración de las tumbas.

6. ¿Qué elementos mencionan Lily y Winnie relacionados con el Día de los Muertos?

   a. flores de los muertos, barriletes, calaveras de azúcar

   b. dulces, tequila, flores de cempasúchil

   c. tumbas, panteones, regalos

   d. barriletes, flores de los muertos, flores de cempasúchil

10.21 El Día de los Muertos. Haz una investigación en Internet sobre cómo se festeja el Día de los Muertos en las comunidades hispanas de este país o en algún país hispanoamericano. Si tú has participado en el Día de los Muertos alguna vez, describe tu experiencia. Escribe una composición de 60 a 80 palabras para describir las costumbres. Di también qué opinas sobre esta tradición. ¿Te gusta? ¿Te parece extraña?

_____
_____
_____
_____
_____
_____
_____
_____
_____

10.3 La palabra justa

VOCABULARIO EN CONTEXTO

10.3A Amplía tu vocabulario. La siguiente es una lista de verbos de uso elevado en español. Junto a cada verbo está su significado. Después de leer todos los verbos, úsalos para completar las oraciones, de acuerdo con los contextos. En algunos casos tendrás que conjugar los verbos. Intenta memorizarlos todos para que puedas usarlos en el futuro.

abatir	derribar, tirar
bisecar	dividir en dos partes iguales
coartar	limitar, restringir
despearse	maltratarse los pies por haber caminado mucho
efundir	derramar un líquido
hollar (ue)	dejar huella al pisar
impurificar	causar impurezas
lancinar	destrozar, desgarrar la carne
refutar	contradecir con argumentos
tañar	descubrir, adivinar o conocer las cualidades o intenciones de alguien

1. Como hoy es cumpleaños de ambos, voy a _____ el pastel.

2. Durante el debate de ayer, Esteban _____ las ideas del otro orador con argumentos claros y concisos.

3. Los peregrinos _____ el pasado 12 de diciembre por haber caminado desde Querétaro hasta el Distrito Federal.

4. Los constructores _____ el agua esta mañana por trabajar descuidadamente. El agua está llena de partículas.

5. La mayoría de los animales _____, por eso los cazadores pueden encontrarlos con solo seguir el rastro.

6. Si los taladores continúan _____ árboles en la Amazonia, tendremos problemas ecológicos cada vez más graves.

7. Es posible _____ los planes de los políticos con solo verlos a los ojos.

8. Las prisiones _____ la libertad de los criminales, pero no los reforman.

9. Durante el safari, vi cómo los leones _____ a las cebras con sus colmillos filosos.

10. El guerrero _____ la sangre de su víctima y, victorioso, lo dejó morir.

10.3B Más sustantivos. A continuación hay una lista de seis sustantivos más. Para continuar ampliando tu vocabulario, busca en un diccionario los significados de cada uno de los seis sustantivos y escríbelos a continuación.

aminorar _____

clamar _____

dilucidar _____

empeñar _____

repeler _____

trepar _____

10.3C Sustantivos en contexto. Ahora escoge al menos seis de los verbos anteriores (puedes elegir algunos de la actividad **10.3A** y otros de la actividad **10.3B**) y escribe seis oraciones originales con ellos.

1. _____
   _____

2. _____
   _____

3. _____
   _____

4. _____
   _____

5. _____
   _____

6. _____
   _____

GRAMÁTICA EN CONTEXTO

10.3D Secuencia de tiempos verbales. Elige la conjugación verbal que complete la oración correctamente.

1. Si _____ al presidente, le habría dicho cuánto lo admiro.
   a. conociera
   b. habría conocido
   c. hubiera conocido

2. Si _____ a Costa Rica, buceamos invariablemente.
   a. viajamos
   b. viajemos
   c. viajáramos

3. Llámame si _____ venir conmigo al cine.
   a. decidas
   b. decidieras
   c. decides

4. Si mis abuelos _____ vivos, los visitaría con frecuencia.
   a. estuvieran
   b. estaban
   c. estarán

5. Si hubieras venido conmigo a Buenos Aires, te _____ (invitar) a bailar tango.

   a. había invitado

   b. hubiera invitado

   c. habría invitado

6. Si nevara en el Distrito Federal, quizá _____ (haber) menos ciudadanos.

   a. había

   b. habría

   c. habrá

Photo by Max Ehrsam and Kyle Szary

Si viajaras a Costa Rica, **te sorprendería** la variedad de su flora.

10.3E Más oraciones hipotéticas. Elige la conjugación verbal que complete la oración correctamente.

1. Si _____ (abatir: ellos) ese edificio, podrán designar el área a la construcción de jardines.

2. Si _____ (dilucidar: yo) lo que estás diciendo, podríamos entendernos mucho mejor.

3. Si _____ (bisecar: tú) un triángulo isósceles, obtienes dos triángulos idénticos.

4. Si _____ (coartar: tú) la libertad de tus hijos, no te sorprendas cuando se rebelen.

5. Si Enrique hubiera refutado los argumentos del profesor, _____ (meterse) en problemas.

6. Si supiera dónde está Teresa, no te lo _____ (decir).

10.3F Oraciones incompletas. Completa las siguientes oraciones hipotéticas de manera lógica.

1. Si _____, nadaré en el mar Caribe.

2. Si fuera piloto de avión, _____.

3. Si hubiera viajado a Panamá el año pasado, _____.

4. Si _____, cómprame una manzana.

5. Si _____, trabajaría en un circo.

6. Si _____, habría visitado las ruinas arqueológicas.

LECTURA

10.3G Antes de leer. Las siguientes palabras están tomadas del poema "Mi tierra", de Rigoberta Menchú. Escoge la opción que mejor define el significado de cada palabra. Si no conoces el significado de alguna palabra, búscala en el diccionario.

1. amontar
   a. sacar el monto o suma total
   b. subirse a un caballo
   c. encimar cosas para formar una montaña

2. patoja
   a. que no tiene pies
   b. femenino de "pato"
   c. muchacha

3. abonar
   a. fertilizar
   b. invertir en bonos bancarios
   c. colocarse un sombrero en la cabeza

4. ombligo
   a. ayudante del cocinero
   b. cicatriz redonda en el vientre
   c. hijo de la vaca

5. manojo
   a. mano pequeña
   b. guante sin separaciones para los dedos
   c. abundancia de cosas que se pueden agarrar con la mano

6. dispersar
   a. echar sal a la comida
   b. diseminar
   c. inseminar

7. regatear
   a. negociar el precio de algo
   b. curvar la espalda como gato
   c. forma de andar de los bebés antes de caminar

8. posada
   a. restaurante pequeño
   b. viajera
   c. albergue para viajeros

Mi tierra

Rigoberta Menchú (Guatemala)

Madre tierra, madre patria,

aquí reposan los huesos y

memorias de mis antepasados

en tus espaldas se enterraron

los abuelos, los nietos y los hijos.

Aquí se amontaron[1] huesos tras huesos

de los tuyos, los huesos de las

lindas patojas[2] de esta tierra, abonaron[3] el maíz, las yucas,

las malangas, los chilacayotes,

los ayotes, los güicoyes y los güisquiles[4].

Aquí se formaron mis huesos,

aquí me enterraron el ombligo[5]

y por eso me quedaré aquí

años tras años

generaciones tras generaciones.

Tierra mía, tierra de mis abuelos

tus manojos[6] de lluvias,

tus ríos transparentes

tu aire libre y cariñoso

tus verdes montañas y

el calor ardiente de tu Sol

hicieron crecer y multiplicar

el sagrado maíz y formó los

huesos de esta nieta.

---

1. **se...** se encimaron como montaña, 2. muchachas, 3. fertilizaron, 4. **malangas...** variedad de calabazas, 5. cicatriz de los humanos que se forma cuando se rompe el cordón umbilical, 6. abundancia de cosas que se pueden agarrar con la mano

Rigoberta Menchú, "Mi tierra," from *El clamor de la tierra* (Tercera Prensa, 1992). Documento cortesía de la Fundación Rigoberta Menchú Tum, www.frmt.org <http://www.frmt.org> , y cortesía de Tercera Prensa.

Tierra mía, tierra de mis abuelos
quisiera acariciar tu belleza
contemplar tu serenidad y
acompañar tu silencio,
quisiera calmar tu dolor
llorar tu lágrima al ver
tus hijos dispersos por el mundo
regateando⁷ posada⁸ en tierras
lejanas sin alegría, sin paz,
sin madre, sin nada.

_____
7. negociando, 8. lugar para pasar la noche

10.3H Comprensión. Escoge la respuesta correcta a cada una de las siguientes preguntas.

1. ¿Quiénes reposan en la tierra de la narradora?
   a. sus parientes más cercanos: abuelos, nietos, etcétera
   b. las calabazas típicas de esa tierra
   c. los huesos de varias generaciones de personas

2. ¿Qué hicieron los huesos de toda esta gente?
   a. Crearon memorias para la autora.
   b. Le dieron forma a las yucas y las calabazas.
   c. Fertilizaron la tierra.

3. Según la narradora, se va a quedar en esa tierra porque...
   a. ahí pusieron su ombligo cuando nació.
   b. es una tierra fértil.
   c. ahí están sus huesos enterrados.

4. ¿Qué elementos formaron los huesos de la narradora?
   a. las calabazas, las memorias y el ombligo enterrado
   b. la lluvia, el aire, las montañas y el sol
   c. la tierra fertilizada por las patojas

5. La tierra de la narradora llora porque...
   a. está perdiendo su belleza natural.
   b. sus hijos están exiliados.
   c. en otros lugares del mundo no hay alegría ni paz.

Nombre _____ Fecha _____

10.31 **Interpretación.** Contesta las siguientes preguntas de acuerdo con tu interpretación del poema.

1. ¿Cómo se refiere la narradora a su tierra en el primer verso? ¿Por qué se refiere a su tierra de esta forma?

_____

_____

2. ¿Qué elementos del poema representan el ciclo de la vida?

_____

_____

3. ¿Por qué quiere tanto la narradora a su tierra?

_____

_____

4. ¿Cómo describe la narradora a su tierra?

_____

_____

5. ¿Cómo quiere consolar la narradora a su tierra?

_____

_____

6. ¿Por qué "llora" la tierra de la narradora?

_____

_____

Appendix: Correlation Guide

CUADERNO PARA LOS HISPANOHABLANTES AND HEINLE INTERMEDIATE SPANISH

The *Cuaderno para los hispanohablantes* program has been written to be a versatile complement to the Intermediate Spanish course, specially designed to provide heritage speakers of Spanish with extra practice in reading, writing, and listening. What follows is a suggested guide for instructors for pairing the *Cuaderno* with the scope and sequence of the Intermediate Spanish titles offered by Heinle Cengage Learning.

MUNDO 21, 4th EDITION (© 2012)

Cuaderno Lesson	Cuaderno Content	MUNDO 21 Lesson	MUNDO 21 Content
1	Nouns, present tense, demonstratives	1	Nouns, present tense, demonstratives
2	Stem-changing verbs, adjectives, *ser* and *estar*	2	Stem-changing verbs, adjectives, *ser* and *estar*
3	Object pronouns, *gustar*-type verbs, preterite	3	Object pronouns, *gustar*-type verbs, preterite
4	Imperfect, preterite vs. imperfect, comparatives	4	Imperfect, preterite vs. imperfect, comparatives
5	Infinitives, commands, present subjunctive	5	Infinitives, commands, present subjunctive
6	Relative pronouns, clauses with the subjunctive, subjunctive vs. indicative	6	Relative pronouns, clauses with the subjunctive, subjunctive vs. indicative
7	Past participle usage, present perfect, *por* and *para*, impersonal *se*	7	Past participle usage, present perfect, *por* and *para*, impersonal *se*
8	Future, conditional, past subjunctive	8	Future, conditional, past subjunctive
9	Past subjunctive, subjunctive vs. indicative, present perfect subjunctive	9	Past subjunctive, subjunctive vs. indicative, present perfect subjunctive
10	Sequence of tense	10	Sequence of tense

Cuaderno Lesson	*Cuaderno* Content	*Rumbos* Chapter	*Rumbos* Content
1	Nouns, present tense, demonstratives	*1*	Nouns, present tense
2	Stem-changing verbs, adjectives, *ser* and *estar*	*1*	*Ser* and *estar*
3	Object pronouns, *gustar*-type verbs, preterite	*2, 4 and 5*	Preterite, object pronouns, *gustar*-type verbs
4	Imperfect, preterite vs. imperfect, comparatives	*2, 3*	Imperfect, preterite vs. imperfect, comparatives
5	Infinitives, commands, present subjunctive	*4, 6*	Commands, present subjunctive
6	Relative pronouns, clauses with the subjunctive, subjunctive vs. indicative	*7, 8*	Clauses with the subjunctive, relative pronouns
7	Past participle usage, present perfect, *por* and *para*, impersonal *se*	*3, 4, 7, 10*	*Por* and *para*, uses of *se*, present perfect, past participle usage
8	Future, conditional, past subjunctive	*6, 8*	Future, conditional, past subjunctive
9	Past subjunctive, subjunctive vs. indicative, present perfect subjunctive	*8, 9*	Past subjunctive, present perfect subjunctive
10	Sequence of tense	–	–

Cuaderno Lesson	Cuaderno Content	Conversación y Repaso Unit	Conversación y Repaso Content
1	Nouns, present tense, demonstratives	1, 8	Nouns, present tense, demonstratives
2	Stem-changing verbs, adjectives, *ser* and *estar*	1, 3	Stem-changing verbs, *ser* and *estar*
3	Object pronouns, *gustar*-type verbs, preterite	2, 3	Preterite, object pronouns, *gustar*-type verbs
4	Imperfect, preterite vs. imperfect, comparatives	2, 9	Imperfect, preterite vs. imperfect, comparatives
5	Infinitives, commands, present subjunctive	5, 11	Commands and present subjunctive, infinitives
6	Relative pronouns, clauses with the subjunctive, subjunctive vs. indicative	5, 7, 8	Relative pronouns, clauses with the subjunctive
7	Past participle usage, present perfect, *por* and *para*, impersonal *se*	4, 7, 11	Present perfect, *por* and *para*, uses of *se*
8	Future, conditional, past subjunctive	3, 6	Future, conditional, past subjunctive
9	Past subjunctive, subjunctive vs. indicative, present perfect subjunctive	6, 7	Past subjunctive, present perfect subjunctive, subjunctive vs. indicative
10	Sequence of tense	10	Sequence of tense

Cuaderno Lesson	*Cuaderno* Content	*Fuentes* Chapter	*Fuentes* Content
1	Nouns, present tense, demonstratives	1	Present tense
2	Stem-changing verbs, adjectives, *ser* and *estar*	2, 3	Stem-changing present tense, *ser* and *estar*
3	Object pronouns, *gustar*-type verbs, preterite	P, 1, 2, 3, 7	*Gustar*-type verbs, direct object pronouns, preterite, indirect object pronouns, double object pronouns
4	Imperfect, preterite vs. imperfect, comparatives	2	Imperfect
5	Infinitives, commands, present subjunctive	3, 4, 5, 6, 9	Preterite vs. imperfect, commands, present subjunctive, infinitives
6	Relative pronouns, clauses with the subjunctive, subjunctive vs. indicative	6, 7, 8	Relative pronouns, clauses with the subjunctive
7	Past participle usage, present perfect, *por* and *para*, impersonal *se*	3, 4, 6	Past participle usage, use of *se*, present perfect, *por* and *para*
8	Future, conditional, past subjunctive	9, 10	Past subjunctive, future, conditional
9	Past subjunctive, subjunctive vs. indicative, present perfect subjunctive	6, 9	Present perfect subjunctive, past subjunctive
10	Sequence of tense	12	Narrating: past, present and future

INTERACCIONES, 7th EDITION (© 2013)

Cuaderno Lesson	Cuaderno Content	Interacciones Chapter	Interacciones Content
1	Nouns, present tense, demonstratives	P, 6	Present tense, demonstratives and nouns
2	Stem-changing verbs, adjectives, *ser* and *estar*	1, 3	Stem-changing present tense, adjectives, *ser* and *estar*
3	Object pronouns, *gustar*-type verbs, preterite	2, 4, 7	Direct object pronouns, preterite, indirect object pronouns, *gustar*-type verbs, double object pronouns
4	Imperfect, preterite vs. imperfect, comparatives	3, 4, 5, 6, 7	Imperfect, preterite vs. imperfect, comparatives
5	Infinitives, commands, present subjunctive	5, 6, 8	Present subjunctive, commands, formal commands
6	Relative pronouns, clauses with the subjunctive, subjunctive vs. indicative	9, 12	Clauses with the subjunctive, relative pronouns
7	Past participle usage, present perfect, *por* and *para*, impersonal *se*	5, 8, 10	*Por* and *para*, uses of *se*, present perfect
8	Future, conditional, past subjunctive	8, 9	Future, conditional
9	Past subjunctive, subjunctive vs. indicative, present perfect subjunctive	10, 11	Present perfect subjunctive, past subjunctive
10	Sequence of tense	–	–

Index